Jan Tilden

Sport-Mord

Zum Autor:

Nach einem Philologiestudium (Sport, Latein und Philosophie) studierte der Autor Medizin in Marburg. Er war ca. 35 Jahre als Arzt sowie in Forschung und Lehre tätig. Als Universitätsprofessor hat er zahlreiche wissenschaftliche Publikationen veröffentlicht. "Sport-Mord" ist nach "Der Tod des Pathologen" sein zweiter Roman. Er lebt mit seiner Frau in Mittelhessen.

Zum Buch:

Marie Döbus, ehemalige Sportlehrerin, und ihr Dackel Poldi finden auf dem Dammelsberg, in der Nähe des Marburger Schlosses, einen Toten. Es handelt sich um einen ehemaligen Radprofi, der mit der Dopingszene Kontakt hatte. Die Spuren führen ins Sportwissenschaftliche Institut der Uni Marburg, in dem geheimnisvolle Dinge passieren. Ein Stick mit Informationen über eine brandneue Nachweismethode von EPO verschwindet. Eine Doktorandin wird umgebracht. Ein Laborarzt macht lukrative Nebengeschäfte. Der Protagonist Jochen Haller, inzwischen Juniorprofessor und Antidoping-Experte, hat alle Hände voll zu tun, die Verbrechen aufzuklären und gerät dabei selbst ins Visier des Killers.

Jan Tilden

Sport-Mord

Dustri-Verlag Dr. Karl Feistle
München – Orlando

Dustri-Verlag Dr. Karl Feistle GmbH & Co. KG
Bajuwarenring 4, 82041 Oberhaching
info@dustri.de • www.dustri.de
Umschlagsgestaltung und Umschlagsillustration:
gdv Graphik-Design Verlagsservice, G. Leibssle, Reutlingen
Satz: Dustri-Verlag Dr. Karl Feistle
Druck: Bosch Druck GmbH, Ergolding
Printed in Germany
ISBN 978-3-87185-404-0

Nihil humanum mihi alienum (est)

Nichts Menschliches ist mir fremd

(Terenz, römischer Dichter, 2. Jahrhundert v. Chr.)

Im Gedenken an Tanja

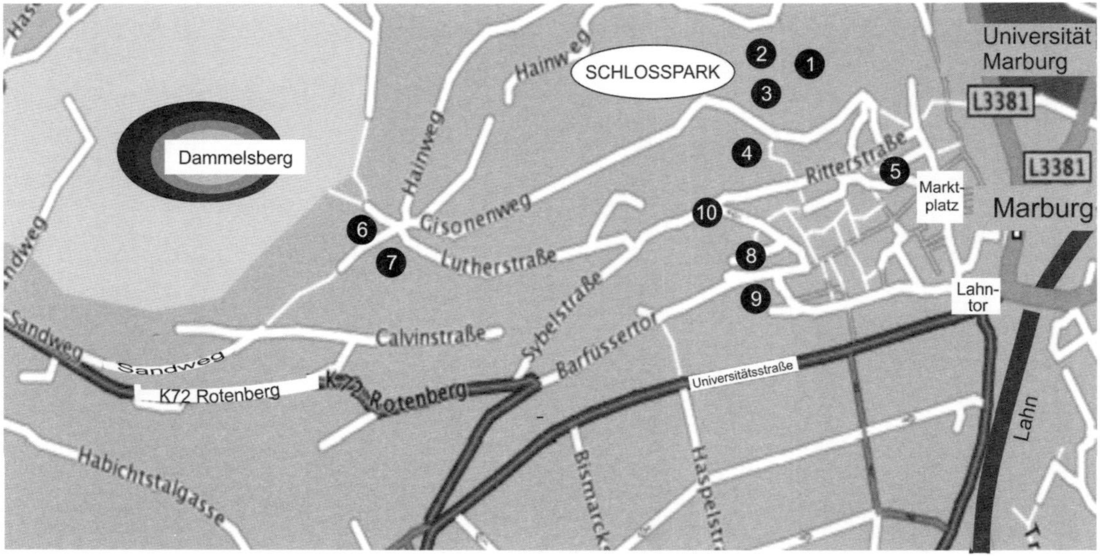

Stadtplan von Marburg mit markanten Punkten, die im Krimi eine wichtige Rolle spielen

1 Landgrafenschloß
2 Hexenturm
3 Collegium Philippinum
4 Duisberghaus
5 Lutherische Pfarrkirche
6 Turnergarten
7 Kugelkirche
8 Kugelhaus
9 IfL
10 Kalbstor

Kapitel 1

Er saß auf dem Stamm einer gefällten Fichte und schnitzte konzentriert an einem jungen Buchenbäumchen herum, das er unterwegs mit der kleinen Holzsäge seines Schweizer Taschenmessers gefällt hatte. Dass ein leichter Regen herunterging, schien ihn nicht zu stören. Im Gegenteil, um so weniger war zu erwarten, dass sich ungebetene Besucher hierher verirrten.

Nachdem er die biegsame Spitze abgeschnitten hatte, befreite er den Stamm von allen Zweigen. Am Schluss hatte er einen etwa eineinhalb Meter langen kräftigen Stock in der Hand, den er sorgfältig prüfte und mit der Feile an seinem Taschenmesser von letzten Unebenheiten beseitigte. Befriedigt betrachtete er das Ergebnis seiner Arbeit: Das würde reichen.

Wenn man ihn so sah, konnte man meinen, dass er seinen Feierabend genoss und beim Holzschnitzen Entspannung suchte.

Aber dieser Eindruck trog, wie sein entschlossener Gesichtsausdruck verriet. Zwischendurch schaute er immer mal wieder auf und musterte die Umgebung, als warte er auf etwas.

Als es schon zu dämmern begann, sah er endlich Pit Brauner den schmalen Pfad heraufkommen, erst den Kopf, dann die lange, etwas füllig gewordene Gestalt des ehemaligen Radprofis.

Sie hatten sich schon öfter hier getroffen, um – getarnt als Jogger – ihre Geschäfte abzuwickeln, allerdings meist in der Mittagszeit, in der sie hier oben am Dammelsberg trotz der Nähe zum Schlosspark in der Regel allein waren. Er selbst hatte heute mit Ausnahme der Sportschuhe auf Trainingskleidung verzichtet, weil er direkt nach Feierabend hierher gegangen war, um seine Vorbereitungen zu treffen. Er war mit schwarzer Lederjacke und Cargohose zwar sportlich, aber doch seriös gekleidet.

Zufrieden ließ er das Taschenmesser in die Seitentasche seiner Hose gleiten. Alles war vorbereitet. Er nahm sein Handy heraus, drückte eine Taste und sagte nur: "Er kommt." Er legte die Jacke ab, um mehr Bewegungsfreiheit zu haben. Dann holte er aus seinem Rucksack eine eigenartige Schutzmaske hervor, die sein Gesicht durch ein Drahtgitter unkenntlich machte. Sie hatte ihm den Decknamen 'Casco' eingebracht, in einer Branche, die es offiziell gar nicht gab. Nur wenige Vertraute kannten seine wirkliche Identität.

"Du bist spät dran", begrüßte er Pit Brauner mit ärgerlichem Unterton in der Stimme.

"Die Zeit ist so ungewohnt. Ich musste erst noch nach Hause, meine Trainingssachen anziehen. Was gibt's denn so Dringendes?"

Pit und er machten schon Geschäfte, als Pit Brauner auf dem Höhepunkt seiner sportlichen Karriere war und sich bei ihm mit allem versorgt hatte, was die Leistung steigerte wie EPO und Testosteron, hier und da auch etwas Kokain. Als die Geldquelle aus dem Radsport versiegte, war Pit in die Rolle eines Kleindealers geschlüpft, um den eigenen Bedarf decken zu können. Dank seiner guten Kontakte in der Marburger Geschäftswelt war er in der Hierarchie des Verteilernetzes langsam aufgestiegen. Aber er gehörte noch keineswegs zur Führungsriege. Sein Ehrgeiz, der ihn früher zu Höchstleistungen im Radsport angetrieben hatte, war allerdings größer. Er wollte gern an der Spitze mitmischen.

Der Zufall kam ihm zu Hilfe. Vor ein paar Wochen war er am Frankfurter Flughafen Henner Vogel begegnet, der zum gleichen Rennstall wie er selbst gehört hatte. Der war – wie er erzählte – inzwischen beim Zoll untergekommen. Er hatte sich gerade scheiden lassen und musste Unterhalt für seine beiden Kinder zahlen. Da war jeder Euro nur noch die Hälfte wert. Es war für ihn ein Wink des Himmels, dass er Pit Brauner traf und sie bei einem Espresso gemeinsame sportliche Erinnerungen auffrischen konnten. Freimütig gestanden sie sich, dass sie ohne Bedenken alle Mittel genutzt hatten, die ihnen angeboten wurden, um vorn mitmischen zu können.

"Wir waren damals ja nur Dilettanten. Heute gehen die Sportler viel raffinierter vor. Sie werden von Ärzten beraten, und es stehen ganz neue Mittel zur Verfügung, wenn man das nötige Kleingeld hat", meinte Henner Vogel. "Kürzlich haben wir am Flughafen einen Koffer voll Amphetamin und Wachstumshormon konfisziert, das aus der Türkei nach Deutschland eingeschleust werden sollte."

"Und was passiert dann damit?" erkundigte sich Pit neugierig.

"Das Zeug wird registriert, gesammelt und irgendwann zentral entsorgt."

"Hast du schon einmal mit dem Gedanken gespielt, etwas davon abzuzweigen und in andere Kanäle umzuleiten", tippte Pit vorsichtig an.

"Nee, nicht ernstlich. Ich wüsste gar nicht, wie ich das Zeug unter die Leute bringen könnte."

"Also: ich wüsste wie. Ich habe da so meine Beziehungen."

Das war der Beginn einer fruchtbaren Zusammenarbeit. Pit Brauner übernahm den Verkauf. Den Gewinn teilten sie sich. Am Anfang beschränkten sie sich ganz auf den Handel mit Wachstumshormon. Als das gut lief, wurden sie mutiger und verhökerten auch andere Dopingmittel und Drogen.

Das blieb Casco und seinen Leuten nicht lange verborgen. Da war jemand, der sein eigenes Süppchen kochte. Das durfte nicht sein. Ziemlich schnell waren sie dann auf Pit Brauner gekommen.

Casco schaute sich noch einmal um und vergewisserte sich, dass sie allein waren. Abhören konnte sie hier niemand. Er kam gleich zur Sache.

"Also, reden wir nicht lang um den Brei herum. Du kannst nicht einfach an uns vorbei Geschäfte machen. Ich selbst würde dir gern einen Sonderbonus einräumen, sagen wir zehn Prozent, weil du eine neue Quelle erschlossen hast, die sehr ergiebig zu sein scheint. Aber das muss unter uns bleiben."

Casco tat so, als stünde er auf Pits Seite.

Pit Brauner sah nicht ein, dass er seine neue Geldquelle anderen überlassen sollte, die nichts damit zu tun hatten.

"Was geht euch das an, wenn ich nebenher meine eigenen Geschäfte mache. Ich besorge mir das Zeug auf eigene Faust, verticke es und fertig", meinte er.

"Du vergisst, dass du unser Verteilernetz für dein Geschäft benutzt. Das kann und werde ich nicht zulassen. Es gäbe eine Meuterei unter meinen Leuten, wenn ich dich einfach weiter machen ließe. Also sei vernünftig. Am besten lieferst du das Zeug bei mir ab, dann bist du aus dem Schneider."

"Umgekehrt wird ein Schuh draus. Ich zahle einen Obolus von, sagen wir, fünfzehn Prozent. Mein Verbindungsmann kriegt ja schon die Hälfte ab. Die paar Prozent, die mir dann noch bleiben, lohnen kaum das Risiko, das ich auf mich nehme."

Casco blieb hart: "Nichts da. Zehn Prozent für dich. Der Rest fließt in unsere gemeinsame Kasse, aus der du ja auch noch mal einen Anteil bekommst. Das ist mein letztes Wort."

"Ihr könnt mich mal."

"Glaubst du denn, du bist für uns unentbehrlich?"

"Klar. Wenn ich das Zeug nicht übernehme, landet es garantiert im Frankfurter Milieu. Dann habt ihr gar nichts davon."

"Besser, als wenn du uns hier in die Suppe spuckst."

Auch diese ernste Warnung schien Pit Brauner nicht sonderlich zu beeindrucken.

Casco verlor allmählich die Geduld. Er verlieh seinen Worten Nachdruck, indem er den frisch geschnitzten Stock um sein Handgelenk rotieren ließ und Pit unvermittelt einen unsanften Stoß gegen den Bauch versetzte. Dieser war mehr verdutzt als erschrocken. Er konnte sich beim besten Willen nicht vorstellen, dass ihm der einen halben Kopf kleinere Casco mit einem Wanderstab gefährlich werden könnte. Er sah weder eine Schusswaffe noch einen Dolch.

Er wollte ihm gleich zeigen, dass ihm das nicht imponierte und versuchte, nach dem Stock zu greifen, um ihn Casco aus der Hand zu reißen. Aber sein Griff ging ins Leere. Wie von Zauberhand wirbelte das Stockende durch die Luft und traf ihn mit bemerkenswerter Präzision erst an der Schulter, dann am Oberschenkel, jedes Mal einen brennenden Schmerz hinterlassend. Das machte Pit wütend. Er drang auf den Gegner ein und versuchte, ihn in den Schwitzkasten zu nehmen und ihn niederzuringen.

Als Casco merkte, dass Pit zum Gegenangriff ansetzte, wich er blitzschnell zurück und konterte. Pit erhielt einen Stoß auf das Brustbein, der so kräftig war, dass er ihn fast von den Beinen holte.

Casco machte einen letzten Versuch, Pit umzustimmen.

"Sag mir, wie du an das Zeug rankommst und wo du es versteckt hast, und wir vergessen das Ganze."

"Leck mich."

Für Casco war die Zeit des Verhandelns endgültig vorbei.

Er nahm den Helm ab.

"Du?" Pit hatte Casco früher noch unter seinem richtigen Namen als relativ unbedeutendes Glied der Dopingszene kennen gelernt. Nie hätte er gedacht, dass er jetzt der große Boss war.

Als Casco seine Identität preisgab, wusste Pit, dass es ernst wurde. Er fühlte Trotz in sich hochsteigen, dann folgte der Jähzorn, der alle Bedenken hinwegfegte. Die sollten ihn kennen lernen. Wenn er Casco schaffte, konnte er vielleicht sogar seine Position einnehmen. Mit einem Schlage hätte er es an die Spitze geschafft. Er ergriff einen am Boden liegenden Ast und schlug wütend auf Casco ein. Ein Hagel von genauen Schlägen und Stößen, die er nur mit Mühe abwehren konnte, war die Antwort. Er musste wohl oder übel zurückweichen und merkte zu spät, dass er in den Zugang zu einer kleinen Höhle abgedrängt wurde, so dass es kein Entrinnen gab.

"Gib auf."

"Nicht ums Verrecken."

"Dann ist dir nicht zu helfen."

Der nächste Schlag erwischte ihn voll an der Schläfe und raubte ihm das Bewusstsein. Er merkte nichts davon, dass er auf den Rücken fiel. Der Kehlkopf war dem gegnerischen Angriff schutzlos preisgegeben.

"Idiot", sagte Casco. Dann stieß er unbarmherzig zu. Er selbst war kaum außer Atem gekommen.

Er hatte geahnt, dass es so kommen würde. Pit war schon als Sportler für seinen Ehrgeiz und seine Zornausbrüche bekannt. Da konnte er sich leicht ausrechnen, wie er reagieren würde. Aber er war zunehmend lästiger geworden. Umso wichtiger war es, mal wieder ein Exempel zu statuieren. Das würde auch andere davon abhalten, Nebengeschäfte zu machen.

Casco nahm sein Handy, drückte die gleiche Taste wie vorher und sagte lapidar: "Kommst du? Das Ganze muss wie ein Unfall aussehen."

Während er wartete, zersägte er den Stock, der ihm als Waffe gedient hatte, in mehrere Teile und warf sie in hohem Bogen in verschiedenen Richtungen den Berg hinab. Der Regen würde dafür sorgen, dass sich die Holzstücke schnell der Umgebung anpassten. Durch die Holzarbeiten, die am Dammelsberg im Gange waren, lag sowieso viel Kleinholz herum. Niemand würde sie mit dem Toten in Verbindung bringen.

Kapitel 2

"Oh je, schon so spät. Ich muss los. Tschüs Jo."

Tom Wieland sprang auf. Er hatte auf dem Weg zum Training bei seinem Freund Johannes im Duisberghaus, einem Studentenwohnheim unterhalb des Marburger Schlosses, vorbeigeschaut und sich verquatscht.

Früher, als er noch Sport studiert hatte, – es schien schon eine Ewigkeit her zu sein – hatte er ein paar Semester hier gewohnt. Das waren unbeschwerte Zeiten gewesen: Feten, bei denen sie sich hatten voll laufen lassen, bis ihnen kotzübel war, Kartenspielen bis in die frühen Morgenstunden, gemeinsame sportliche Wettkämpfe mit Erfolgen und Niederlagen. Jo, der Philosophie-Student, hatte eigentlich gar nicht in dieses Sportler-Heim gepasst. Aber der damalige Tutor, ein Sportfanatiker, hatte schon seine Gründe, weshalb er den Exoten fürs Duisberghaus angeheuert hatte: Er war ein guter Langstreckenläufer und verhalf dem Studentenwohnheim beim alljährlichen Stadtlauf immer wieder zu einer guten Platzierung.

Inzwischen war Johannes Kehr selbst zum Tutor avanciert, was ihm unbegrenztes und freies Wohnrecht einbrachte. Das war eine wichtige finanzielle Basis für ihn. Er hatte ursprünglich Theologie studiert, weil sein Vater das so wollte, hatte dann aber auf Philosophie umgesattelt. Jetzt musste er sein Studium selbst finanzieren. Das machte er unter anderem mit Crashkursen in Latein: Im Einzelunterricht bereitete er Studenten, die für ihr Studium noch das Latinum nachholen mussten, in vier Monaten auf die Prüfung vor. Aber das war nicht der Hauptgrund, dass er jetzt schon im zweiunddreißigsten Semester war. Er fühlte sich in seiner Rolle als ewiger

Student wohl und konnte sich gar nicht mehr vorstellen, später einem normalen Beruf nachzugehen.

Tom hatte sein Sportstudium geschmissen, als die praktische Ausbildung beendet war, und es für ihn langweilig zu werden begann. Dafür war das Leben zu schade. Und er wollte auch nicht in der Schule versauern. Das beeinträchtigte die Beziehung zu Jo jedoch in keiner Weise. Im Gegenteil, sie bestärken sich in ihrer Lebenseinstellung und halfen sich gegenseitig aus mancher finanziellen und persönlichen Klemme.

Jetzt blieben Tom nur noch zehn Minuten bis zum Volleyball-Training um sechs im IfL, wie das alte Institut für Leibesübungen, eine ehemalige Reithalle, kurz genannt wurde. Runter zum IfL in die Barfüßerstraße waren es etwa sieben Minuten. Wenn er sich beeilte, konnte er es noch einigermaßen pünktlich schaffen. Allerdings musste Tom vorher noch dringend zum Bäcker. Das Vollkornbrot war ihm ausgegangen. Hoffentlich war nicht zu viel Betrieb.

Ihr Trainer sah das gar nicht gern, wenn sie zu spät kamen und sich damit ums Aufwärmen drückten. Ihn ärgerte solche Disziplinlosigkeit, aber er hatte auch, wie Tom zugeben musste, ein gutes Argument auf seiner Seite: das erhöhte Verletzungsrisiko.

Tom warf seinen Rucksack mit den Sportsachen über die Schulter. Er nahm die Treppen hinunter zum Forsthof in großen Sätzen, schnappte sich sein Mountainbike, das er dort abgestellt hatte, und bog vor dem alt ehrwürdigen Kalbstor mit gekonnter Kurventechnik in die Gasse ab, die steil hinunter, an der Kugelkirche vorbei zur Barfüßerstraße führte. Verärgert wich er dem Fahrer eines Mercedes 'Sprinter' aus, der mit seinem Wagen fast die halbe Kugelgasse versperrte. Er strebte gerade mit einem silbermetallenen Koffer in der Hand dem Kircheneingang zu. Zu Toms Empörung achtete er nicht auf seine Umgebung, schon gar nicht auf den unscheinbaren Fahrradfahrer, der von oben herunterraste. Zum Glück konnte er absehen, was der Mann vorhatte. Mit unvermindertem Tempo umkurvte er ihn und bog rasant in die Barfüßerstraße ein, die schon seit langem zur Fußgängerzone erklärt worden war. Meistens gab es hier am späten Nachmittag nur ein paar Touristen, denen es nicht schadete, wenn sie ein bisschen aufgemischt wurden. Es machte ihm Spaß, wenn sie erschrocken zur Seite spritzten.

Aber heute hatte er schlechte Karten: Ein uralter grauer Citroën, der sich kaum von der Straße abhob, kam gemächlich die Barfüßerstraße herunter gerollt und war nicht bereit, einem eiligen Radfahrer Platz zu machen.

Tom dachte nur noch: "Scheiß-Tarnfarbe!" Da war es schon passiert. Er prallte mit dem Vorderrad seines Mountainbikes gegen den Citroën, rutschte über die Kühlerhaube und landete unsanft an der Bordsteinkante des gegenüberliegenden Bürgersteigs. Er bemühte sich noch, seitlich abzurollen, wie er dies beim Volleyballspiel regelmäßig trainierte.

Aber er hatte keine Chance! Er hörte noch ein Knacksen und fühlte einen plötzlichen Schmerz im rechten Unterarm, den er zum Abfangen des Sturzes vorgeschoben hatte. Mit Mühe gelang es ihm, seinen Kopf in Sicherheit zu bringen, indem er die Beine herumschwang und sich mit den Füßen an der Hauswand der Bäckerei abfing.

"Scheiße!" war alles, was ihm in den Sinn kam. Einen Moment blieb er etwas benommen und mit geschlossenen Augen liegen. Er registrierte erleichtert, dass der scharfe Schmerz allmählich nachließ.

Als er die Augen öffnete, schaute er in das besorgte Gesicht eines Mannes, den er auf Ende dreißig schätzte. Er war über ihn gebeugt, um nach ihm zu sehen.

"Alles in Ordnung?" fragte der Mann automatisch. "Sie waren so schnell, dass ich nicht mehr reagieren konnte." Offenbar handelte es sich um den Fahrer des Citroën.

Tom rappelte sich auf. Sein rechter Arm war inzwischen stark angeschwollen und fühlte sich wie eine Keule an, die schwer an ihm herunterhing. Sonst schien alles in Ordnung zu sein. Der Mann war etwa von gleicher Größe wie Tom, aber älter. Er hatte braune Haare und blaue, weit auseinander stehende Augen. Trotz des Unfalls machte er einen ruhigen besonnenen Eindruck. Er schien so etwas schon öfter erlebt zu haben. Die Ruhe, die er ausstrahlte, färbte auf Tom ab. Er fand ihn auf Anhieb sympathisch. Auch wenn er diese dusseligste aller Fragen gestellt hatte, die man in jedem zweiten Film hören konnte. Alles in Ordnung?

Tom riss sich zusammen. Er bemühte sich, trotz der jetzt zunehmenden ziehenden Schmerzen im Arm höflich zu bleiben.

"Ja, geht schon. Nur mein Arm hat was abgekriegt." erwiderte er, schob vorsichtig den Ärmel seiner Kapuzenjacke nach oben und entblößte seinen lädierten Arm bis zum Ellenbogen.

Sein Gegenüber schaute sich ihn mehr interessiert als erschrocken an. Eine äußere Verletzung der Haut war nicht zu erkennen. Blut war nirgends zu sehen.

"Geschlossener Bruch. Aber ordentlicher Bluterguss. Können Sie alle Finger bewegen?"

Tom beugte und streckte die Finger seiner Rechten vorsichtig. Das tat zwar weh, vor allem beim Drehen, aber er konnte alle Bewegungen ausführen.

"Sieht nach einer glatten Schaftfraktur der Elle aus. Keine Schädigung der Muskelnerven. Da hatten Sie Glück im Unglück", lautete sein fachmännisches Urteil.

"Sind Sie Arzt?"

"Im Prinzip ja. Aber ich bin jetzt nur noch wissenschaftlich tätig, ..."

Er brach ab. Der Verletzte hatte jetzt sicher andere Sorgen, als sich dafür zu interessieren, was er beruflich machte und weshalb er nicht mehr in der Klinik war.

"Jochen Haller", stellte er sich vor und zog eine Visitenkarte aus der Brusttasche seines Sakkos.

"Professor Doktor med. habil. Jochen Haller, Sportwissenschaftliches Institut", las Tom laut vor und vergaß für einen Moment die Schmerzen. "Donnerwetter, ein echter Professor. Da lässt man sich doch gern umnieten", sagte er mit einem schiefen Grinsen. „Tom Wieland, Software-Spezialist. Mit einer Visitenkarte kann ich leider nicht dienen."

"Da habe ich genau den Richtigen über den Haufen gefahren. So jemanden habe ich schon immer für mein Team gesucht", meinte Haller im Spaß.

"An der Methode, jemanden anzuheuern, müssen Sie vielleicht noch etwas arbeiten", gab Tom zurück.

"Humor haben sie ja", lächelte Haller. "Übrigens: Ihr Rad hat auch etwas abgekriegt. Das Vorderrad ist hin", meinte er trocken.

"Das ist das Geringste. Das wird einfach ausgetauscht. Mit dem Arm wird die Reparatur nicht so einfach sein."

"Da haben Sie Recht. So weit ist die Medizin noch nicht. Einfach austauschen geht noch nicht. Aber ein Arm kann im Gegensatz zum Rad von selbst heilen, wenn man ihm Gelegenheit dazu gibt."

"Stimmt. Es gibt Schlimmeres", konstatierte Tom.

"Wenn wir uns einig sind, könnten wir auf die Polizei verzichten. Die hat kein Interesse an Bagatellschäden. Und uns kostet das nur unnötig Zeit. Was meinen Sie?"

"Das wäre mir auch am liebsten. Sehen wir uns erst mal Ihren Wagen genauer an. Wenn da kein großer Schaden entstanden ist, können wir uns den ganzen Bürokratie-Kram ersparen."

"Also schau'n wir mal, wie die Lichtgestalt des deutschen Fußballs sagt."

"Sie sehen gar nicht aus wie ein Fußball-Fan?"

"Als Sportwissenschaftler muss man sich überall auskennen. In meiner Jugend habe ich auch mal eine Zeit lang Fußball gespielt. Aber jetzt bin beim Squash gelandet. Das ist für ältere Männer besser. Da nimmt man auf den Gegner Rücksicht."

"Ich werde dran denken, wenn ich so alt bin wie Sie", ging Tom auf die scherzhafte Bemerkung ein. "Ich dachte, beim Squash sei die Verletzungsgefahr besonders groß."

"Das gilt zum Glück nur für Anfänger. Das Gute ist: Beim Squash ist der zeitliche Aufwand nicht groß. Eine Stunde hartes Training, und man ist ausgepowert. Welchen Sport machen Sie?"

"Volleyball. Ich war gerade auf dem Weg zum Training."

"Schöne Sportart. Aber damit ist nichts in den nächsten Wochen. Sind Sie Rechtshänder?" kam Haller gleich auf den zentralen Punkt zu sprechen.

"Ja, leider."

"Das ist doppeltes Pech. Dann haben sie eine unangenehme Zeit vor sich. Man kann sich als Rechtshänder mit links so schlecht helfen. Und mit Sport müssen Sie sowieso erstmal pausieren."

"Ja, bleibt nur noch Treppenlaufen und Joggen."

"Immer noch besser, als gar nicht zu tun. Und Treppen gibt's ja in Marburg genug."

Der gemeinsame Draht zum Sport schaffte zwischen ihnen sofort eine gewisse Vertraulichkeit. Während ihrer Unterhaltung umrundeten sie langsam den Citroën, wobei sie sich Platz schaffen mussten. Inzwischen hatte sich eine Menge neugieriger Passanten um sie versammelt, überwiegend Touristen und Studenten. Niemand dachte daran, den Notarzt oder die Polizei zu alarmieren. Das hier war besser als Fernsehen. Wenn man Glück hatte, gab es sogar eine handfeste Schlägerei.

Zur Enttäuschung der Gaffer fiel jedoch die erhoffte Auseinandersetzung ins Wasser. Diese beiden komischen Typen unterhielten sich geradezu freundschaftlich.

Sie hatten inzwischen die Schadensbesichtigung abgeschlossen. Außer einer Beule am rechten Kotflügel war nichts zu entdecken.

"Eine Beule mehr macht dem nichts aus", meinte Haller. "Das ist ein Franzose. Der ist so was gewohnt. Und für mich ist ein Auto einfach nur ein Gebrauchsgegenstand, der funktionieren muss."

"Dann wundert es mich, dass Sie so einen Oldtimer fahren."

"Sie haben schon recht, das ist eine Marotte von mir. Ehrlich gesagt, von so einem alten Citroën DS mit Hydropneumatik hatte ich schon immer geträumt. Und als sich die Chance bot, diesen Oldtimer preisgünstig zu ersteigern, konnte ich nicht widerstehen. Wenn ich schon mal fahre, muss es bequem und weich sein. Meistens gehe ich ja zu Fuß. Ausgerechnet heute wollte ich mir im Weingeschäft am

Markt meinen Rotwein besorgen. Der ist am Wochenende zur Neige gegangen."

"Ach, deshalb das Schild hinter der Windschutzscheibe: 'Arzt im Einsatz'."

Haller lachte. "Ja, man hat so seine Tricks. Aber Sie sehen ja: Ich bin allzeit bereit."

"Das ist auch der Leitspruch meines Chefs. Hat er bei den jungen Pionieren in der DDR eingebläut bekommen, wie er uns immer erzählt. Kommen Sie auch aus Ostdeutschland?"

"Nee. Ich bin in Kassel geboren. Jetzt müssen wir uns aber erst einmal dringend um Ihren Arm kümmern."

Er schaute auf seine Armbanduhr: "Es ist jetzt halb sieben. Wenn es Ihnen recht ist, bringe ich Sie in die Notfallchirurgie. Ich kenne den Oberarzt noch gut vom Studium, und gelegentlich spielen wir noch zusammen Squash."

"Da habe ich ja Glück im Unglück."

"Aber vorher müssen wir den Arm noch entlasten."

Haller verstaute Tom geschickt ein Dreieckstuch an.

"Danke, das tut gut. Für einen Theoretiker nicht schlecht."

"Na ja. Ein bisschen ist von der Zeit in der Klinik noch hängen geblieben", machte Haller in Understatement. "Und was machen die Schmerzen?"

"Ja, die sind nicht von schlechten Eltern."

Haller kramte in seiner Arzttasche, die er offenbar immer im Auto hatte und holte eine Schachtel heraus.

"Hier, nehmen Sie."

"Was ist das denn?"

"Das ist Novalgin, falls ein Kollege nachfragt. Für den Anfang wird es reichen."

Tom nahm dankend die angebotene Tablette, die sich auch ohne Wasser gut schlucken ließ.

"Und was machen wir mit der Versicherung?" Tom schaute Haller fragend an.

"Am besten deklarieren wir das Ganze als Sportunfall. Sie waren ja auf dem Wege zum Training. Sie können mich gern als Zeugen benennen."

Von Bürokratie schien Haller wirklich nicht viel zu halten.

"Jetzt müssen wir aber schleunigst los, mein Bekannter hat um sieben Feierabend."

Haller verstaute das Fahrrad auf der Rücksitzbank.

"Das Rad holen Sie sich später ab, wenn Sie wieder in Ordnung sind."

Misstrauen war hier sicher fehl am Platz. Tom schaute nach der Adresse auf der Visitenkarte. "Landgraf-Philipp-Straße 4", las er. "Das ist ja super. Das ist gar nicht weit weg von unserer WG im Renthof."

Eine Viertelstunde später waren sie im Lahnklinikum, wo sich Haller bestens auskannte. Sie hatten Glück. Der Oberarzt war noch dabei, Arztbriefe zu diktieren.

"Tut mir leid, dass wir noch so spät hereinschneien, Peter."

"Och, beim Briefdiktieren lasse ich mich gern stören." Man merkte, dass sich die beiden Männer gut kannten.

"Das ist Tom Wieland. Sportunfall. Ich schätze Fraktur der rechten Ulna."

"Hallo, Merling!" Peter Merling hatte die Situation gleich erfasst und reichte Tom die linke Hand.

"Taekwondo oder Baseballschläger?"

"Weder – noch: Volleyball! Bin beim Abrollen gegen eine Bank gekracht." Tom war sich nicht sicher, ob er den Oberarzt in den kleinen Schwindel einweihen sollte und schaute fragend zu Haller. Der nickte, er wollte seinen Squashpartner nicht mit unnötigen Details belasten.

"Das ist die offizielle Version", sagte er. "Oder brauchst du genauere Angaben?"

"Nee, nee. Lassen wir es dabei. Das reduziert den Schreibkram."

Es war ihm klar, dass das nicht ganz der Wahrheit entsprach. Aber das war ihm egal. Er war Pragmatiker und vertraute seinem Kollegen und Sportkameraden. Das Wichtigste für ihn war, dass die Verletzung dem Unfallgeschehen angemessen war und eine Grunderkrankung mit Osteoporose oder Ähnlichem ausgeschlossen war. Darüber hätte ihn Haller auf jeden Fall informiert. Jetzt galt es vor allem, den Patienten möglichst schnell zu versorgen, damit sich der Nachtdienst nicht mehr damit rumschlagen musste.

"Lassen Sie mal sehen."

Merling führte die gleichen Tests durch wie vorher Haller und kam zum gleichen Ergebnis.

"Hast noch nichts verlernt, Jochen. Ulna-Schaftfraktur. Sicherheitshalber möchte ich noch röntgen lassen, damit wir nichts übersehen. Es kann leicht einmal eine Komplikation auftreten. Einverstanden, Herr Wieland?"

Er war schon dabei, das Anforderungsformular für die Röntgenaufnahme im PC auszufüllen, und wartete die Antwort gar nicht ab.

Tom nickte: "Alles, was Sie für richtig halten."

Wenig später reichte Tom ihm die Röntgenaufnahmen, die ihm von der Röntgenabteilung mitgegeben worden waren. Zufrieden registrierte Merling, dass seine Beurteilung richtig gewesen war.

"Jetzt gibt es zwei Möglichkeiten. Platte oder konservative Therapie. Bei einem Leistungssportler würde ich eine Platte mit ein paar Schrauben empfehlen?"

"Was hat denn die Platte für Vor- und Nachteile?" fragte Tom nach, um sich selbst ein Bild machen zu können.

"Wenn alles gut geht, ist der Knochen nach etwa zehn Wochen wieder stabil, und Sie können mit dem Training anfangen. Allerdings: Das Risiko einer Wundinfektion lässt sich bei einem solchen Eingriff nicht hundertprozentig ausschließen. Der größte Nachteil ist, dass nach ungefähr zwei Jahren das Metall wieder entfernt werden muss. Wie alt sind Sie?"

"Fünfundzwanzig."

"Donnerwetter! Ich hätte Sie höchstens für zwanzig gehalten."

"Ja, ja. Ich kenn' das schon. Die Computerspiele haben mich jung gehalten."

Merling lachte: "Den Tipp muss ich unbedingt an meine älteren Patienten weitergeben."

"Also: Ich würde Ihnen zu einer Ruhigstellung im Gips- oder Kunststoffverband raten. In vier bis sechs Monaten können Sie dann wieder Volleyball spielen. – Das ist jetzt Ihre Entscheidung. Sie haben aber noch ein paar Tage Zeit, bis die Schwellung zurückgegangen ist."

"Was meinen Sie Herr Haller?" Tom wandte sich an seinen Begleiter, zu dem er trotz der kurzen Zeit ihrer Bekanntschaft Vertrauen hatte.

Dieser zögerte mit seiner Entscheidung.

"Gibt es da nicht noch eine Alternative, Peter?" erkundigte er sich. "Ich meine, ich hätte kürzlich davon gelesen, dass man Schrauben und Platten aus Biomaterial nehmen kann, das sich innerhalb von zwei Jahren von selbst abbaut. Dann wird die zweite OP überflüssig."

"Du bist ja wirklich auf dem Laufenden, Jochen", lobte Merling. "Ich wollte Herrn Wieland nur nicht mit so neuen Sachen überfallen. Sonst kommt er sich wie ein Versuchskaninchen vor. Aber gut." Er wandte sich jetzt direkt an Tom: "Wir haben tatsächlich vor Kurzem eine Versuchsserie bei Schweinen abgeschlossen und sammeln erste Erfahrungen beim Menschen. Sicherheitshalber greifen wir nach der Verschraubung in den ersten Wochen zusätzlich auf einen Gips oder Kunststoffverband zurück, bevor der Arm wieder vorsichtig belastet wird. Wenn Sie bereit sind, da mitzumachen, würde sie die Operation keinen Pfennig kosten, weil sie in diesem Fall über ein Forschungsprojekt finanziert werden würde. Sie können ja am Wochenende darüber nachdenken."

"Hört sich nicht schlecht an", signalisierte Tom seine Bereitschaft. "Es ist natürlich schon verlockend, bald wieder voll einsatzfähig zu sein. Und was würden sie selbst machen?"

Merling zögerte keine Sekunde.

"Ich hätte keine Bedenken, mich für das Biomaterial zu entscheiden", sagte er und ergänzte die seriöse Beratung mit einer drastischen Bemerkung: "Wir Menschen sind doch auch nichts anderes als Schweine. Das bisschen Intellekt macht den Kohl nicht fett."

"Typisch Chirurg", kommentierte Hallers trocken.

Vorerst wurde Toms rechter Arm provisorisch in einer offenen Gipsschale ruhig gestellt. Tom wurde mit einem Rezept über Novalgin und der Order, sich mindestens drei Tage lang zu schonen, nach Hause geschickt.

Wenige Minuten später parkte Haller in der Barfüßerstraße vor dem IfL. "Kann ich Sie hier rauslassen, oder sind die

Schmerzen zu stark? Ich habe noch im Institut zu tun. Bis zum Renthof ist es ja nicht weit. Das Rad lassen wir einfach im Wagen."

"Einverstanden, so wie es jetzt aussieht, wird sich niemand daran vergreifen. Und – wenn Sie mir die Bemerkung erlauben – an Ihrem verbeulten Franzosen auch nicht."

Haller schmunzelte: "Wenn Sie sich da nicht mal täuschen. Einmal ist er schon entführt worden. Waren wahrscheinlich Jugendliche, die so ein altes Ding mal ausprobieren wollten. Die Polizei hat ihn dann mit leerem Tank auf einem Acker bei Marbach gefunden."

Er blickte noch einmal prüfend auf Tom, wie um sich zu vergewissern, dass er sich nicht zu weit vorwagte:

"Und wenn es Ihnen besser geht, melden Sie sich bei mir. Dann köpfen wir gemeinsam eine Flasche von dem Rotwein, dem wir den Schlamassel verdanken. Am besten erreichen Sie mich abends nach acht über die private Nummer."

"Wird gemacht."

Tom stieg vorsichtig aus. Es ging dank des Schmerzmittels besser mit seinem Arm, als er befürchtet hatte. Verblüfft schaute er Haller nach, als er nicht hinüber zum IfL, sondern die Stufen zum Gehrensgäßchen Richtung Kugelkirche hinaufging. Er hatte bisher gar nicht mitbekommen, dass das Sportwissenschaftliche Institut da oben eine Dépendance hatte.

Kapitel 3

Der gestrige Tag und die Nacht waren regnerisch und für März viel zu kalt gewesen. Am Morgen sorgte ein plötzlicher Temperaturanstieg für dichten Nebel. Marie Döbus, die ihren Drahthaardackel Poldi am Dammelsberg Gassi führte, fühlte die feuchte Kälte in ihre Glieder ziehen. Heute würde sich wieder ihre Arthrose unangenehm bemerkbar machen und ihr den ganzen Tag vermiesen.

Ihr Missmut wurde noch größer, als aus dem Nebel eine Gruppe 'Power Walker' auftauchte und den Weg in voller Breite für sich beanspruchte.

"Angeber", grummelte die alte Sportlehrerin. Sie beeilte sich, ihren knurrenden Dackel, der den Leuten gern ans Leder gegangen wäre, an sich heranzuziehen.

Marie Döbus liebte die geheimnisvolle Stimmung, die der Nebel in ihr auslöste. Der Lärm, der aus der Stadt nach hier oben drang, war durch die weiße wattige Luft angenehm gedämpft, die Zivilisation schien in weite Ferne gerückt. Sie hatte sich so schön allein und ungestört gefühlt. Sie konnte sich einbilden, dass sie in einem Märchenwald war, wo hinter jedem Baum ein Zwerg, eine Fee, ein Räuber oder der böse Wolf lauern konnte. Bestimmt hatten sich die Brüder Grimm, als sie in Marburg waren, hier Anregungen für ihre Märchen geholt.

Und ausgerechnet jetzt mussten so ein paar Möchtegernsportler auftauchen und ihr die Stimmung kaputt machen. Besonders affig fand sie es, wie sie mit angewinkelten Ellenbogen und hochgezogenen Fäusten vortäuschten, total sportlich zu sein. Wenn sie wenigstens noch kleine Hanteln trugen, um wirklich Arm- und Schultermuskeln intensiv zu trainieren!

Höchst ärgerlich war auch, dass sie sich laut schnatternd unterhielten, als wären sie allein auf der Welt. Die Mund- und Gesichtsmuskulatur war offensichtlich die wichtigste Muskelgruppe, die bei dieser Art Power Walking trainiert wurde. Die paar Tiere, die den Weg hierher fanden, schienen sie nicht die Bohne zu interessieren. Wenigstens im Wald konnten sie doch mal die Schnauze halten!

Na ja, dachte sie, sich selbst besänftigend, immer noch besser, als wenn sie den Tag nur mit Fressen, Saufen und Fernsehen verbrachten. Allerdings schienen sie das Versäumte mühelos nachzuholen. Sie trugen ihre Bäuche stolz vor sich her, als wären sie schwanger: Kopf im Nacken, den Rücken durchgedrückt.

Marie Döbus ging auf die einundachtzig zu. Aber sie war noch gut beieinander und legte Wert auf ein ästhetisches Äußeres. Sie musste sich beim Essen und Trinken schon seit langem zurückhalten, um schlank zu bleiben. Das konnte man auch von anderen erwarten. Irgendwo, so fand sie, musste der Mensch sich ja vom Tier unterscheiden. Sie selbst achtete auch deshalb auf ihr Gewicht, weil beim Sport, den sie im Rahmen ihrer Möglichkeiten immer noch trieb, die Gelenke und Muskeln für jedes Kilo weniger dankbar waren.

Erbost verließ sie mit ihrem Hund den breiten Spazierweg und nahm den nächsten Pfad hinauf zum oberen Rundweg des Dammelbergs. Sie wusste, hier war wesentlich weniger los. Erst in einer halben Stunde würden die ersten Jogger aus den nahen Studentenwohnheimen und Verbindungshäusern am Schloss auftauchen.

Der Nebel war hier oben noch dichter als unten. Poldi war begeistert, dass sie von ihrer üblichen Route abwichen. Unter den geduckten Eichen, die hier überwogen, war das Unterholz zum Teil sehr dicht, ideal als Unterschlupf für Kleingetier aller Art. Auch Hasen, die man so schön aufscheuchen konnte, suchten hier Schutz. Zwischen den Fichten und Buchen weiter unten am Berg war alles viel zu weit und geräumig. Langweilig! Da konnte man höchstens eine Markierung hinterlassen.

Poldi stöberte eifrig herum, soweit ihm sein Frauchen Leine gab. Respektvoll beschnupperte er einen fast zehn Zentimeter großen Hirschkäfer, der sich bedächtig seinen Weg im Laub zum nächsten Baumstamm bahnte und Ausschau nach einem Weibchen hielt. Die großen Zangen mahnten zur Vorsicht.

Frau Döbus erschrak, als aus dem Nebel ein mittelgroßer junger Mann auftauchte, der rückwärts auf sie zukam. Sie musste schon den oberen Rundweg erreicht haben.

Von seinem Gesicht konnte sie wegen des Kopfschutzes, den er trug, nicht viel erkennen. Er hielt den Kopf seitlich geneigt, um hinter sich auf den Weg zu schielen, damit er sah, wo er hintrat. Sie hätte kaum Zeit gefunden, ihm auszuweichen. Aber er machte einen eleganten Schlenker um sie herum. Dann war er schon vorbei, im Nebel verschwunden.

Frau Döbus war erstaunt. Ein Rückwärtsläufer hier, am Dammelsberg! Das Gelände hier war nun wirklich nicht dafür geeignet. Gelegentlich hatte sie mal einen dieser Exoten im Uni-Stadion auf der Laufbahn gesehen und sich zusammen mit ihren Sportkameraden darüber mokiert. Sie waren sich einig: Das waren allesamt Sportler, die nicht schnell genug vorwärts laufen konnten, und dann ihren Ehrgeiz beim Rückwärtslaufen befriedigten, wo sie auf ihresgleichen trafen. Oder war diese Sportwette im Fernsehen mit einem italienischen 'Retrorunner' daran schuld, die sie vor einiger Zeit beim Zappen zufällig mitbekommen hatte? Der Bursche überwand sogar Hürden. Konnte schon sein, dass er den jungen Leuten imponiert hatte und sie verleitet hatte, diesen Unsinn nachzuahmen. Motto: Hauptsache auffallen!

Während sie noch darüber nachdachte, welche Beweggründe die Menschen sonst noch dazu bringen könnten, diesen eigenartigen Sport auszuüben, zog Poldi plötzlich wie wild an der Leine, so dass er sein Frauchen fast umgerissen hätte. Geistesgegenwärtig ließ sie los: "Den Hasen kriegst du ja doch nicht", rief sie ihm hinterher.

Dann überwog die Angst, dass er dem Förster vor die Flinte geraten könnte, der jetzt wegen der Holzarbeiten öfter hier auftauchte. Momentan wurden am Dammelsberg Fichten abgeräumt, die vor ein paar Wochen gefällt worden waren. Sie sollten jungen Eichen Platz machen.

Sie rief noch einmal: "Bei Fuß!" Meist brachte sie den Dackel damit zur Räson. Aber diesmal fruchtete auch das nichts.

Frau Döbus versuchte es noch einmal, diesmal lauter und energischer. "Poldi, kommst du her!".

Aber Poldi machte seiner Rasse alle Ehre und scherte sich nicht um sie.

Zu ihrer Erleichterung sah sie ihn in Richtung der kleinen Höhle abbiegen, die sie aus ihrer Kindheit kannte. Sie hatte ihr immer ein wenig Angst eingeflößt. Trotzdem oder gerade deswegen hatte sie sich mit ihren Freundinnen immer wieder hineingewagt und zusammen den Angstschauer genossen, der ihnen den Rücken runter gelaufen war. Sogar heute noch spürte sie ein leichtes Kribbeln. Andererseits war es beruhigend zu wissen, dass Poldi hier nicht weiter konnte.

Zu ihrer Überraschung blieb er vor der Höhle stehen und meldete mit lautem Gebell einen aufregenden Fund.

Frau Döbus folgte ihrem Hund langsam nach, während sie in ihrer Umhängetasche nach dem Pfefferspray tastete, das sie immer bei sich trug, um gegebenenfalls andere Hunde abzuwehren, die ihrem Poldi ans Fell wollten. Mit einem etwas mulmigen Gefühl spähte sie ins Halbdunkel, wo Poldi mit ihrer Rückendeckung jetzt knurrend an etwas herumzerrte. Dann blieb sie mit einem Ruck stehen.

"Merde!", flüsterte sie – ihr zweites Fach war Französisch gewesen – und wurde plötzlich laut, als müsste sie eine ganze Schulklasse bändigen.

"Scheiße, Scheiße. Aus, aus!" Nur mit Mühe konnte sie Poldi von seiner Beute wegziehen, indem sie ihn direkt am Halsband fasste.

Wenn Frauchen handgreiflich wurde, gab es keinen Verhandlungsspielraum. Poldi ließ widerwillig von den interessanten Schnürsenkeln ab. Das war doch was anderes als diese langweiligen Klettverschlüsse, die es neuerdings gab. Warum ließ sie ihm nicht das harmlose Vergnügen.

"Brav, mein Großer." Sie bückte sich und streichelte Poldi, der nun ob des unverhofften Lobs halb ängstlich, halb stolz über seinen Fund zu ihr aufblickte, eher einen Tadel als ein Lob erwartend.

Zwei Füße, die in schwarzen, mit hellgrauen Streifen verzierten Asics-Laufschuhen steckten, ragten ihr entgegen, Fußspitzen nach außen. Sie schätzte Schuhgröße zweiundvierzig oder dreiundvierzig, also wahrscheinlich ein Mann, der auf dem Rücken lag. Der Rest des Körpers war unter einem Durcheinander von zersägten Fichtenstämmen verborgen. Dadurch roch es in dem engen Zugang zur Höhle nach frischem Fichtenholz, gar nicht so muffig wie sonst. Aber wie kam das Holz hierher. Hier unten gab es keine Fichten. Sie schaute nach oben und sah die tiefen Spuren am Abhang. Die Stämme mussten den Hang hinuntergerutscht sein, gerade als der Mann die Höhle besichtigen wollte.

Ob er noch lebte? Wahrscheinlich kam jede Hilfe zu spät.

Und wenn nicht? Wenn der Mann nur bewusstlos war? Sie selbst konnte die schweren Holzteile unmöglich von ihm herunter bewegen. Das war schließlich kein Mikadospiel.

Sie entschloss sich, Poldi zur Bewachung dort zu lassen und Hilfe zu holen.

"Sitz! – Und bleib hier", befahl sie ihm und zeigte unmissverständlich mit dem Zeigefinger auf den Boden. Dann eilte sie, so schnell sie konnte, zurück auf den Rundweg.

Sie versuchte, sich trotz der Aufregung, die sich ihrer bemächtigt hatte, zu konzentrieren. Was war nun zu tun?

Als erstes musste dringend ein Notarzt her!

Jetzt hätte sie gut ein Handy gebrauchen können. Zum ersten Mal bedauerte sie, dass sie es immer abgelehnt hatte, sich so ein Ding anzuschaffen. Aber es war ihr bisher wichtiger gewesen, nicht für jeden Idioten erreichbar zu sein. An solche außergewöhnlichen Situationen hatte sie bisher keinen Gedanken verschwendet. Bei nächster Gelegenheit musste sie besser gewappnet sein. Sie brauchte es ja nicht immer einzuschalten.

Die alte Dame setzte ihre Hoffnungen auf den Rückwärtsläufer, der jeden Moment wieder erscheinen musste. Aber sie wartete vergebens. Wahrscheinlich hatte er selbst eingesehen, dass dieser recht schmale Pfad für ihn nicht geeignet war, und war schon wieder auf dem Weg nach Hause. Es blieb ihr nichts anderes übrig, als auf die ersten Jogger zu warten.

Fünf Minuten später, die ihr wie eine Ewigkeit vorkamen, kam endlich der erste Läufer.

Marie Döbus gestikulierte wild, um sich bemerkbar zu machen. Zum Glück hatte sich der Nebel unter den ersten Sonnenstrahlen schon etwas gelichtet.

"Hallo, haben Sie ein Handy?" Zu ihrer Empörung reagierte der Bursche gar nicht. Sein Gesicht war durch die Kapuze seines Sweatshirts fast verdeckt. Nur die Kinnpartie, die sie an einen Nussknacker erinnerte, war zu erkennen.

"Da kann die Welt untergehen, das kümmert die jungen Leute nicht! Merde! Asoziale!" Sie schimpfte wie ein Rohrspatz hinter ihm her.

Dieses neue Schimpfwort war neben dem französischen Kraftausdruck in den letzten Jahren zu ihrem Spitzenreiter avanciert. Die Bezeichnung passte auf erstaunlich viele Mitmenschen in ihrer Umgebung, auf Zigarettenraucher, die ihre Kippen achtlos in die Gegend schnippten, nachdem sie sich selbst und ihre Mitmenschen eingenebelt hatten, auf Fahrradfahrer, die bei Rot über die Kreuzung fuhren, vor allem aber auch auf ihre schrecklichen Nachbarn, deren Lieblingstätigkeit das Kehren ihres Plattenwegs war, kaum dass ein Blättchen Gelegenheit gefunden hatte, sich darauf niederzulassen. Gerade in der Mittagszeit, wenn sie Mittagsruhe halten wollte, mussten sie ihre Blecheimer herausholen und einen Riesenkrach machen. Alles Asoziale!

Ehe sie sich noch weiter echauffieren konnte, kam zum Glück eine Gruppe von joggenden Studenten vorbei, die über den benachbarten Schlosspark zum Dammelsberg kamen, um sich auszutoben. Sie war ihnen schon öfter begegnet. Kontaktfreudig, wie sie war, hatte sie mal versucht, mit ihnen ins Gespräch zu kommen. Sie stammten aus dem ältesten Studentenwohnheim der Stadt, dem Collegium Philippinum, dem 'Stipe', das als Stipendiatenanstalt – direkt am Schloss gelegen – einen herausragenden Ruf genoss. Das war eine sehr elitäre Clique. Ein Teil dieser Studenten war auf Grund eines mittelalterlichen Präsentationsrechts als Repräsentanten ihrer Kirchengemeinden dort untergekommen. Und sie waren sich ihrer besonderen Position wohl bewusst! Erst als im letzten Jahr anlässlich ihres achtzigsten Geburtstags ein Artikel in der Marburger Tageszeitung über ihre sportlichen Aktivitäten und die Glückwünsche des Oberbürgermeisters erschienen war, nickten sie ihr freundlich zu, wenn sie ihr begegneten. Einen, der sie deswegen angesprochen hatte, kannte sie sogar mit Namen.

"Herr Holzner, könnten Sie schnell mal mitkommen. Ich brauche dringend Hilfe."

Das klang so flehend, dass Ingo Holzner keinen Moment zögerte, ihr zu folgen, seine Sportkameraden im Schlepptau.

Froh, dass sie einen Teil der Verantwortung auf andere abladen konnte, zeigte Frau Döbus auf die Sportschuhe, deren Besitzer von Holzstämmen verdeckt war. "Vielleicht ist er nur bewusstlos."

"Wie ist denn das passiert?" fragte er sie neugierig.

"Weiß ich nicht. Mein Poldi hat ihn so gefunden. Ich habe ihn nicht angerührt. Scheint so, als wollte er die Höhle besichtigen. Er hat wohl Pech gehabt, dass sich gerade in diesem Moment der Holzstoß über ihm auf dem regenweichen Waldboden gelöst hat und auf ihn herunter gestürzt ist."

Ingo Holzner zögerte keinen Moment: "Packt mal mit an", forderte er seine Begleiter auf. In Gemeinschaftsarbeit hatten sie die schweren Holzstücke schnell zur Seite geschafft.

"Oh je. Ich glaube, da ist nichts mehr zu machen. Der macht keinen Mucks mehr", sagte er, nachdem er vergeblich versucht hatte, den Puls an der Halsschlagader zu ertasten. "Der ist im Genick auch schon ganz starr. Sicherheitshalber sollten wir die Polizei informieren. Die hat auch einen Arzt von der Rechtsmedizin dabei."

"Machen Sie nur. Sie kennen sich da besser aus als ich!"

Mit der Polizei hatte Marie Döbus noch nie näher zu tun gehabt.

Eine Stunde später wimmelte es von Polizisten, die den Tatort absicherten, während sich drei Gestalten mit Latexhandschuhen, eingehüllt in weiße Schutzanzüge, auf die Spurensicherung konzentrierten. Ein rotweißes Flatterband versperrte den Weg zur Höhle.

Kurz darauf trafen zwei Kriminalbeamte in Zivil ein, die den Fundort in Augenschein nahmen. Sie sahen den Toten im schmutzigen Sportdress, an dem überall Holzsplitter hingen.

"Kannst du uns schon etwas sagen", wandte sich Hauptkommissar Rückert an Philipp Körner, den Leiter der Spurensicherung, der sich zu ihnen gesellte.

"Bestimmt tot seit gestern Nachmittag. Überall, wo man Haut sieht, Hämatome, wahrscheinlich von den Baumstämmen, die auf den Mann gestürzt sind. Unter anderem hat er eine Quetschung im Kehlkopfbereich. Die hat ihn wahrscheinlich das Leben gekostet. Sonst ist hier nicht viel zu holen", sagte Philipp Körner. "Alles voller frischer Spuren von Laufschuhen, Größe 42 bis 45, und einem Paar leichter Wanderschuhe, Größe 38.

"Super, wozu brauchen wir eigentlich noch einen Rechtsmediziner? Fehlt nur noch die Bemerkung: Nach der Obduktion kann ich mehr sagen ", frotzelte Rückert, aber man hörte seine ernst gemeinte Anerkennung durch.

"Und – weiß man, von wem diese ganzen Spuren sind?"

"Schätze von der alten Dame, die die Leiche gefunden hat, und ihren Bekannten." Er zeigte auf die ungeduldig wartende

Gruppe. Nur der alten Dame schien das Warten nichts auszumachen. "Die dachten wohl, sie könnten dem Verunglückten noch helfen."

"Und weshalb haben sie die Polizei eingeschaltet, sieht doch alles nach Unfall aus?" fragte Olli Berner, Rückerts Kollege, in der leisen Hoffnung, die Arbeit an andere abwimmeln zu können.

"Habe ich noch nicht gefragt. Irgendwas müsst ihr ja auch noch zu tun haben", entgegnete Körner pikiert.

"Ist schon gut", besänftigte ihn Rückert. "Wir kümmern uns drum."

"Der Arnulf von der Rechtsmedizin aus Gießen müsste auch jeden Moment eintreffen. Am besten schicken wir ihm einen Polizisten an die Stelle entgegen, wo der Weg vom Rotenberg zum Dammelsberg abzweigt. Der kann ihn abfangen und hierher lotsen. Geh du, bitte, mit deinen Leuten schon mal nach oben in den Wald und sichere die Spuren, Philipp. Könnte durchaus sein, dass da jemand nachgeholfen hat. Irgendwo muss ein Pfad nach oben führen. Und du, Olli, schaffst am besten den zuständigen Forstbeamten herbei. Mit Holzarbeiten kennen wir uns ja nicht so gut aus."

"Na hör mal, ich habe ständig mit Holz zu tun", protestierte Olli Berner.

Oliver Berner stammte aus Marbach, einem alten Marburger Ortsteil mit zum Teil noch dörflichem Charakter, und war mit ländlichen Gepflogenheiten gut vertraut.

"Ja, vor allem durchs Klauen von Tannenbäumen vor Weihnachten und Beschaffen von Brennholz. Du hast doch immer davon geschwärmt, dass du bei den jährlichen Holzversteigerungen mitmachst, weil sie immer mit einem deftigem Essen und einem ordentlichen Umtrunk am Lagerfeuer verbunden sind?" Außerdem erzählte Olli oft und begeistert davon, dass das im Jahr eine der wenigen Gelegenheiten war, wo man so herrlich alte Volkslieder grölen konnte. Singen war für ihn ein entscheidender Bestandteil seines kulturellen Lebens. Er war sowohl im Chor der Freiwilligen Feuerwehr als auch im Polizeichor aktives Mitglied.

"Okay, ich frag' erst mal die Jogger, wo es zur Kuppe hinaufgeht. Die kennen sich hier bestimmt gut aus", erwiderte Berner leicht gekränkt.

"Mach' das! Und frag noch mal genau nach, ob sie sonst noch was mitbekommen haben. Ich kümmere mich um die alte Dame."

Kapitel 4

Marie Döbus hatte sich vom Schock des Leichenfundes mittlerweile erholt. Sie fand es spannend, den Polizisten und den Leuten von der Spurensicherung bei der Arbeit zuzusehen. Sie beobachtete, wie etwas später zwei in Zivil gekleidete Männer dazu stießen. Das musste die Kripo sein. Sie ließen sich kurz ins Bild setzen und schauten zu ihr herüber.

Zum Glück stürzte sich der kleinere Stämmige mit dem roten Gesicht und den Stoppelhaaren, der aussah wie ein Bäuerchen aus dem Hinterland, gleich auf die Studenten.

Der zweite, ein großer hagerer Mann, kam mit langen energischen Schritten auf sie zu. Seine Leichtfüßigkeit fiel der alten Sportlerin sofort ins Auge. Das hohlwangige Gesicht mit der Adlernase unter der hohen Stirn mit etwas schütteren Haaren hatte etwas Anziehendes. Sie schätzte ihn auf Mitte fünfzig. So ein erfahrener Mann war ihr tausendmal lieber als ein junger Spund, der glaubte, sich wichtig machen zu müssen.

"Guten Tag, Rückert, Kripo Marburg", stellte er sich vor. Sie streckte ihm die Hand entgegen, die er mit einem kräftigen Händedruck ergriff.

Damit hatte er Marie Döbus schon für sich eingenommen. Es wurde immer seltener, dass sich die Leute vernünftig vorstellten, wenn sie sie begrüßten. Und dann dieser lasche Händedruck, der ihr meist zugemutet wurde. Alles Weicheier! Besonders sympathisch fand sie, dass Rückert sie nicht mit einer komplizierten Berufsbezeichnung behelligte, mit der sie sowieso nichts anfangen konnte.

"Marie Döbus, pensionierte Sportlehrerin", antwortete sie mit fester Stimme. Sie wollte ihm zu verstehen geben, dass sie trotz ihres Alters ernst zu nehmen war.

Auf Rückerts Bitte schilderte sie noch einmal, wie ihr Poldi die Leiche aufgespürt hatte, die fast vollständig unter den Baumstämmen begraben war. Der Dackel wurde aufmerksam, als er seinen Namen hörte, und wedelte Rückert freundlich an, während er an seinen Schuhen und seinen Jeans schnüffelte.

"Sie strahlen Ruhe und Souveränität aus. Das erkennt Poldi sofort." Wie sie das sagte, war das als ein großes Kompliment gemeint.

"Poldi wie Podolski vom 1. FC Köln?", fragte Rückers interessiert.

"Sie kennen sich mit Fußball aus? Ja, ich habe lange in Köln gewohnt und habe selbst im Verein gespielt. Da lag das nahe. Er ähnelt dem Spieler sogar charakterlich, ist manchmal ungestüm und frech, hat seine Launen, ist aber meist ganz lieb. Haben sie selbst auch einen Hund?"

"Nee, nee. Kann ich mir bei meinem Beruf nicht leisten. Ich bin zu oft außer Haus. Das halten weder Tiere noch Menschen aus", bekannte er und wunderte sich selbst, wie mitteilsam er ihr gegenüber war. "Wahrscheinlich mag Ihr Poldi vor allem mein Schuhspray, mit dem ich ab und zu meine Schuhe imprägniere. Das hat so einen leicht herben Wildgeruch. – Aber davon abgesehen: Ich mag tatsächlich Hunde und die meisten anderen Tiere, wenn man mal von Schlangen, Spinnen und Krokodilen absieht."

Rückert schaute die Frau Döbus an: Sie hatte ein freundliches, schmales, von Lachfalten geprägtes Gesicht, dem man die Schönheit früherer Jahre noch ansah. Sie machte einen sehr lebhaften und energischen Eindruck. Ein bisschen erinnerte sie ihn an Inge Meysel, die große Schauspielerin, die nun schon ein paar Jahre tot war. Aber sie war ihm noch in bester Erinnerung: ihre fröhliche zupackende Art, zwar klein und zerbrechlich wirkend, aber jederzeit kampfeslustig, couragiert – und in ihren Ansichten unbeirrbar.

"Jetzt wissen Sie schon mehr von mir, als meine engsten Mitarbeiter", sagte er mit leichter Übertreibung, ein jungenhaftes Lächeln auf den Lippen.

"Wenn Sie Tiere mögen, müssen Sie mich unbedingt mal besuchen", lächelte sie zurück. "Ich habe einen kleinen Zoo zu Hause, vom Eichhörnchen bis zum Ziegenbock."

"Eine ulkige Mischung. Das werde ich mir nicht entgehen lassen. Aber nun gestatten Sie mir noch ein paar Fragen."

"Schießen Sie los."

"Warum haben Sie eigentlich gleich die Polizei informiert und nicht den Notarzt?"

"Das war Herrn Holzners Idee, der den Toten kurz untersucht hat. Aber ich hatte auch so ein Gefühl, als würde da etwas nicht stimmen."

"Und wieso?"

"Man hört das doch, wenn über einem Baumstämme ins Rutschen kommen. Selbst ich mit meinem hohen Alter hätte mich noch in Sicherheit bringen können."

"Übertreiben Sie nicht ein bisschen? Die paar Jährchen, die Sie mir voraus sind!"

"Was schätzen Sie denn, wie alt ich bin?", fragte sie kokett. Der Tote war plötzlich gar nicht mehr wichtig.

Rückert nahm die Herausforderung an. Er musterte sie aufmerksam. Ihre Haare waren schwarz getönt, wie er hier und da an den schon wieder grau werdenden Haaransätzen erkennen konnte. Ihre Wangen waren mit ein wenig Make-up und einem Hauch Rouge aufgefrischt, aber die Falten am Hals waren nicht zu übersehen.

"Wenn Sie drauf bestehen: sechsundsechzig?"

Sie legte den Kopf zur Seite und schaute prüfend zu ihm hoch. Aber er machte ein Pokergesicht. Man sah ihm nicht an, ob er ihr nur eine Freude machen wollte oder es ehrlich meinte.

"Sie wollen mir Mut machen. Das war vor vierzehn Jahren. Da fing – frei nach Udo Jürgens – mein zweites Leben an."

"Also achtzig! Wahnsinn!"

"Mein Mann hat immer gesagt: Im Alkohol gut konserviert", sagte sie mit gespielter Entrüstung.

Rückert lachte. Er hatte sich schon lange nicht mehr bei einer Unterhaltung so amüsiert.

"Dabei trinke ich vor allem Mineralwasser und Tee, schon des Gewichts wegen. Höchstens abends mal ein Gläschen Anislikör oder Pfirsichsekt, mein Lieblingsgetränk."

"Da ist wirklich nicht viel Alkohol drin. – Aber so leid es mir tut", wechselte Rückert wieder das Thema. "Ich muss noch einmal auf den Toten zu sprechen kommen."

"Ist ja schließlich Ihr Job."

"Vor allem interessiert mich: Haben Sie irgendetwas berührt?"

"Ich selbst nicht. Aber Poldi hat sich in die Turnschuhe verbissen, genauer gesagt in die Schnürsenkel. Die hatten es ihm angetan. An mehr ist er nicht rangekommen, weil das Holz den Rest unter sich begraben hatte."

"Und wie kommt es, dass die Leiche jetzt frei liegt?"

"Wir wussten ja nicht, was mit dem Mann los war. Er hätte ja nur bewusstlos unter den Stämmen und Ästen liegen können. Deswegen haben die Studenten die Bäume zur Seite geschafft. Aber da war nichts mehr zu machen. Herr Holzner studiert Medizin. Der hat gleich gesehen, dass die Leichenstarre schon ausgebildet war. Er meinte, der Tod könnte gestern Nachmittag eingetreten sein."

"Der junge Mann scheint im Studium gut aufgepasst zu haben! Die Spusi ist der gleichen Meinung. Jetzt warten wir noch auf den Rechtsmediziner, der uns vielleicht Genaueres sagen kann. Allerdings müssen wir uns noch etwas gedulden. Der kommt extra aus Gießen herfahren. Wir haben ja leider seit einigen Jahren keine Gerichtsmedizin mehr."

"Wieso denn das? Während meines Sportstudiums hier habe ich doch da noch hospitiert."

"Die finanzielle Situation des Landes hat wohl keine andere Möglichkeit gelassen."

"Das kann ich gar nicht begreifen. Sie sind doch mit Ihrer Arbeit darauf angewiesen."

"Wem sagen Sie das", seufzte Rückert. "Aber auf uns hört ja niemand. Angeblich sind Marburg und Gießen verkehrstechnisch so nahe aneinander gerückt, dass sich zwei Institute nicht lohnen. Und Sie wissen ja: Die Politiker brauchen das Geld für ihren eigenen Firlefanz. Hier ein neues Ressort, dort ein neues Ministerium oder ein neuer Staatssekretär und so weiter. Daneben noch ein schönes Aushängeschild, mit dem sie sich die Stimmen in den großen Städten für die nächste Wahl sichern wie die Sanierung der Löwenburg in Kassel oder die Erweiterung des Flughafens in Kassel-Caldern für zig Millionen. Wie lange ist ihr Sportstudium jetzt her?"

"Über fünfzig Jahre. Danach bin ich mit meinem Mann nach Köln gegangen."

"Und seit wann sind Sie wieder hier?"

"Seit über neun Jahren. 2001 ist mein Mann gestorben."

"Tut mir leid."

"Schon gut. Ist einfach aus der Narkose nicht wieder aufgewacht. War eigentlich nur ein winziger Eingriff. Leistenbruch. War ja ein schöner Tod für ihn. Aber ich stand dann plötzlich alleine da."

"Und wie sind Sie nach Marburg gekommen."

"Ich musste einfach aus Köln raus, und hier in Marburg bin ja ich aufgewachsen. Meine Großeltern hatten sich hier für ihre alten Tage ein Häuschen gebaut. Die hatten ihr Leben lang in einem Dorf gewohnt und wollten endlich mal das kulturelle Leben in der Stadt genießen. Eigentlich ist es mir sehr leicht gefallen, hier wieder Fuß zu fassen. Hier am Schlossberg hatte sich nicht viel geändert."

"Unten in der Stadt schon. "

"Das stimmt. Am meisten hat mich umgehauen, dass es das alte Wirtshaus an der Lahn und das Gymnasium Philippinum nicht mehr gibt."

"Ist ja schon ein Weilchen her, an Denkmalschutz hat damals noch niemand gedacht."

Ihr Gespräch fand ein jähes Ende, als Doktor Arnulf aus Gießen eintraf.

"Ach, da kommt ja auch der Rechtsmediziner. Jetzt kann es endlich weiter gehen. Soll ich Sie nach Hause bringen lassen?" bot Rückert der alten Dame an.

"Nee, mir geht es gut. Zum Sandweg ist es nicht weit."

"Ich komme in den nächsten Tagen mit dem Protokoll vorbei – und natürlich, um ihren Zoo zu besichtigen."

Er wollte der alten Dame den Weg hinunter in die Stadt ersparen. Er würde von seiner Sekretärin ein Protokoll anfertigen lassen. Viel war das nicht. Das hatte er in ein paar Minuten fertig, und sie musste dann nur noch unterschreiben.

"Ich freue mich drauf. Aber rufen Sie sicherheitshalber vorher an. Sie wissen ja, Rentner und Pensionäre sind ständig unterwegs und haben nie Zeit."

"Wird gemacht. Also bis bald!"

Rückert winkte Marie Döbus zum Abschied zu und beeilte sich, den Neuankömmling zu begrüßen.

"Ich dachte schon, du wärst in der Lahn versunken", pflaumte er Maximilian Arnulf an.

"Nee, nee. Immerhin musste ich ja erst von Gießen hierher kommen. Bis zum Wilhelmsplatz ging ja noch alles gut. Dann hat mich mein Navi in die Irre geführt. Ich sollte von der Lutherstraße nach links abbiegen und endete plötzlich vor einer Schranke. Da musste ich mich erst durchfragen. Die Studenten, denen ich begegnet bin, hatten keine Ahnung. Und erst die Touristen. Die haben nur das Landgrafenschloss und die Verbindungshäuser im Kopf und fotografieren alles, was ihnen vor die Linse kommt. Ansonsten irren sie kopflos umher und stören die arbeitende Bevölkerung. Es hat ewig gedauert, bis ich einen Einheimischen getroffen habe, der mir den Weg sagen konnte!"

"Aber wie bist du in die Sybelstraße geraten. Das war doch ganz falsch."

"Die meisten Autos und so ein altertümlicher Bus fuhren da entlang. Da bin ich automatisch hinterher gefahren."

"Dann hast du vorher die Kurve zum Rotenberg verpasst. Da haben wir einen Polizisten hinbeordert, der dich hier herführen sollte."

"Kann sein: Auf das Navigationssystem und den Verkehr zu achten, war zu viel für mich."

"Typisch Mediziner! Hauptsache, du bist jetzt hier."

Der Kommissar führte den Gerichtsmediziner zur Leiche.

"Der Tote wurde von einer alten Dame entdeckt und von Joggern, die sie zu Hilfe holte, unter den Holzstämmen hervorgeholt. Sie dachten, sie könnten ihm noch helfen. Einer von ihnen, ein Medizinstudent, hat den Toten auch im Kopfbereich bewegt und gemeint, dass das Genick schon von der Leichenstarre steif war. Und Philipp Körner von der Spusi schätzt den Todeszeitpunkt auf gestern Nachmittag. Was meinst du dazu?"

"Könnte hinkommen. Gib mir ein paar Minuten."

"Na klar! – Für uns ist erst einmal die Frage am wichtigsten: Unfall oder Mord?"

Rückert behielt die Schlussfolgerung von Frau Döbus für sich. Er wollte Max Arnulf nicht beeinflussen. Der Rechtsmediziner sollte sich seine eigenen Gedanken machen. Er überließ ihn seiner Arbeit und hielt ungeduldig Ausschau nach Berner und den Studenten. Schließlich tauchte Berner allein auf.

"Was ist los? Wo sind die anderen?"

"Die Personalien der Studenten habe ich aufgenommen. Die holen jetzt ihr versäumtes Morgentraining nach. Die wissen überhaupt nichts. Sie waren nur der alten Dame behilflich. Sonst haben sie nichts mitgekriegt. Und die Leute von der Spusi wollten lieber ungestört sein. Sie werden uns informieren, wenn sie was gefunden haben."

"Und was ist mit dem Forstbeamten."

"Der ist noch nicht aufgetaucht. Aber ich habe inzwischen mit jemandem gesprochen, der gestern Mittag mit seinem Pferd da oben war."

"Wer kommt denn auf die Idee, mit seinem Pferd da oben im Gestrüpp herumzureiten. Wir sind hier doch nicht im Wilden Westen!" Rückert war überrascht.

"Nee, doch nicht zum Reiten. Hast du noch nichts vom 'Holzrücken' mit Pferden gehört. Das sind nicht diese Luxuspferdchen, die zum Vergnügen verwöhnter höherer Töchter gezüchtet werden, sondern schwere Kaltblüter. Sie können nach dem Entasten die Baumstämme durch schmale Baumschneisen ziehen, ohne den Wald kaputt zu machen wie die großen Vollerntemaschinen."

Olli Berner wollte seinem Chef klar machen, dass er doch nicht ganz so unbedarft war, wie er ihn vorhin hingestellt hatte.

Der hob die Hände zum Zeichen der Aufgabe.

"Ist ja schon gut! Davon habe ich keine Ahnung. War nicht so ernst gemeint, was ich vorhin gesagt habe. Du weißt: Ich bin in Bremen und Hamburg groß geworden. Da gibt's vor allem Wasser, wenig Wald. – Und hat der Typ irgendetwas gesehen, was uns weiterhilft?"

"Nur dass da oben ein Holzstoß war, der jetzt verschwunden ist. Er hat erst gedacht, dass jemand das Holz abgeholt hat und sich gewundert, dass er keine Reifenspuren gesehen hat. Bis ihm dann die Schleifspuren aufgefallen sind. Wenigstens hat er an einer Stelle in der Nähe im Lehm eine halbe Fußspur entdeckt, die wir gesichert haben. Ob die was mit dem Toten zu tun hat, müssen wir erst noch feststellen. Sonst ist da alles voller abgeschnittener Äste und Holzspäne. Mit Spuren ist da nicht viel zu machen."

Rückert unterbrach ihn: "Da kommt ja endlich der Förster."

Er war in Begleitung des Holzarbeiters, der die Spur entdeckt hatte.

Der Forstbeamte hatte eine robuste Kleidung an, zu der auch derbe Stiefel gehörten, die für das schwere Gelände geeignet waren. Die beiden Kommissare dagegen trugen empfindliche Halbschuhe, die normalerweise nur fürs Büro gedacht waren. Sie waren schließlich in Marburg, nicht am Ende der Welt. Für besondere Fälle hatten sie zwar Gummistiefel im Dienstwagen, aber der stand weiter unten am Wegesrand. Sie hatten nicht daran gedacht, die Schuhe zu wechseln, und waren jetzt zu faul, sie zu holen. Als sie dem Förster bergauf in den Wald folgten, achteten sie darauf, dass sie auf Holzspäne traten, die zwar feucht waren, aber doch ausreichend vor dem aufgeweichten Waldboden schützten.

Der Holzarbeiter führte sie zur Spur, deren Sohlenprofil auf die Stelle zeigte, wo nur noch Reste des Holzstoßes herumlagen.

"Schätze: Größe fünfzig, wenn nicht mehr. Vom Vorarbeiter können wir sicher erfahren, wer hier gearbeitet hat", meinte Berner.

"Aber das sind doch Sportschuhe, für Waldarbeiter sehr ungewöhnlich", widersprach der Forstbeamte.

Er untersuchte sorgfältig die Spuren, die der Holzstoß hinterlassen hatte, vor allem die Löcher wo die Stützpfähle eingerammt gewesen waren.

"Der Holzstoß war sorgfältig abgesichert. Von allein wäre er trotz des Regens nicht da runtergerutscht. Wer immer da nachgeholfen hat, muss ganz schön Kraft haben."

"Dann wollen wir mal sehen, was Arnulf herausgekriegt hat."

Max Arnulf drehte den Kopf zu ihnen, als er sie kommen hörte. Er kam ihrer Frage zuvor.

"Die meisten Verletzungen könnten von herabstürzenden Teilen des Holzstoßes kommen. Aber das Hämatom über dem Kehlkopf ist eigenartig, merkwürdig rund, Durchmesser drei Zentimeter. Der Kehlkopf darunter ist regelrecht zertrümmert. Und dann gibt es noch eine auffällige längliche Schwellung links im Bereich der Schläfe. Kann natürlich sein, dass er von da oben herunter unglücklich auf einen abgebrochenen Baumstumpf gestürzt ist. Habe ich aber nirgendwo in der näheren Umgebung entdeckt. Genaueres kann ich erst nach der Obduktion sagen."

"Und der Todeszeitpunkt?" drängte Rückert.

"Nichts Neues: Irgendwann gestern am späten Nachmittag, wenn man die kühle feuchte Nacht berücksichtigt. Ich lasse die Leiche gleich in die Rechtsmedizin bringen und mache mich heute Abend noch an die Arbeit. Sobald ich mehr weiß, rufe ich dich an."

Kapitel 5

Rückert wandte sich an Berner. "Olli, jetzt könnte ich einen Schluck Kaffee gebrauchen. Du hast doch sicher welchen dabei."

"Du Nassauer! Wann schaffst du dir endlich auch eine Frau an, damit sie vernünftig für dich sorgen kann?"

"Ach, du weißt ja, das ist nichts für mich. Lieber hier und da mal eine kurze Beziehung, die nicht ausartet. Ansonsten brauche ich meine Freiheit. Und denk an Weihnachten und Silvester. Wer soll denn dann den Dienst übernehmen?"

"Hast recht." Berner erkannte, dass er ein heikles Thema angesprochen hatte, und lenkte ab: "Möchtest du ein Stück Kuchen dazu? Kommt direkt aus dem Marbacher Backhaus."

"Warum nicht." Jens Rückert griff sich ohne falsche Scham ein Stück des Kuchens, bei dem dicke Butterstreusel dicht an dicht auf einem wunderbar lockeren Hefeteig verteilt waren. Der Kuchen war für ihn nicht zu toppen.

"Und was denkst du?" fragte Berner, während auch er genussvoll den heißen Kaffee schlürfte.

Rückert winkte ab.

"Warten wir erst mal die Ergebnisse der Spusi ab."

Berner nickte zustimmend. Das war ihm recht. Nur nichts überstürzen.

Wenig später schnorrte auch Körner einen Kaffee bei Berner.

"Und?" Jens Rückert schaute ihn fragend an.

"Meine Leute sind noch bei der Arbeit. Aber ich kann euch schon so viel sagen. Wir haben trotz des Regens etwas Interessantes gefunden. An einer geschützten Stelle, gab es knapp neben dem Pfad, der nach oben führt, vor einem Baum die Spuren von einem Paar riesiger Turnschuhe. Größe fünfzig. Der Mann hat da wahrscheinlich eine Pinkelpause gemacht und für einen Moment jede Vorsicht außer acht gelassen. Die Spuren stimmen mit dem Abdruck überein, der an der Stelle war, wo der Holzstoß abgestürzt ist oder besser: herunter gestoßen worden ist. Von allein wären die Stämme nie in Bewegung geraten. Muss wirklich ein Hüne gewesen sein, der das geschafft hat."

"Vielleicht hat es da oben Streit gegeben. Dabei ist einer abgestürzt und von den Bäumen begraben worden", meinte Berner.

"Komisch ist dann aber, dass wir von dem Toten da oben keinerlei Fußspuren gefunden haben", gab Körner zu bedenken.

"Stimmt. Ist alles noch etwas rätselhaft", meinte Rückert. "Im Moment ist noch nichts auszuschließen. Ich hoffe, ihr findet noch weitere Hinweise."

"Wird nicht einfach sein. Die Holzarbeiter haben oben viele Spuren verwischt und weiter unten sind tausend Fußspuren von Joggern und Spaziergängern", dämpfte Körner seine Erwartungen.

Trotz intensiven Suchens gab es vorerst keine neuen Erkenntnisse. Da keine persönliche Dokumente bei dem Toten zu finden waren, ließ Rückert ein Fahndungsfoto des Toten anfertigen und über den üblichen Verteiler an die Medien verschicken. Nun musste er sich gedulden und auf eine Rückmeldung aus der Bevölkerung warten. Das konnte dauern.

Seufzend machte er sich an den Bürokram, der sich über den Tag auf seinem Schreibtisch angehäuft hatte. Bis Max Arnulf sich melden würde, konnte er sicher noch einiges wegschaffen.

Aber es kam anders.

Schon eine halbe Stunde, nachdem sie die Fotos verschickt hatten, meldete sich der Sportredakteur der Marburger Tageszeitung 'Oberhessische Presse', dem das Bild zufällig in die Finger geraten war. Er hatte den Toten sofort erkannt.

"Das ist Pit Brauner. War früher ein sehr guter Radsportler. Man munkelt, dass er dem Doping nicht abgeneigt war. Dann ist ihm der Erfolg in den Kopf gestiegen, und er hat mehr gefeiert als trainiert. War ja auch ein attraktiver Bursche, der gut bei den Frauen angekommen ist. Dann ist er anscheinend in die falsche Gesellschaft geraten. Wenn man den jüngsten Gerüchten glauben darf, hatte er zuletzt auch ein bisschen gedealt. "

Das würde mühselige Kleinarbeit bedeuten. Die Drogenszene in Marburg war nicht zuletzt durch die Studenten schwer zu überschauen. Aber vielleicht gab es in Brauners Wohnung wichtige Hinweise. Auf jeden Fall war unter diesen Umständen mit großer Wahrscheinlichkeit von Mord auszugehen.

Es war eine Kleinigkeit, die Adresse herauszubekommen: eine Gasse oberhalb der Barfüßerstraße, Rübenstein 11, nicht weit von der Kugelkirche entfernt.

Dann gab es eine weitere interessante Spur: Die Spusi war doch noch fündig geworden. Gerade als Jens Rückert die Identität des Toten geklärt und seine Adresse ausfindig gemacht hatte, kam Philipp Körner in sein Büro, um ihn zu informieren. Einer seiner Leute hatte bei der erweiterten Spurensuche weiter unten am Dammelsberg in einem Busch ein längliches Stück geglättetes Buchenholz entdeckt, das dort nicht hinpasste. Es hatte eine Länge von 38 Zentimetern und einen Durchmesser von 31 Millimetern. Die beiden Enden wiesen Spuren einer kleinen Säge auf, die von einem Multifunktionsmesser stammen könnten. Fingerabdrücke waren nicht nachzuweisen, aber auf der Rückseite, die gegen die Witterung geschützt gewesen war, hatten sie menschliche Hautschuppen gefunden, die für die Bestimmung der DNS ausreichten.

"Vielleicht gehört das zum Mordinstrument. Würde vom Durchmesser gut passen. Ist nur etwas kurz. Wäre das nicht super? Ihr braucht dann nur noch die Person zu ermitteln, der diese DNS zuzuordnen ist", sagte Körner begeistert.

"Perfekt! Es gibt ja nur hunderttausend Personen in der näheren Umgebung, die in Frage kommen", spottete Jens Rückert. "Aber wo du schon mal hier bist: Ich brauche dringend jemanden, der mich zur Wohnung dieses Pit Brauner begleitet. Olli Berner ist leider schon weg."

Es kostete einige Mühe, Körner zu überreden, mitzukommen. Er hatte ihn gerade so weit, als der ersehnte Anruf von Max Arnulf eintraf.

"Hallo Jens. Schön, dass ich dich noch erwische. Gut zu wissen, dass auch andere um diese Zeit noch arbeiten."

"Ja, Schadenfreude ist die reinste Freude."

"Ist Olli Berner auch noch da? Dann schalte besser um auf Lautsprecher."

"Nee, der hatte was Besseres vor. Aber Philipp Körner ist bei mir. Olli wollte mal wieder beim Abendessen daheim sein. Und danach musste er dringend zu einer Generalprobe in die Lutherische Pfarrkirche. Er ist ja im Polizeichor sehr aktiv."

"Ja, das passt zu ihm. Da kann ich nur staunen. Neben meinem Job habe ich kaum noch Zeit. Ab und zu mal in den

Ulenspiegel zu einem Jazzabend. Aber sonst: tote Hose. Und ich habe momentan niemanden, der auf mich wartet."

"Ja, mir geht es ähnlich. Aber es hat ja auch Vorteile, wenn man keine familiären Verpflichtungen hat. Man kann am Ball bleiben, so wie in diesem Fall. Übrigens: Inzwischen wissen wir, wer das Opfer ist. Wir wollten gerade zur Wohnung des Toten aufbrechen."

"Woher habt ihr denn seine Adresse?"

"Purer Zufall. Wir hatten ein Foto für die Presse machen lassen. Der Sportredakteur der 'Oberhessischen Presse' hat ihn sofort erkannt und sich gleich bei uns gemeldet. Ehemaliger Radprofi. Muss früher ein As gewesen sein, Pit Brauner. Vielleicht hast du schon von ihm gehört. Du warst doch selbst mal im Radsport aktiv, wenn ich mich recht entsinne."

"Nie von ihm gehört. Aber meine aktive Zeit liegt inzwischen auch schon lange zurück. Und seitdem jeder Zweite dopt, um mithalten zu können, interessiert mich der Radsport überhaupt nicht mehr."

"Schade. Jedenfalls glauben seine alten Sportkameraden, dass er Kontakt mit der Marburger Drogenszene hatte. In dieser Richtung müssen wir jetzt weiter suchen. – Und gibt es bei dir was Neues?"

"Ja, ich sehe inzwischen etwas klarer", erwiderte Arnulf. "Also: zum Todeszeitpunkt nichts Neues. Aber die Leiche wies nicht nur die stumpfen Traumata auf, die aufgrund des herabstürzenden Holzstoßes zu erwarten waren, sondern es gab noch eine Reihe von gleichartigen striemenartigen, zum Teil aber auch fast kreisrunden Blutergüssen von etwa drei Zentimetern im Durchmesser, die über den ganzen Körper verteilt waren. An den Armen waren ausschließlich die länglichen Hämatome zu finden. Wahrscheinlich bei der Abwehr entstanden. Am eindrucksvollsten waren die bläuliche Schwellungen an der linken Schläfe und der zertrümmerte

Kehlkopf. Die genaue Untersuchung hat gezeigt, dass die Verletzungen durch die Holzstämme erst später entstanden sind als die Striemen. Sieht aus, als habe der Tote eine ordentliche Tracht Prügel mit einem Knüppel abgekriegt. Am Schluss wurde er gezielt getötet, fast wie bei einer Hinrichtung."

"Und? Spann' mich nicht auf die Folter", drängte Rückert. "Du hast dir sicher schon Gedanken darüber gemacht."

"Der Schlag gegen die Schläfe hat mit großer Wahrscheinlichkeit nur eine Bewusstlosigkeit zur Folge gehabt, kennst du vielleicht von 'Old Shatterhand' bei Karl May. Erst der Stoß gegen den Kehlkopf hat dann zum Tode geführt. Das hat er aber nicht mehr mitgekriegt. Die herabstürzenden Baumstämme sollten die Tat nur vertuschen", schloss er seinen Bericht ab.

"Die Spusi hat an zwei Stellen Fußabdrucke auffällig großer Sportschuhe gefunden. Könnte ein Komplize gewesen sein, der den Holzstoß gelockert und umgeworfen hat."

"Kann schon sein. Übrigens: Fast hätte ich das vergessen. An der Schläfe und am Kehlkopf haben wir feine Spuren von Buchenholz gefunden. Das ist eigenartig, weil das umherliegende Holz und die Rinde an der Kleidung von Fichten stammen."

"Das passt prima zu dem Holzteil, das die Spusi gefunden hat. Ein einfacher Holzstock als Mordinstrument! Das habe ich ja noch nie erlebt. Kannst du dir einen Reim darauf machen?"

"Nee. Dazu fällt mir nichts ein. Ich muss erst mal 'ne Runde schlafen. Ich bin todmüde."

"Du hast's gut. Ich muss jetzt noch in die Wohnung des Toten. Wir brauchen dringend noch weitere Anhaltspunkte, um den Mörder möglichst schnell zu fassen. Hast du nicht Lust mitzukommen? Sechs Augen sehen mehr als vier."

"Nein, danke! Ihr kommt schon allein zurecht, wie ich euch kenne. Ich brauche jetzt unbedingt meinen Schönheitsschlaf."

"Ob das noch was nützt! Aber wie du meinst. Damit verpasst du eine großartige Gelegenheit, was dazu zu lernen", machte Jens Rückert einen letzten Versuch, ihn zu aktivieren.

"Dass nehme ich in Kauf. Viel Erfolg."

Er wandte sich an Philipp Körner, der schon ungeduldig wartete.

"Du hast's ja gehört. Damit sind die letzten Zweifel an einem gewaltsamen Tod beseitigt."

Als sie vor die Tür traten, wurden sie von einem unangenehmen kalten Nieselregen überrascht.

Körner murrte: "Und du willst wirklich noch los? Bei dem Wetter?" Körner bereute schon seine Zusage.

"Dir brauche ich doch nicht zu erzählen, wie wichtig es ist, bei einem Mord möglichst schnell die Spuren zu sichern. Wat mut, dat mut." Mit dieser norddeutschen Weisheit wischte Rückert jeden Einwand beiseite.

Kurz nach zehn standen sie vor dem Haus, in dem sich Brauners Wohnung befand. Die Haustür war offen, obwohl ein Schild die Hausbewohner aufforderte, die Tür ab 22 Uhr geschlossen zu halten. Sicher waren die Studenten aus der WG im zweiten Stock daran schuld. Die gingen sowieso erst jetzt auf die Piste und würden erst spät zurückkommen. Das Licht im Treppenhaus war noch an. Als sie vor Brauners Wohnungstür im ersten Stock eintrafen, wollte Körner sein Spezialbesteck hervorholen, um die Tür zu öffnen.

"Lass stecken. Du willst doch nicht widerrechtlich eindringen", hielt Rückert ihn davon ab. Er hatte den einfacheren

Weg gewählt und Glück gehabt. Der Riegel an der Tür war nur eingeschnappt und ließ sich mit seiner ADAC-Karte zurückschieben, so dass sie in den kleinen Wohnungsflur eintreten konnten.

In dem Augenblick ging das Licht im Treppenhaus aus. Diesen Moment nutzte eine dunkle Gestalt und schlüpfte zwischen ihnen hindurch aus der Wohnung. Sie huschte trotz der Dunkelheit erstaunlich schnell die Treppe hinunter. Rückert brauchte einen Moment, bis er den Lichtschalter fand und ihm folgen konnte. Als er sich vor dem Haus umsah, sah er nur noch einen Schatten in der Wendelgasse verschwinden, die über eine spiralig nach oben verlaufende Treppe auf dem Kirchhof der Lutherischen Pfarrkirche mündet. Er lief, so schnell er konnte, hinterher, rutschte aber in der Kurve auf dem feuchten Pflaster aus, sodass der Flüchtende, der gerade die Stufen hinauf hetzte, seinen Vorsprung vergrößern konnte. Rückert beeilte sich zwar, aber als er freie Sicht über den Kirchenvorplatz hatte, war von dem Flüchtigen nichts mehr zu sehen. Zum Glück kamen gerade eine Menge Leute in Polizeiuniform vom Haupteingang der Kirche um die Ecke gebogen – unter ihnen Olli Berner.

Er erinnerte sich: Der Polizeichor hatte heute Abend hier geprobt.

"Habt ihr einen Mann gesehen, ganz in Schwarz gekleidet?", rief Rückert ihnen zu.

Fast synchron bewegten sich die Arme des Chors zur Treppe Richtung Ritterstraße. Rückert hetzte die Treppe hinauf. Dann musste er sich entscheiden. Ritterstraße nach links oder rechts oder die Ludwig-Bickell-Treppe hoch Richtung Schloss? Der Weg nach oben schien ihm am wahrscheinlichsten. Kurz entschlossen spurtete er die Treppe hoch.

Und er hatte Glück. Als er auf halber Höhe den ersten Absatz der Treppe hinter sich gebracht hatte, war die dunkle Gestalt gerade auf Höhe des Bückingsgartens, eines beliebten Marburger Ausflugslokals an den Schlossmauern. Sie schaute sich um und zeigte ihm den Stinkefinger. Noch ein paar Sprünge, die nach dem Treppenlauf noch erstaunlich leicht wirkten, dann war der Verfolgte verschwunden. Als Rückert oben angekommen war, musste er erst einmal verschnaufen, obwohl er durch sein wöchentliches Karate-Training und ein spezielles Zirkeltraining ganz gut in Form war. Von dem Flüchtenden war nichts mehr zu sehen.

Jetzt gab es wieder mehrere Möglichkeiten: Rechts ging es steil runter in die Stadt, links zum Schlosspark, zu verschiedenen Studentenwohnheimen und zahlreichen Verbindungshäusern. Geradeaus kam man zum Collegium Philippinum und zum Landgrafenschloss, und auf der anderen Seite des Schlosses führte der Weg am Hexenturm vorbei zum Hainweg, an dem wieder eine Reihe von Verbindungshäusern lagen.

Da war nichts mehr zu machen. Jetzt hatte es keinen Sinn, weiter zu suchen.

Enttäuscht stieg Rückert langsam die Treppe runter, wo ihm Olli gemächlich entgegenkam.

"Was war denn los?"

Rückert informierte ihn kurz über den neusten Stand der Dinge.

"Und jetzt war ich gerade hinter jemandem her, den wir aus der Wohnung des Toten verscheucht haben. Entweder war es der Mörder selbst oder ein Komplize. Der hat nach irgendetwas gesucht, wahrscheinlich Drogen."

"Dann weißt du ja jetzt, wie er aussieht. Die Ergreifung ist dann nur noch Formsache."

"Pustekuchen! Ich hab' kaum etwas von ihm gesehen. Das Treppenhaus war ja im Dunkeln, und alles ging so schnell. Später war ich viel zu weit hinter ihm. Und bei dem trüben Laternenlicht! Vielleicht würde ich ihn am Laufstil erkennen: Auf jeden Fall war er mittelgroß und männlich und vom Alter her zwischen dreißig und vierzig."

"Toll. Da kommen ja nur zwei, drei Leute in Frage", spottete Olli Berner. "Ein bisschen wenig, Herr Hauptkommissar."

"Muss ich zugeben. Und du, hast du was gesehen, was uns weiter helfen könnte?"

"Wo denkst du hin! Wir sind ja gerade aus der Kirche gekommen und haben auf der Treppe im Halbdunkel der Mauer nur eine schwarze Gestalt seitlich von hinten gesehen, kurz bevor sie Richtung Ritterstraße verschwand."

"Dann kannst du ja nachempfinden, wie es mir gegangen ist. Und – kommst du mit zur Wohnung des Toten? Körner ist schon bei der Arbeit?"

"Wie hast du den denn dazu gekriegt?"

"Durch harte Überzeugungsarbeit. Er wäre fast noch abgesprungen, als er sah, dass es regnete. Also: Was ist mit dir."

Man sah es Olli Berner an, dass er alles andere als begeistert war. Viel lieber hätte er bei dem gemütlichen Ausklang nach der Chorprobe mitgemacht.

"Schafft ihr das nicht allein?"

"Komm schon. Sei kein Frosch!"

"Na ja, wenn's sein muss", seufzend ergab sich Berner in sein Schicksal.

Sie kehrten in Brauners Wohnung zurück, wo Körner schon mit der Suche und Spurensicherung begonnen hatte. Er blickte ihnen erwartungsvoll entgegen.

"Und hast du ihn erwischt?"

"Nee, leider ist er mir durch die Lappen gegangen. Er hatte einen zu großen Vorsprung. Da war nichts zu machen. Aber schau mal, wen ich mitgebracht habe?"

Körner grinste Olli Berner schadenfroh an.

"Hat er dich auch rumgekriegt!"

"Ja, leider. Wir kamen gerade aus der Lutherischen Pfarrkirche. Da bin ich ihm direkt in die Hände gelaufen."

Rückert hatte sich in der Zwischenzeit umgesehen: "Wie sieht's denn hier aus?"

"Ja, ein böses Durcheinander! Das hat mir die Suche nicht gerade erleichtert. Vielleicht hat der Eindringling ja noch gefunden, wonach er gesucht hat, kurz bevor er abgehauen ist", sagte Körner und schaute Rückert hoffnungsvoll an. Aber der war in seinem Tatendrang nicht zu bremsen.

"Glaube ich kaum. Dann hätte er sich früher aus dem Staub gemacht. Also noch einmal ran an den Feind", meinte Rückert und trieb seine Begleiter energisch an.

Die üblichen Verstecke, eine dekorative Standuhr im Wohnzimmer, Küchenschrank und Matratze im Schlafzimmer waren schon durchforstet, wie man an den Spuren erkennen konnte. Alle außergewöhnlichen Verstecke wie doppelter Boden von Schubladen, Unebenheiten an der Rückseite des Bücherregals, Gehäuse von Fernseher und Computer hatten sie schnell überprüft. Der Fußboden klang nirgendwo hohl. Am Schluss nahmen sie sich die Bücher einzeln vor. Es gab keine Aussparungen für Drogen oder Geld. Die mehr oder weniger eindrucksvollen Siegerpokale hatten solide Sockel, die nicht als Versteck in Frage kamen. Nach zwei Stunden intensiven Suchens legten sie erschöpft eine Pause ein.

"Alles umsonst", meinte Körner enttäuscht. "Nicht mal ein bisschen anregende Lektüre wie 'Playboy' oder 'Penthouse', nirgends ein Krimi, von seriöser Belletristik ganz zu schweigen. Nur diese drögen Bücher über Radsport mit den noch langweiligeren Biografien der Radhelden und anderer Sportler. Kennt man eins, kennt man alle. Und dann noch unzählige Bücher und dicke Kataloge von Tauben jeder Art."

Olli Berner merkte auf: "Tauben, sagst du?" Körner und Rückert waren ganz überrascht über sein plötzlich erwachendes Interesse. Bisher hatte er sich nur lustlos an der Suche beteiligt.

"Ja, schau her." Körner zeigte auf einen Stapel Bücher und Broschüren.

"Und nirgendwo Spuren von Tauben?"

"Nur draußen auf dem Balkon alles voll von hellen Kotklecksen. Das ist ja normal in einer Stadt wie Marburg, wo die Touris immer für Nahrung sorgen und die 'Ratten der Luft' verwöhnen."

Berner ging nach draußen und sah sich die Bescherung an.

"Das ist ja mehr, als die Polizei erlaubt", meinte er erstaunlich humorvoll und schaute prüfend nach oben. "Da könnte noch was anderes dahinter stecken. Pit Brauner muss ein eingefleischter Taubenfan gewesen sein, wahrscheinlich Ersatzbefriedigung für seinen Radsport. Der hat sich nicht nur mit Lektüre begnügt. Und einen Taubenschlag bringt man meistens im Dachgeschoss unter. Vielleicht finden wir da etwas."

Körner und Rückert, die inzwischen ihren Elan verloren hatten, folgten ihm ohne große Begeisterung, während Olli wie ausgewechselt war. Murrend quälten sich die beiden hinter ihm die Treppen hinauf. Eigentlich hatten sie die Nase voll von der fruchtlosen Sucherei und wollten nach Hause. Morgen war auch noch ein Tag.

Aber Olli Berner hatte jetzt die Rolle des Antreibers übernommen.

Sogar von der verschlossenen Holztür, die im Treppenhaus vom zweiten Stock nach oben führte, ließ er sich nicht aufhalten. Er eilte die Treppen wieder hinunter, griff sich ein paar Schlüssel vom Schlüsselbrett, das am Flur hing, und war in Nullkommanichts wieder oben. Der vierte Schlüssel passte. Eine naturfarbene, erstaunlich saubere Holzstiege führte nach oben. Als sie das Licht einschalteten, gab es ein vielstimmiges verärgertes Gurren und Flattern. Das war ein gut besetzter Taubenschlag mit über dreißig Tauben.

Im Vorraum stand ein kleiner abgeschlossener Sekretär. Daneben waren mehrere große Tüten mit Erdnüssen, Hanf und Sämereien aufgestellt, dahinter säuberlich aufgereiht Transportkäfige für Tauben, eine Kiste mit allerlei Zubehör: Sitzbrettchen aus Holz, Zellennäpfe aus Kunststoff, Fanggabeln und sogar Nesteier aus Kunststoff.

"Wofür sind die denn", fragte Rückert.

"Man sollte es nicht glauben, aber die Tauben fallen darauf rein. Wenn sie denken, dass zu Hause ein Gelege auf sie wartet, fliegen sie schneller nach Hause. Kleiner Motivationstrick", erklärte Berner.

Dann waren da noch eine Reihe von Dosen und Schachteln mit sonderbaren Aufschriften wie Tollyamin dreiplus, POSTO, Brieftauben-Spartrix, PS und eine kleine Zigarrenkiste mit verschiedenen Ampullen.

"Sieht fast so aus wie an der Theke eines Fitness-Studios", meinte Körner.

"Gar nicht schlecht der Vergleich", lobte ihn Berner: "Hier geht es schließlich um lukrative Preise. Das ist Hochleistungssport für die Tauben. Die kriegen eine optimale Nahrung mit Eiweiß, Fett und Elektrolyten. Bei weiten Flügen verlieren sie um die fünfzig Gramm an Gewicht. Danach müssen sie möglichst rasch aufgepäppelt werden, damit sie für den nächsten Wettbewerb fit sind. Ich wette, in dieser Zigarrenkiste sind sogar Anabolika drin. Hier geht es schließlich nicht um Peanuts. Ein wertvolles Zuchttier kann mehrere tausend Euro kosten."

"Donnerwetter!" staunte Rückert. "Das hätte ich nicht gedacht. Deshalb ist hier alles Tipptopp in Ordnung."

"Ja, hier hat auch noch niemand herumgewühlt. Hier kann man vernünftig nach Spuren suchen", meinte Körner, wieder neu motiviert.

Sie durchsuchten konzentriert jeden einzelnen Transportbehälter. Die meisten waren aus stabiler Pappe. Zwei davon waren aus robustem Kunststoff. Nirgendwo eine Spur von Staub, obwohl die Flugsaison wegen der anhaltenden Kälte noch nicht richtig in Gang gekommen war.

In dem einen Kunststoffbehälter waren allerlei Utensilien, die zur Identifizierung der Tauben dienten, Ringe mit verschiedenen Farben, GPS-Chips und Brieftauben-Rucksäcke, in denen sogar Nachrichten und kleine Päckchen transportiert werden konnten.

Die eigentliche Überraschung kam aber erst, nachdem Körner das Schloss des Sekretärs geknackt hatte. Sie fanden ein Laptop und eine Liste der Brieftaubenfreunde, mit denen der Tote in Verbindung gestanden hatte. Möglicherweise verbargen sich dahinter Kunden. Das gab viel Arbeit fürs Drogendezernat.

"Ist das Risiko nicht groß, dass sich mal eine Taube verirrt oder von Raubvögeln angegriffen wird und verloren geht."

"Auszuschließen ist das nicht. Aber bei kurzen Distanzen ist das selten. Sicherheitshalber kann man die Tauben – wie ihr seht – mit einem GPS-System ausrüsten, damit wenigstens das Transportgut nicht verloren geht."

"Da kann sich unsere Post eine Scheibe abschneiden."

In dem anderen Behälter waren eine Menge kleiner Tütchen und Plastikbeutel. Sie fanden ein paar Kilo Marihuana, mindestens dreihundert Gramm Kokain und je einen Karton mit EPO, Testosteron-Gel sowie einer Menge Schachteln mit Wachstumshormon.

Pit Brauner war offenbar gut im Geschäft.

Und dann gab es noch eine Holzkiste mit einer großen Tasche, die zur Isolierung mit Styropor ausgekleidet war. Sie war voller Ampullen, die mit der Aufschrift S107 versehen waren.

"Von S107 habe ich noch nichts gehört", meinte Rückert. "Das ist ja richtig spannend. Da rufe ich gleich mal bei meinem Freund Jochen Haller an. Vielleicht kann er uns weiterhelfen."

"Jochen Haller?", fragte Körner erstaunt. "Irgendwo klingelt's da bei mir."

"Klar. Erinnerst du dich nicht mehr an den Fall mit dem erschlagenen Pathologen? Jochen hat uns geholfen, den Täter zu fassen. Damals war er noch Medizinstudent.

"Ja, natürlich, der Ruderer. Die Sache hat uns damals ganz schön auf Trab gehalten. So was vergisst man nicht. Und was hat er jetzt mit Doping am Hut? Wollte er nicht Pathologe werden?"

"Das war einmal: Jetzt ist er im Sportwissenschaftlichen Institut gelandet und befasst sich mit Antidoping."

"Richtig. Ich erinnere mich. Da gab es doch kürzlich einen Bericht im 'Focus'. Hat er nicht ein paar Radsportler hochgehen lassen, die jahrelang gedopt hatten."

"Ja, wenn du das so drastisch ausdrücken möchtest. Ihm ist es erstmals in Deutschland gelungen, Doping mit menschlichem Wachstumshormon nachzuweisen! Das war eine böse Überraschung für die Doping-Sünder."

"Na, der wird sich freuen, von dir mitten in der Nacht gestört zu werden! Hoffentlich erinnert er sich noch an dich. Das ist ja schon ewig her, dass wir mit ihm zu tun hatten."

"Irrtum! Du vielleicht. Ich sehe ihn fast jeden Monat."

"Ach was!"

"Wir haben damals mit seiner Hilfe im Polizeipräsidium ein Zirkeltraining in Gang gebracht, um die Fitness der Mitarbeiter zu verbessern. Und das existiert immer noch. Findet zwei Mal wöchentlich gleich nach der normalen Tagschicht statt. Hast du das nicht mitgekriegt? "

"Ehrlich gesagt. Nee."

"Na ja. Ihr im Keller kriegt ja auch gar nichts mit. – Am Anfang lief es ein bisschen zäh. Aber Jochen sorgt immer wieder für neue Motivation, und seitdem er das Seilspringen mit fetziger Musik zum "Rope Skipping" aufgepeppt hat, laufen uns vor allem die Frauen die Bude ein. Das hat dann auch eine ganze Reihe von männlichen Kollegen aktiviert, die sonst nicht zu begeistern waren. Sogar so faule Hunde wie der Olli kommen ab und an mal dazu."

Er grinste entschuldigend zu Olli hinüber, der nur mit den Schultern zuckte. Fitness-Training – in welcher Form auch immer – war nicht seine Welt. Aber gelegentlich machte er bei diesem Zirkeltraining mit, um seinen guten Willen zu demonstrieren. Außerdem hatten ein paar der Mädels in ihren knappen Trikots eine sehenswerte Figur.

"Irgendwie ist das an mir vorbeigegangen. Muss ich mir demnächst mal ansehen."

"Ja tu das. Jochen wird sich freuen, dich auch mal wieder zu sehen."

Kapitel 6

Jochen Haller brütete schon den ganzen Abend über einem Übersichtsartikel zum Thema Doping und den verheerenden Auswirkungen auf verschiedene Sportarten, als Jens Rückert anrief. Das war eine willkommene Unterbrechung.

Sie verabredeten sich am 'Kugelhaus' einem ehemaligen Klostergebäude unterhalb der Kugelkirche, das der Uni gehörte, gar nicht weit von der Wohnung des Toten entfernt.

Rückert staunte über die moderne Laboreinrichtung, die das alte Gemäuer beherbergte. Es war – wie er von Jochen gehört hatte, der sich für solche Sachen interessierte – im Mittelalter vom Orden "Brüder zum gemeinsamen Leben" ursprünglich als Lateinschule eingerichtet worden.

"Ihr seid ja besser ausgerüstet als unsere Spusi."

"Da gehört nicht gerade viel dazu, glaube ich. Gilt aber nur für ein ganz schmales Spektrum an Doping-Präparaten: Amphetamin, Clenbuterol, Kokain, Steroide und vor allem das Erythropoietin, das den meisten unter der Bezeichnung EPO besser bekannt ist. Eben alles, was bei Sportlern beliebt ist. Durch die Medien hast du ja sicher mitbekommen, dass ich inzwischen auch menschliches Wachstumshormon, das STH, messen kann. Das ist zwar teuer, erfreut sich aber immer größerer Beliebtheit, weil es die Muskelbildung unterstützt, ohne dass es zu den Anabolika gehört. Für die Sportler, die sich das leisten können, hat es den Vorteil, dass sich nur wenige Labors mit dem Nachweis befassen."

"Und kannst du hiermit was anfangen?" Jens reichte seinem Freund eine Ampulle mit der Aufschrift S 107.

"Aber klar. Du hast das doch noch nicht nötig!"

Rückert hob abwehrend die Hände.

"Nee. Haben wir eben bei einer Hausdurchsuchung zusammen mit anderen Doping-Substanzen gefunden."

"Donnerwetter, du hast ja eine ganze Tüte voller Schachteln dabei. Wo hast du die denn her?" Jochen Haller war ganz aus dem Häuschen. "Das ist eine neue Substanz, die zur Behandlung von Herzschwäche in der klinischen Prüfung ist. Ist noch gar nicht für den Handel zugelassen, weil die Verträglichkeit für den Menschen erst noch untersucht werden muss. Deswegen steht es noch gar nicht auf den Doping-Listen. Es soll die Ausdauerleistung um – sage und schreibe – zwanzig Prozent verbessern. Wird von ehrgeizigen Sportlern schon jetzt eingesetzt, obwohl man noch nichts Genaues über die Nebenwirkungen weiß. Deshalb befasse ich mich unter der Hand auch schon jetzt damit. Wer das nimmt, hat auch sonst Dreck am Stecken."

"Hast du eine Vorstellung, welchen Verkaufswert das hat?"

"Nicht genau. Ist sicher nicht billig. Neue Substanzen kosten ihren Preis, auch wenn sie – wie S107 – relativ einfach herzustellen sind. Ich könnte mir vorstellen, so um die hundert bis zweihundert Euro pro Ampulle", schätzte Jochen Haller. "Wenn du Genaueres wissen möchtest, musst du im Internet nachschauen."

"Das wären dann allein dafür an die zehntausend Euro. Alles zusammen mit dem anderen Zeug, das wir sichergestellt haben, kommt sicher ein Marktwert von fünfzigtausend Euro zusammen."

Jens berichtete Jochen Haller von dem Toten und seinen merkwürdigen Verletzungen.

"Kannst du dir einen Reim darauf machen? Wer benutzt denn heutzutage einen selbst geschnitzten Holzstock?"

"Das einzige, was mir einfällt, wären Schäfer. Wir sind schließlich in einer ländlichen Gegend. In der Nähe, in Hungen, finden sogar jährlich Schäferwettbewerbe statt."

"Keine schlechte Idee. Jetzt weiß ich, warum wir dich zum Kommissar honoris causa ernannt haben. Wir werden sicherheitshalber alle Schäfer aus der Umgebung unter die Lupe nehmen. Bei den Summen, um die es geht, wird verständlich, warum hier mit harten Bandagen gekämpft wird", meinte Rückert abschließend. "Fragt sich nur, was solche Leute auf dem Dammelsberg machen."

"Kann ich dir auch nicht sagen", sagte Jochen Haller. "Aber, so weit ich weiß, haben konspirative Treffen dort Tradition. Dort soll doch auch die Gründung des traditionsreichen VfL 1860 Marburg vorbereitet worden sein."

"Ach ja? Wusste ich ja noch gar nicht, obwohl ich selbst Mitglied in dem Verein bin."

"Seit wann gibt es denn eine Karate-Abteilung im VfL?"

"Nee, nee. Das stammt noch aus der Zeit, als ich selbst mal aktiver Turner war."

"Hast du mir nie erzählt."

"Ich weiß von dir sicher auch noch nicht alles."

"Das will ich hoffen."

Jens Rückert wurde wieder ernst.

"Jedenfalls: ein Jammer, dass ich den Burschen nicht erwischt habe, der in Brauners Wohnung war. Der hätte mir sicher einiges verraten können und uns viel Arbeit erspart."

Kapitel 7

Am Morgen nach dem aufregenden Fund des Toten absolvierte Marie Döbus mit Poldi ihren üblichen Rundgang am Dammelsberg. Sie war neugierig, ob die Höhle wieder zugänglich war. Es wunderte sie nicht, als sie sah, dass alles noch abgesperrt war. Der Dammelsberg war schließlich trotz der Hirschkäfer und Fledermäuse, die es hier gab, nicht gerade ein touristisches Highlight Marburgs. Da nahm man sich Zeit. So blieb ihr nichts anderes übrig: Sie musste auf den unteren Rundweg zurück und sich mit den Walkern und Joggern herumplagen, die sich hier auf engem Raum gegenseitig störten. Nachdem Poldi sein Geschäft erledigt hatte, beeilte sie sich, aus dem Massenrundlauf auszuscheren und nach Hause zu kommen. Sie würde den Vormittag nutzen, um ein paar Besorgungen in der Stadt zu machen.

Den Jogger mit dunkelblauer Kapuzenjacke, der ihr in gebührendem Abstand folgte, bemerkte sie nicht.

Als sie später ihre Stadtbesorgungen aus ihrem Suzuki Splash ins Haus schaffte, sah sie den Anrufbeantworter blinken: Kommissar Rückert kündigte seinen Besuch für sechzehn Uhr an.

Sie gönnte sich ein Mittagspäuschen, in dem sie sich einen aufgezeichneten Kurzkrimi aus der Serie 'Soko Köln' anschaute. Das waren zwar Wiederholungen, aber sie genoss dabei das Wiedersehen mit Köln und konnte ungestört wegdösen, wenn sie wusste, in welche Richtung die Ermittlungen gingen. Als sie nach einer halben Stunde gut erholt wieder aufwachte, schaute sie sich – wie immer – den Schluss des Krimis an. Das gab ihr das Gefühl, nichts verpasst zu haben.

Dann machte sie sich daran, ihren Garten hinter dem Haus, der unter dem langen kalten Winter stark gelitten hatte und stellenweise von Wildschweinen zerwühlt war, auf Vordermann zu bringen

"Ihr habt doch die ganzen Eicheln vom Dammelsberg. Könnt ihr den Hals nicht voll kriegen?", schimpfte sie. Sie liebte zwar Tiere, aber wenn sie ihren Garten verwüsteten, ging ihr das doch zu weit.

Poldi hatte sich in seine Hütte verzogen und schmollte, weil sein Frauchen keine Zeit für ihn hatte. Er wollte spielen oder zumindest einen schönen langen Spaziergang machen. Heute Morgen, das war ja nichts Vernünftiges gewesen. Aber alle Versuche, sie für sich zu gewinnen, indem er um sie herumscharwenzelte und tat, als würde ihn ihre Arbeit interessieren, waren vergeblich. Selbst sein Nötigungsversuch mit der Hundeleine im Maul, war gescheitert. Sie hatte ihn weggescheucht, weil er ihr im Wege war. Ein Beet war für ihn zu nichts nutze, wenn man nicht den interessanten Gerüchen folgen und nach Maulwürfen oder versteckten Knochen wühlen durfte. Das grüne Zeug, für das Frauchen sich so abmühte, interessierte ihn nicht die Bohne. Fleisch und Knochen waren sein Gemüse!

Fast hätte Frau Döbus das Klingeln an der Haustür überhört, weil sie ihr Radio in der Küche laut gestellt hatte. 'Harmony.fm' brachte meist Musik aus den Siebzigern und Achtzigern, alles was sie liebte: Rock, Jazz und alte Schlager mit mehr Melodie als Rhythmus. Auf die betont flotten Sprüche und die dümmliche Werbung hätte sie allerdings gern verzichtet. Und dann gab es – wie gerade jetzt im Moment – leider viel zu häufig so primitive Songs, wie 'No No Never' der Gruppe Texas Lightning. Sie schlüpfte schnell aus den Gartenschuhen in ihre Hausschuhe aus Elchtierfell, schaltete von Radio auf CD um und eilte durch die Hintertür der Küche in den Hausflur. Dort schaute sie in den Spiegel neben der Garderobe, richtete kurz ihre Haare und beeilte sich, den Besuch herein zu lassen

Es war kurz vor vier. Das konnte nur Kommissar Rückert sein. Gut, dass sie die Musik umgeschaltet hatte. Gerade lief die verjazzte 'Play Bach'-Version von Jacques Loussier! Sie freute sich schon auf seinen Besuch, nicht nur, weil er gut aussah, sondern weil sie bei ihrer kurzen Begegnung den Eindruck gewonnen hatte, dass sie – ungeachtet des Altersunterschieds – die gleiche Wellenlänge hatten.

Sorglos öffnete sie die Tür, ohne wie sonst durch den Spion zu schauen.

Vor ihr stand ein sehr großer kräftiger Mann in offenem grauen Arbeitskittel, der um die Schultern etwas spannte und an den Armen zu kurz war. Er war ein gutes Stück größer als der Kommissar. Die Krempe des schwarzen Schlapphuts hatte er tief ins Gesicht gezogen. Er trug lange schwarze Lederhosen und robuste schwarze Stiefel, die knapp über die Waden reichten, und – erstaunlich für die Jahreszeit – dicke Lederhandschuhe.

Ihre erste Regung war, die Tür rasch zuzuwerfen. Aber er hatte schon einen Stiefel in der Tür. Ihre anfängliche Sorge legte sich, als sie sah, dass der Mann eine Tasche in der linken Hand trug, aus der Griffe einer Sichel, mehrerer Scheren und Messer herausragten. Ein, zwei Mal im Jahr gingen die Scherenschleifer von Haus zu Haus und fragten nach, ob sie etwas für sie zu tun habe.

"Haben Sie Messer oder Scheren zu schleifen?" fragte er mit einem stark rollenden R, wie es in Mittelhessen auf dem Lande üblich war.

Also kein Grund zur Sorge. Sie entspannte sich. Der Mann war zwar unhöflich, aber was konnte man von so einem Typen schon erwarten, dessen Job es war, anderen Leuten die Tür einzurennen und Schleifarbeiten zu erledigen.

Befremdlich war allerdings, dass er gar nicht ihre Antwort abwartete, sondern immer weiter in den Flur eindrang und sie zurückdrängte. Dann verschwand seine rechte Hand in der Tasche und kam mit einem bedrohlich langen Fleischermesser heraus. Er hob die Hand mit dem Messer, das jetzt unmissverständlich auf ihren Hals zeigte, und dirigierte Frau Döbus in Richtung Küche, während er mit dem rechten Fuß der Haustür einen Stoß gab, so dass sie ins Schloss fiel.

Entgeistert starrte Marie Döbus ihn an. Jetzt fiel ihr auch auf, wie wenig der Arbeitskittel und sein sonstiges Outfit zusammenpassten. Das war kein Scherenschleifer! Was wollte der Typ von ihr? Geld und Schmuck? Viel hatte sie nicht im Haus. Das bisschen konnte er ruhig haben. Und was dann? Würde er einfach abhauen, oder würde er sie umbringen?

Instinktiv hob sie die Arme zum Schutz. Dann ließ sie sich einfach nach unten in die Hocke fallen und rollte rückwärts über die Schulter ab. Sie war erstaunlich schnell wieder auf den Füßen und drehte sich zur Flucht. Einen Moment lang war der Angreifer verblüfft. Das hatte er der alten Dame nicht zugetraut.

"Donnerwetter! Nicht schlecht, altes Mädchen", stieß er verblüfft hervor. "Aber hilft dir alles nichts."

Mit großen schnellen Schritten folgte er ihr und hielt sie am Arm fest. Die Angst verlieh Marie Döbus ungeahnte Kräfte. Sie schlug und trat um sich und konnte sich tatsächlich noch einmal losreißen. Sie schaffte es bis zur offenen Hintertür der Küche und brachte gerade noch hervor: "Poldi fass!" bevor ihr Gegner den Mund mit grobem Griff verschloss und sie zurück in die Küche zerrte. Der Handschuh roch so penetrant nach einem stinkigen Leder-Öl-Gemisch, dass ihr übel wurde.

Poldi hatte seit seiner Hundeschulung diesen Befehl, der seinem Jagdtrieb freie Bahn ließ, nicht mehr gehört. Aber er reagierte sofort. Er jagte auf seinen kurzen Beinen in die Küche und stürzte sich knurrend auf den Eindringling. Wenn sein Frauchen in Not war, konnte ihn nichts und niemand davon abhalten, ihr zu Hilfe zu eilen.

Der Angreifer spürte einen plötzlichen Schmerz an seiner linken Wade oberhalb des Stiefelschafts.

"Mistvieh!" Er kickte mit dem Fuß nach hinten und dachte, damit sei er den Dackel los. Aber weit gefehlt. Poldi war alles andere als ein Schoßhündchen. Und sein Frauchen war nicht weniger widerspenstig, wehrte sich nach Kräften und traf ihn einige Male empfindlich.

Der Eindringling verlor die Geduld. Er griff kurz nach unten und schleuderte den Dackel an die geflieste Wand über der Spüle. Poldi jaulte kurz auf, fiel dann nach unten und blieb still liegen.

Frau Döbus packte der Zorn, alle Angst war von ihr gewichen. Sie hatte die kurze Atempause genutzt und sich eine Pfanne gegriffen und ging auf den Angreifer los. Mit Leichtigkeit wehrte der den Schlag ab, indem er blitzschnell ihr Handgelenk festhielt.

"Nun ist aber Schluss." Der ungebetene Besucher lachte heiser. "Lass die Mätzchen."

"Was wollen Sie von mir", keuchte sie.

Das Klingeln an der Haustür enthob ihn einer Antwort.

"Keinen Mucks! Sonst ... ." Er drückte das Messer unmissverständlich in die empfindliche Haut am Hals neben dem Kehlkopf, wo die Halsschlagader entlang lief.

Es klingelte noch einmal, diesmal länger, drängender.

"Scheiße. Halte ja den Rand. Sonst mach' ich dich kalt." Er versetzte der alten Dame einen kräftigen Stoß, so dass sie leicht benommen in den Flur zurücktorkelte. Dann ergriff er die Flucht durch die Küchentür Richtung Garten.

Kapitel 8

Rückert war auf dem Weg zu Frau Döbus, um ihr das Protokoll ihrer Aussage vorzulegen. Er freute sich auf das Treffen mit der munteren alten Dame. Das war mal was anderes als die Routinebefragungen, die er sonst durchzuführen hatte.

Er stellte seinen Wagen am Anfang des Sandwegs ab und ging den Rest zu Fuß. Ein bisschen frische Luft nach dem langen Tag am Schreibtisch würde ihm gut tun. Ein Glück, dass es heute nicht regnete.

Insgeheim hoffte er, ihr vielleicht doch noch die eine oder andere Information entlocken zu können, nachdem sich bei ihr die erste Aufregung über den Fund der Leiche gelegt hatte.

Sie wussten jetzt zwar, dass alles auf Fremdverschulden hinwies. Aber sonst tappten sie noch im Dunkeln. In den Hautzellen an dem Stück Buchenholz, das die Spusi gefunden hatte, war zweierlei DNS nachweisbar: Die eine stimmte mit der des Toten überein, die andere war von einem unbekannten Mann. Solange man keinen konkreten Verdacht hatte, kam man nicht weiter.

Nachdem Rückert das repräsentative Gebäude der Akademisch-Musikalischen Studentenverbindung Fridericiana hinter sich gelassen hatte, kam er an einem größeren Anwesen mit einem zweistöckigen Haus vorbei, das durch einen rostroten Sockel und enzianblaue Fensterläden unangenehm auffiel und gar nicht hierher passte. Eine große Terrasse mit Überdachung für einen gemauerten Grillplatz, der trotz der kühlen Witterung schon einsatzbereit war, wurde von gepflegten Zypressen und sorgfältig gestutzten Bonsai-Bäumchen eingerahmt. Vor dem Grundstück stand ein silberner

BMW-Geländewagen, der den Bürgersteig blockierte. Der blitzsaubere Plattenweg, der durch einen Vorgarten mit einem kurz geschnittenen Rasen und exotischen Büschen führte, war umsäumt von römischen Büsten- und Vasenimitaten.

Rückert wähnte sich in der Romagna. Typisch Neureiche, die sich als Globetrotter und Italienfans outeten.

Hinter dem Geländewagen war ein schwarzes Motorrad aufgebockt, eine BMW R 1200 R. Wahrscheinlich gehörte sie dem Sohn des Hauses. Ein dunkler Helm war achtlos auf dem Sitz deponiert, als wäre Diebstahl im Sandweg ein Fremdwort. Hier war die Welt noch in Ordnung!

Der verbeulte dunkelgraue Pick-up, der weiter vorne geparkt war, passte allerdings nicht hierher.

Rückert entdeckte die zweizeilige Aufschrift 'Hanke/Marbach – Wir schleifen alles'. Darunter Telefonnummer und Homepage. Die modernen Medien waren auf dem Lande angekommen. Auf der Ladefläche standen mehrere Taschen mit Geräten, die abgeholt worden waren oder nach den Schleifarbeiten zurückgebracht werden sollten. Vom Fahrer war nichts zu sehen. Der war wohl dabei, die Häuser im Sandweg abzuklappern.

Rückert musste unwillkürlich grinsen. Eine musische Verbindung wie die Fridericiana war eigentlich nicht die richtige Adresse. Sinnvoller wäre es, den Scherenschleifer an die schlagenden Verbindungen zu verweisen, die es weiter östlich am Schlossberg gab.

Er gelangte schließlich an einen kleinen offenen Holzschuppen mit schrägem Teerdach, in dem ein türkisfarbener viertüriger Suzuki Splash untergestellt war. Genau das Richtige für eine ältere Dame: bequem und zweckmäßig. Hier musste Frau Döbus wohnen.

Durch den Unterstellplatz hindurch war der Blick frei auf ein Häuschen mit grauen Schindeln anstelle eines Hausputzes. Ein Kiesweg führte durch einen unregelmäßig begrenzten, an vielen Stellen von Unkraut überwucherten Rasen, der durch einige frische Maulwurfshaufen unterbrochen war, zum Haupteingang.

Die schmalen Fenster und die Schindeln erinnerten Rückert an das Hexenhäuschen aus Hänsel und Gretel. Nur dass die Lebkuchen aus Schiefer waren. Das kleine Gebäude war etwas nach hinten versetzt und schloss auf einer Seite direkt an ein Gehege an, das an einen alten Campingwagen grenzte. In der offenen Tür, zu der ein schmaler Steg führte, stand ein gackerndes Huhn, das stolz seine erfolgreiche Verrichtung verkündete. Offenbar hatte die Besitzerin den Wohnwagen ihren Hühnern als Stall überlassen. Andere Tiere entdeckte er im Moment nicht. Die hatten sich wahrscheinlich nach hinten verzogen.

Zu den Nachbarn hin verdeckte hoher dichter Kirschlorbeer und eine mannshohe Hainbuchenhecke die Sicht. Frau Döbus schien keinen großen Wert auf Kontakt zu ihren Nachbarn zu legen. Zwischen den Büschen üppig wachsender Farn ließ darauf schließen, dass sie ganz andere Vorstellungen von einem schönen Garten hatte als diese. Sie hatte nichts gegen ein bisschen Wildwuchs heimischer Pflanzen einzuwenden.

Das Namensschild über der Klingel zeigte ihm, dass er richtig war. Auf sein Klingeln tat sich jedoch nichts. Zum Hausflur gab es nur ein kleines Bullauge, das zum Reinschauen einlud. Aber drinnen war es so düster, dass man nichts erkennen konnte. Allerdings lief laute Musik, wenn ihn nicht alles täuschte, Play Bach von Jacques Loussier. Toll!

Das hatte er lange nicht mehr gehört. Er drückte noch einmal – diesmal etwas länger – auf den Klingelknopf. Nichts.

Wahrscheinlich hatte die alte Dame vergessen, dass er kommen würde. Oder war die Musik so laut gestellt, weil sie nicht mehr richtig hörte? Bei dem kurzen Gespräch am Dammelsberg hatte er allerdings nicht den Eindruck gehabt, dass sie schwerhörig war.

Er nahm den Weg über die locker in den Rasen verlegten Sandsteinplatten, um hinter dem Haus nachzusehen. Da hörte er plötzlich um die Ecke das Jaulen eines Hundes, das die Musik übertönte und dann jäh abbrach. Das konnte nur der Dackel der alten Dame sein.

Da stimmte etwas nicht.

Bevor er weiter darüber nachdenken konnte, was davon zu halten war, kam eine große kräftige Gestalt mit affenartigen langen Armen, die durch einen engen Arbeitskittel und die kurzen Ärmel betont wurden, um die Ecke gestürmt. Die heruntergezogene Krempe des Schlapphuts verbarg das Gesicht. Rückert sah gerade noch rechtzeitig das Messer in seiner Hand aufblitzen, die in einem Motorradhandschuh steckte, und warf sich zur Seite. Er spürte einen Rempler, dann war der Mann schon an ihm vorbei. Während er sich aufrappelte, hörte er noch das Knirschen über den Kiesweg, kurz darauf das Knattern eines Motors. Das war sicher die BMW, die er vorher gesehen hatte. Der war weg!

Im Moment war es sowieso erst einmal wichtiger, nach Frau Döbus zu sehen.

Als er die Küche von der Gartenterrasse aus betrat, fand er die alte Dame schluchzend bei ihrem Dackel am Boden vor der Wand hocken.

"Poldi, Poldi! Das kannst du mir nicht antun. Du darfst mich nicht allein lassen! Ich brauche dich, du bist doch alles, was ich habe."

Als sich der Kücheneingang bei Rückerts Eintreten verdunkelte, drehte sie sich mit ängstlicher Miene um. Erleichtert atmete sie auf, als sie Rückert erkannte.

"Gott sei Dank, Sie sind das! Ich dachte schon, der Schuft sei zurückgekommen. Da sind Sie ja gerade noch rechtzeitig eingetroffen. Ich dachte schon, es sei aus mit mir."

"Was ist passiert?"

"Vorhin hat es geklingelt. Ich dachte, Sie seien es und habe gleich geöffnet."

"Haben Sie nicht durch den Spion geguckt?" fragte Rückert vorwurfsvoll.

"Nö, ich hab' ja geglaubt, Sie wären das. Sie hatten sich doch für vier Uhr angekündigt", verteidigte sich die alte Dame. "Jedenfalls, als ich die Tür öffnete, stand der Typ plötzlich da. Ich dachte, mit dem Schlapphut, der Arbeitsjacke und der Tasche mit den Sachen, es sei der Scherenschleifer, der immer mal vorbeikommt. Aber das war nur Tarnung: Er hat mich dann gleich in den Flur geschoben und mit dem Messer bedroht."

"Und was wollte er von Ihnen?"

"Wahrscheinlich Geld und Schmuck. Ich hätte ihm ja alles gegeben. Viel ist das sowieso nicht, was ich im Haus habe. Zum Glück kamen Sie ja dann."

"Und was ist mit Poldi?"

"Ich glaube, er ist tot. Poldi hat ihn ins Bein gebissen. Da hat das Schwein ihn einfach gepackt und gegen die Wand geschmissen! Wenn ich den in die Finger kriege!" Die Wut kam wieder in ihr hoch und verdrängte Trauer und Schrecken.

"Und Ihnen ist nichts passiert?"

"Nee, nee. Mir geht's gut. Aber Poldi macht keinen Mucks mehr?"

"Lassen Sie mal sehen."

Rückert kniete sich nieder und schaute nach dem Dackel. Er fühlte den schnellen schwachen Herzschlag des Hundes.

"Keine Sorge. Er lebt. Scheint nur bewusstlos zu sein. Er kommt sicher bald zu sich."

Sie wischte sich die Tränen ab: "Ist das wahr? Sie sind ein Schatz."

Sie umarmte Rückert stürmisch.

"Ich kann ja nichts dafür. So ein Dackel ist zäh. Die können schon etwas vertragen. Sicherheitshalber rufe ich die Tierrettung. Ich kenne einen Tierarzt ganz gut, der da mitmacht."

Er informierte seinen Bekannten, der versprach, so schnell wie möglich vorbeizukommen.

"Ein Segen, dass Sie da sind."

"Und bei Ihnen ist wirklich alles in Ordnung?"

"Ja, ja. Als Sie zum zweiten Mal geklingelt haben, hat der Bursche sofort Reißaus genommen."

"Das lass' ich mir patentieren: Wenn der Rückert zweimal klingelt ..."

Da konnte Frau Döbus Gott sei Dank schon wieder lachen. "Jedenfalls hat's bei mir funktioniert."

"Ich rufe jetzt erst mal meine Leute. Und dann muss ich dringend nach dem Scherenschleifer sehen. Hoffentlich ist dem nichts Schlimmes passiert. Ich komme gleich wieder." Rückert wollte sich schon zur Tür wenden. Da hielt ihn die alte Dame am Arm zurück.

"Einen Moment. Sie bluten ja." Sie zeigte auf seine linke Hüfte.

Er schaute an sich herunter und entdeckte einen langen Riss in seiner hellbraunen Wildlederjacke.

"Scheiße, habe ich gar nicht richtig mitgekriegt. Kann also nicht so schlimm sein. Muss passiert sein, als ich mit dem Burschen zusammengestoßen bin. Vor allem meine Jacke hat etwas abbekommen. Na ja, die war sowieso fällig, war schon über zehn Jahre alt. Aber ich hatte mich so daran gewöhnt und trenne mich nur ungern von meinen alten Klamotten. So eine Qualität gibt's heute gar nicht mehr."

"Typisch Mann. Ich freue mich immer, wenn ich etwas Neues zum Anziehen finde, was mir gefällt."

"Ja, es sind die Frauen, die unsere Wirtschaft in Schwung halten. Mir würde das Kaufhaus Ahrens reichen. Die haben ja fast alles, was man so braucht. Vielleicht noch ein guter Bäcker, ein Zeitungskiosk mit Würstchenbude und eine gemütliche Kneipe. Das wär's!"

"Und ausgerechnet so jemand ist im schönen Marburg gelandet. Das nennt man Perlen vor die Säue werfen."

Rückert wollte draußen nach dem Rechten sehen.

"Halt. Erst schauen wir nach der Verletzung." Sie zog ihm vorsichtig das blutige Hemd aus den Jeans.

"Sehen Sie, ist nur ein oberflächlicher Schnitt. Sieht durch das Blut schlimmer aus, als es ist", meinte er und wollte das Hemd wieder in die Hose stopfen.

"Nichts da, das muss vernünftig versorgt werden. Warten Sie!"

Frau Döbus holte eilig Verbandszeug aus einer Küchenschublade.

Währenddessen überlegte Rückert laut.

"Und Sie sind sicher, dass sie den Typen vorher noch nicht gesehen haben?"

"Nicht dass ich wüsste."

"Haben Sie sonst noch etwas gesehen, was die Identifizierung erleichtern könnte?

"Im Moment fällt mir nichts dazu ein. Ich habe den Kerl noch nie gesehen. Ich habe nur noch seine raue Stimme mit dem rollenden "R" im Ohr: 'Halte ja den RRRand. Sonst mach' ich Dich kalt'."

Rückert lachte: "Sie machen ihn sehr gut nach. Ich glaube zwar, er wollte sie nur einschüchtern. Aber Sie müssen auf jeden Fall in nächster Zeit aufpassen."

"Ich bin nicht gerade der ängstliche Typ. Außerdem habe ich eine Studentin bei mir wohnen. Die studiert Sport und Französisch wie ich früher. Die kümmert sich prima um mich. Inzwischen ist sie für mich fast so etwas wie eine Freundin."

"Nehmen Sie das nicht zu leicht", warnte Rückert und dachte einen Moment nach.

"Kommt mir irgendwie nicht ganz geheuer vor. Gestern finden Sie eine Leiche und heute erhalten Sie ungebetenen Besuch."

Die Türklingel ertönte.

"Das geht ja hier bei mir zu, wie im Taubenschlag."

Rückert hielt Frau Döbus zurück, die nachsehen wollte.

"Lassen Sie mich. Sicher ist sicher. Auch wenn unwahrscheinlich ist, dass der Angreifer zurückgekehrt ist."

Er schaute durch den Spion und erkannte den Tierarzt.

Dieser sah sich Poldi gründlich an, nickte zufrieden und sagte zu Frau Döbus: "Der wird wieder. Wahrscheinlich Gehirnerschütterung. Geben Sie ihm dreimal täglich diese Tropfen, damit er ein bisschen Ruhe hält. Wenn Ihnen etwas komisch vorkommt, rufen Sie mich noch mal an."

Als er sich wieder verabschiedet hatte, meinte Rückert:

"Also ich schau mich mal nach dem echten Scherenschleifer um."

"Bis gleich. Ich setze schon mal Kaffeewasser auf?"
"Wollen Sie sich nicht lieber ein bisschen Ruhe gönnen."
"Jetzt, wo ich weiß, dass Poldi sich wieder erholt, fühle ich mich wie neu."

Kapitel 9

Rückert achtete sorgfältig auf eventuelle Spuren, die der Angreifer hinterlassen hatte, als er floh. Und er hatte Glück: Da, wo er seine unliebsame Begegnung hatte, fand er neben einer der Sandsteinplatten einen kräftigen Stiefelabdruck. Das ist ja geradezu Kindersarggröße, dachte er. Ihm fiel der große Fußabdruck am Dammelsberg ein, den jemand mit seinen Turnschuhen hinterlassen hatte. In Stiefeln konnte die Schuhgröße durchaus etwas größer ausfallen.

Möglicherweise musste man den Überfall ernster nehmen, als er zunächst geglaubt hatte.

Sonst war auf dem Kiesweg für ihn nichts mehr zu holen. Den Rest musste die Spusi übernehmen. Er ging auf die Straße und schaute sich um. Das Motorrad war wie erwartet verschwunden. Als er auf den Pick-up zuging, öffnete sich wie in Zeitlupe die Fahrertür. Ein schlanker Mann, Mitte vierzig, in blauer Latzhose, stieg langsam heraus und hielt sich den schmerzenden Kopf.

"Rückert, Kriminalpolizei!" Rückert wies sich aus. "Was ist passiert?"

"Alfred Hanke. Moment, ich muss mich erst besinnen. Wo kommt die Kripo so schnell her?"

"Ich hatte zufällig hier zu tun. Können Sie sich erinnern, was passiert ist?" wiederholte Rückert.

"Also: Ich hatte gerade den Motor abgestellt und wollte meine Tour machen. Da öffnete jemand von außen die Tür und schlug mir mit etwas Hartem auf den Kopf. Von da an weiß ich nichts mehr."

"Überlegen Sie in Ruhe, ob Ihnen noch etwas einfällt. Und warten Sie bitte hier. Mein Kollege kommt gleich. Ich muss zu

Frau Döbus zurück, die hier wohnt. Die ist von dem gleichen Mann überfallen worden wie Sie. Vermissen Sie etwas?"

"Einen Moment."

Hanke nahm die Fahrerkabine und die Ladefläche gründlich unter die Lupe.

"Mein Hut und mein Arbeitskittel sind nicht mehr da. Beides hatte ich auf dem Beifahrersitz abgelegt."

"Frau Döbus sagte mir, der Mann habe noch eine Tasche mit Scheren und dergleichen bei sich gehabt."

"Ja, richtig. Das waren schon frisch geschliffene Geräte, die ich zurückbringen wollte. Oje, das gibt Ärger mit den Kunden! Wenn die ihr Zeug nicht zurückbekommen, kann ich die für immer abschreiben."

"Moment mal – eine Tasche hatte der Flüchtende nicht dabei, da bin ich mir ganz sicher! Wenn er die zur Tarnung tatsächlich mitgeschleppt hat, müsste sie eigentlich noch irgendwo im Haus von Frau Döbus sein. Wir können ja gleich mal nachsehen. Bis unser Team da ist, dauert es ohnehin noch eine Weile."

Neben dem Kiesweg vor dem Haus fanden sie erst einmal den Schlapphut, den Herr Hanke erfreut aufhob und sich gleich wieder überstülpte.

"Um Himmels willen. Die Leute von der Spurensicherung reißen mir den Kopf ab", jammerte Rückert. "Auf das gute Stück müssen Sie erst mal verzichten."

"Da gibt es doch höchstens Schweiß von mir."

"Vielleicht auch ein paar Haare und Hautzellen von dem Angreifer. Dann hätten wir wenigstens seine DNS."

Ein paar Meter weiter lag der Kittel und im Gebüsch fand sich das Messer, mit dem der Eindringling Rückert verletzt hatte.

Der bückte sich und prüfte die Schneide.

"Gute Arbeit. Ganz schön scharf. Kein Wunder, dass ich so wenig davon gemerkt habe."

"Sie sind auch verletzt? Man sieht gar nichts davon."

"Nur ein Kratzer. Meine Lederjacke hat das Schlimmste verhindert."

Sie betraten die Küche durch die Hintertür und fanden Frau Döbus überglücklich am Küchentisch sitzend. Sie hatte eine Flasche Cointreau vor sich stehen, aus der sie sich offenbar schon tüchtig bedient hatte. Als Likörglas diente ein langstieliger mit roten Blümchen dekorierter Eierbecher.

"Stellen Sie sich vor: Poldi ist zu sich gekommen. Ich habe ihm gleich Wasser hingestellt und die Tropfen gegeben. Jetzt ist er eingeschlafen."

Rückert stellte seinen Begleiter vor:

"Das ist der echte Scherenschleifer, Herr Hanke. Der hat was von Ihrem ungebetenen Gast aufs Haupt bekommen. Ihm fehlt eine Tasche mit Messern und Scheren."

"Die könnte dahinten im Flur liegen. Ich habe erst einmal alles stehen und liegen gelassen."

"Hier ist auch das Messer, mit dem er Sie bedroht hat", Rückert hob die Plastiktüte mit dem Messer hoch und erklärte dem Scherenschleifer. "Das muss ich erst noch auf Spuren untersuchen lassen. Wahrscheinlich ist nur mein Blut dran. Aber vielleicht haben wir Glück, und es sind Lederspuren von den Handschuhen am Griff nachzuweisen, mit deren Hilfe wir den Laden ausfindig machen können, wo sie gekauft worden sind. Auf alle Fälle kriegen Sie das Messer leider erst später zurück."

"Auch ein kleiner Seelentröster gefällig?" fragte Frau Döbus die beiden.

Der Scherenschleifer nickte: "Gern." Und mit einem Blick auf den französischen Orangenlikör: "Haben Sie auch einen Klaren? So süßes Zeug ist nicht mein Fall. Meine Frau trinkt den zwar auch ab und zu. Aber für mich ist das nichts."

"Ist ein Birnenschnaps recht?"

Er kippte den teuren 'Poire Williams', den ihm Frau Döbus einschenkte, mit einem Schluck herunter und schaute dann in den Flur. Unter der Garderobe lugte die Tasche mit den anderen Geräten hervor. Der Scherenschleifer nahm sie erleichtert an sich.

"Na sehen Sie, alles wird wieder gut. Und noch einen Kleinen? Auf zwei Beinen steht sich's besser", animierte ihn Frau Döbus.

"Ja, kann nichts schaden."

Nach dem zweiten Schnaps verabschiedete er sich.

"Ich mache mich dann mal an die Arbeit. Falls Ihre Kollegen kommen: Ich bin in der Nachbarschaft und liefere die Werkzeuge ab", sagte er zu Rückert.

Er war offenbar nicht so leicht zu erschüttern.

"Sie haben ja in der nächsten Zeit noch in dieser Gegend zu tun. Könnten Sie ein Auge auf Frau Döbus haben. Möglich, dass sie noch einmal ungebetenen Besuch bekommt."

"Das wäre super! Ich meine natürlich: Ich würde dem Kerl gern eine verpassen."

Rückert grinste: "Das glaube ich ihnen gerne. Aber im Ernst: unterschätzen Sie den nicht, der ist gut einen Kopf größer als Sie und doppelt so breit. Aber wenn Sie irgendwo in der Nähe eine schwarze BMW entdecken, geben Sie sofort Alarm."

"Ach, die gehört dem Burschen? Ich dachte, die gehört den Nachbarn von Frau Döbus."

"Ja, so ging es mir auch. Ich habe nicht mal aufs Kennzeichen geachtet", gestand Rückert. "Auf jeden Fall war es ein

Kennzeichen mit Marburger Nummer, an mehr kann ich mich nicht erinnern."

Frau Döbus hatte trotz ihres Schwipses mitbekommen, dass Rückert die Situation inzwischen ernster einschätzte.

"Sie meinen also, der Kerl könnte es noch einmal versuchen?"

"Jedenfalls müssen wir damit rechnen. Ich habe draußen Fußspuren entdeckt, die denen vom Dammelsberg ähneln. Ich werde Ihnen auf jeden Fall mal einen unserer Sicherheitsexperten vorbeischicken?"

"Och nö! Können Sie das nicht machen? Sie kennen sich da doch sicher auch aus."

"Na ja, einigermaßen." Er überlegte einen Moment. Nach allem, was passiert war, lag ihm die Sicherheit der alten Dame besonders am Herzen.

"Also gut. Ich komme nachher noch mal bei Ihnen vorbei und schau nach dem Rechten. Aber wenn es zu große Sicherheitsdefizite gibt, müssen wir die Experten einschalten. Vorerst bleiben Sie im Haus und schließen alle Türen und Fenster."

"Und was mach' ich mit meinen Tieren? Die kriegen jetzt eigentlich was zu fressen."

"Die müssen sich ein bisschen gedulden:"

"Einen Moment, bitte. Ich hole nur schnell Winnetou herein.

"Wer ist Winnetou? Haben Sie Indianer draußen im Garten?"

Frau Döbus lachte: "Nee, nee, hat zwar ein rotes Fell, ist aber nur ein kleines Eichhörnchen, das ich halb verhungert aufgelesen habe. Habe ich tagsüber draußen in einem alten Vogelkäfig untergebracht. Das braucht regelmäßig seine

Mahlzeiten. Sonst verliert es schnell wieder an Gewicht. Ich habe es gerade ein bisschen aufgepäppelt."

Unter Rückerts Aufsicht holte Frau Döbus das Tier aus dem Gehege. Rückert hatte dabei Gelegenheit, die anderen Zoobewohner zu bewundern, die er bei seiner Ankunft nicht zu Gesicht bekommen hatte.

Da waren außer dem Eichhörnchen, das ihnen neugierig entgegenschaute, als sie es abholten, ein paar Hühner, Ziegenbock und Ziege mit zwei kleinen Zicklein, ein alter Esel und schließlich noch ein exotischer Hahn, ganz in weiß mit einem roten Kamm und lang herunterhängenden Schwanzfedern, der auf einem erhöhten Gestänge saß. Hinten in der Ecke waren in einem Bienenhaus eine ganze Reihe Bienenstöcke untergebracht.

Die Tiere kamen entweder herbeigeeilt oder schauten erwartungsvoll zu ihrer Ernährerin, als diese die schmale Drahttür zum Gehege öffnete. Enttäuscht zogen sie wieder ab, als sie nur Winnetou abholte und dann wieder verschwand.

"Das ist ja wirklich ein richtiger kleiner Zoo."

"Ja, der hat sich allmählich so entwickelt. Meine Freundin, die inzwischen gestorben ist, hat mir ein paar Bienenstöcke hinterlassen. Hennes, den Ziegenbock, habe ich zum Abschied in Köln bekommen. Die Ziege habe ich zur Gesellschaft angeschafft, und der Rest ist mir entweder zugelaufen, oder hatte plötzlich kein Zuhause mehr. Es sterben ja immer mehr Weggefährten. Das ist der Fluch des Alters. – Und dann habe ich immer eine ganze Reihe von Zaungästen. Oft streunen Füchse hier herum, angelockt von den Hühnern. Wohl oder übel begnügen sie sich dann mit meinem Komposthaufen, weil sie nicht ins Gehege können. Die Hasen wissen, wenn es in meinem Garten was zu holen gibt. Nicht zu vergessen die Rehe, die sich meinen Sauerampfer schmecken lassen, sobald er etwas größer geworden ist. Und mein kleiner Gartenteich, den Sie da hinten sehen, lockt immer mal einen Graureiher an, der schaut, ob ein Happen für ihn abfällt. Von dem kann man lernen, was Geduld heißt. Der steht oft stundenlang am Rand des Teichs, bis er blitzschnell zuschnappt."

"Und was ist das für ein prachtvoller Hahn?"

"Ja, toll, nicht wahr. Der macht was her. Ist eine japanische Zierrasse, nennt sich Onagadori. Bei denen mausert sich ein Teil der Schwanzfedern nicht, so dass der Schwanz mehrere Meter Länge erreichen kann."

In der Küche ließ sie Winnetou aus dem Käfig. Er kletterte erst einmal an Frau Döbus herum, ging dann aber nach seinem Fläschchen gleich neugierig auf Erkundungstour.

"Der hat ja gar keine Hemmungen", wunderte sich Rückert.

"Er ist hier so gut wie zu Hause. In der Anfangszeit hatte ich ihn ja ganz hier drinnen bei mir. Aber Poldi hat einen Riesenzirkus gemacht. Als es dann wärmer wurde, habe ich ihn tagsüber draußen untergebracht. Poldi wird zwar wieder tierisch eifersüchtig werden, aber er wird sich wohl oder übel damit abfinden müssen, dass er für eine Weile wieder Konkurrenz im Hause hat."

Vom Sedierungsmittel schläfrig rührte sich Poldi kaum, als das Eichhörnchen in seine Nähe kam, wedelte sogar müde mit dem Schwanz. Wahrscheinlich fühlte er sich noch so matt und einsam, dass er nichts dagegen hatte, etwas Gesellschaft zu haben. Die Gehirnerschütterung hatte ihn milde gestimmt.

"Na, geht doch. – Dann bis nachher. Muss noch ein paar Dinge erledigen. Schließen Sie gut hinter mir ab", mahnte Rückert noch einmal.

Kapitel 10

Als Rückert zwei Stunden später zurückkehrte, hatte er eine große Sporttasche bei sich.

"Sieht aus, als wollten Sie heute Abend noch zum Training", sagte Marie Döbus, während sie ihm die Tür zum Wohnzimmer öffnete.

"Nee, nee, nur ein paar Sachen, die ich Ihnen zeigen möchte zur Selbstverteidigung. Übrigens: Auch die Spusi meint, dass die Fußspuren zu denen am Dammelsberg passen könnten."

"Sie sind ja jetzt hier und können auf mich aufpassen. Ruhen Sie sich erst mal aus. Ich bereite in der Küche noch eine Kleinigkeit vor."

"Machen Sie sich aber keine Umstände", rief er ihr nach.

"Wir müssen schließlich unser gemeinsames Abenteuer feiern. Ich hoffe, Sie haben einen guten Appetit mitgebracht."

Sie wartete seine Antwort gar nicht ab. – "Machen Sie uns schon einen Aperitif? Für mich bitte einen Daumen breit vom Ricard in einem Sektglas."

Er blickte sich suchend um: Die Hausbar war gar nicht ganz einfach als solche zu erkennen. Sie entpuppte sich als ein zweckentfremdetes Cello, das ein geschickter Schreiner mit zylindrischen Öffnungen versehen und liebevoll zu einem Flaschenregal umgearbeitet hatte. Es lehnte neben einer gemütlichen Sitzecke an der Wand und enthielt vorwiegend Flaschen mit französischen Etiketten. Aus den beiden oberen Luken ragten der gewünschte Anislikör und eine Flasche Gran Marnier. Darunter waren zwei verschiedene Rotweine, ein Chantillon 2005, ein einfacher Landwein, und ein edlerer Tropfen, ein Bordeaux, Chateau Latour Camblanes 2003, untergebracht, noch weiter unten süße Getränke, anscheinend für ältere Damen zum Kaffeekränzchen gedacht: Kirschlikör, Schokoladenlikör, Baileys und Eierlikör. Neben dem Cello standen je eine Flasche Poire Williams und Framboise, die zu lang für dieses originelle Flaschenregal waren. Sie waren schon zur Hälfte geleert, was darauf schließen ließ, dass die Schnäpse sich großen Zuspruchs als Digestif erfreuten.

Auch der Ricard hatte immerhin 43% Alkohol. Ganz schön taff, die alte Dame. Er roch nicht schlecht, für seine Begriffe etwas zu penetrant. Rückert selbst entschied sich für den einfachen Landwein.

Passende Gläser fand er in einem daneben stehenden schmalen Eckregal.

Während seine Gastgeberin noch in der Küche werkelte, schaute er sich um.

Ein "gutes Zimmer", wie er dies bei älteren Herrschaften schon öfter gesehen hatte, war das nicht gerade. Es war mehr eine Art Hobbyraum mit einer gemütlichen Fernsehecke, und einer Musikecke, leicht zu erkennen an einem Notenständer, einer Gitarre und einem kleineren gitarrenähnlichen Instrument, das er als Ukulele identifizierte. Neben einem kleinen Schreibpult stand ein Regal voller Schallplatten und Noten. Ein großes Fach war von einem eigenartigen Zwitter aus Schallplattenspieler im Retro-Look und Hightech-System ausgefüllt. Ein daneben liegender MP3-Player und ein an der Frontseite eingesteckter Stick ließ darauf schließen, dass die alte Dame dabei war, ihre alten Schallplatten auf einen MP3-Player zu überspielen.

Über der ausziehbaren roten Couch, die dem Raum eine angenehm warme Note verlieh, hing anstelle des üblichen spießigen Landschaftsgemäldes mit protzigem Rahmen eine Dartscheibe, die Spuren intensiven Trainings aufwies.

Am auffälligsten war aber ein Kabuff in der Ecke rechts neben einem relativ schmalen Fenster. Rückert fühlte sich an eine Sakristei erinnert, obwohl es ewig her war, dass er in einer Kirche war. Bei näherem Hinsehen entpuppte sich der kleine abgeteilte Raum als eine Art begehbarer Schrank aus Holzgerüst und Butzenscheiben. Durch die offene Tür riskierte er einen Blick, der ihn neugierig machte. Er konnte nicht widerstehen und schaltete das Licht ein. An der Stirnseite hing ein runder Spiegel mit einer kleinen Konsole für Kamm und Bürste. Im Übrigen enthielt der Raum zwar auch eine kleine Garderobe mit mehreren Sweatshirts und Trainingsanzügen passend für alle Gelegenheiten im Freien und in der Halle, diente aber ansonsten als eine Art Sportmuseum. Auf dem obersten Bord eines offenen Regals prangte die Nachbildung des Fußball-WM-Pokals mit der Signatur Köln 2001. An die Zeit in Köln erinnerte auch ein neuwertiger Fußball, signiert von allen Spielern des 1. FC Köln, einschließlich Podolski, der einen Ehrenplatz in einer Schale auf einer gesonderten Ablage einnahm. Daneben standen ein paar alte Sportpokale, die sich Marie Döbus offenbar in ihrer Jugend erkämpft hatte. Er nahm einen davon herunter, der die Form einer Speerwerferin hatte, und entzifferte die fein eingeprägte Kursivschrift auf dem Sockel:

"Deutscher Werfertag. Kassel 1960." Beeindruckt stellte er den Pokal zurück. In ihrer aktiven Zeit musste Frau Döbus eine hervorragende Werferin gewesen sein.

Bemerkenswert war die große Anzahl farbenfroher Turn- und Sportschuhe. Rückert hatte den Eindruck, dass ihre Besitzerin sie je nach Stimmung benutzte. Auf einem Fußhöckerchen vor einem alten Schemel standen griffbereit leichte Wanderschuhe, noch etwas verschmutzt. Er erinnerte sich, die hatte sie am Tag zuvor getragen. Offenbar waren sie ständig im Gebrauch. Darüber hing an einem Haken ein Wurfgerät, das er bisher noch nicht gesehen hatte: ein fester, relativ schwerer Ball aus Leder mit einer langen Schlaufe.

"Ach, hier stecken Sie. Im ersten Moment dachte ich schon, Sie hätten das Weite gesucht, weil mein Wohnzimmer Sie verschreckt hat", erklang Marie Döbus spöttische Stimme, in der eine Spur Erleichterung mitschwang.

"Nee, nee. So leicht lasse ich mich nicht verscheuchen. Aber Sie haben Recht. So etwas hätte ich nicht erwartet." Er konnte gerade noch den Zusatz 'bei einer älteren Dame' unterdrücken. Das hätte sie ihm vielleicht übel genommen. "So ähnlich sieht es im Zimmer meiner Nichte aus."

"Ich nehm' das mal als Kompliment. Und: gefällt ihnen meine kleine Sammlung?", fragte Frau Döbus, eine Flasche Mineralwasser in der Hand.

"Ja, Wahnsinn. Ich wusste gar nicht, dass Sie so ein Sport-As waren."

"Ja, Sport ist mein Leben. Ich weiß gar nicht, was ich machen soll, wenn nichts mehr geht. Und die Zipperlein nehmen ständig zu. Überall muss ich zurückstecken. Schrecklich!"

"Ich weiß, was Sie meinen. Ich muss mich auch schon einschränken. – Sie waren früher eine ausgezeichnete Werferin wie ich sehe."

"Angefangen habe ich eigentlich mit Gymnastik und Turnen im alten Turnergarten wie viele Mädchen zu der Zeit. Aber später war mir das zu langweilig. Die Leichtathletik hat mich dann ins Stadion gelockt, vor allem die Wurf- und Sprungdisziplinen. Als mein Mann später beim 1. FC Köln einen guten Posten als Fitnesstrainer bekam, habe ich schließlich mein Herz an den Fußball verloren und in einer der ersten Frauenmannschaften in Köln mitgespielt. Wegen meiner

Französischkenntnisse konnte man mich auch gut bei Verhandlungen mit französischen Vereinen gebrauchen. Dadurch hatte ich bald enge Kontakte zum Management des Vereins und zu vielen Spielern."

"Und hier in Marburg haben Sie nicht mit Fußball weiter gemacht?"

"Haben Sie schon mal von einer Alt-Damen-Mannschaft gehört? Nee, hier in Marburg bin ich wieder reumütig zur Gymnastik und zum Turnen zurückgekehrt. Aber es macht nur noch halb so viel Spaß. Mein Körper macht nicht mehr so gut mit, und vor allem: Der Turnergarten fehlt mir."

"Ja, dem trauere ich auch nach, ein richtiges Schmuckstück. Aber der Unterhalt war für den VfL nicht mehr zu schaffen. Jetzt wird er für die Emil-von-Behring-Schule umgemodelt. Übrigens: Dann sind wir ja Vereinskameraden."

"Wenn das so ist, ich bin die Marie." Sie hielt ihm die Hand in Schulterhöhe hin.

"Jens!" Rückert klatschte sie zünftig ab.

"Darauf trinken wir: Santé."

Sie hob ihr Glas, nachdem sie reichlich Mineralwasser auf den Ricard gegossen hatte.

"Auf die Zeit im Turnergarten und unsere schönen Erinnerungen!"

"Prost." Rückert nippte an seinem Rotwein, während Marie Döbus einen kräftigen Schluck von dem verdünnten Anis-Likör nahm.

"Und machst du noch etwas außer Turnen und Gassi gehen mit dem Hund?"

"So viel geht ja nicht mehr. Arthrose!" Marie deutete nach unten auf die Knie und nach hinten auf den Rücken. "Dafür muss ich ständig was tun. Durch Zufall bin ich jetzt beim

Dart-Sport gelandet. Das ist ein ganz lustiges Völkchen. Man begegnet Leuten aus allen Altersklassen. Da fühlt man sich gleich zehn Jahre jünger. In unserer Gymnastikgruppe gehen mir manchmal die vielen Alten auf die Nerven. Und alle reden sie nur von ihren Gebrechen und Enkelkindern. – Turnst du noch?"

"Nur noch selten", gestand Jens Rückert. "Inzwischen mache ich Karate. Leider komme ich nicht so oft dazu, wie ich möchte."

"Eine Kampfsportart macht natürlich bei deinem Beruf Sinn", meinte Marie Döbus.

"Ja. Aber mir hat vor allem auch die philosophische Komponente und die Schulung zur Selbstdisziplin gefallen, die damit verbunden ist."

"Die könnte ich manchmal auch gut gebrauchen", lächelte Marie Döbus.

"Schau doch mal an einem Trainingsabend bei uns herein", lud Jens Rückert sie ein.

Er wandte sich wieder den Sportgeräten zu.

"Und was ist das für ein eigenartiges Gerät?" Rückert nahm den Lederball mit Schlaufe vom Haken.

"Kennst du so was gar nicht mehr? Mir hat früher alles Spaß gemacht, was man werfen konnte. Das ist ein Schleuderball. Kann ich dir nachher gern mal vorführen. Hat man benutzt, um die Drehtechnik fürs Diskuswerfen zu üben. Aber es gibt sogar heute noch Wettkämpfe. Damit habe ich meine erste Kreismeisterschaft gewonnen. Habe ich damals einfach mitgehen lassen. Dafür musste ich auf einen schönen Bierkrug verzichten, den ich auch gern stibitzt hätte. Für den war leider kein Platz mehr in meiner Sporttasche."

Sie nahm den Wurfball mit hinüber zur Sitzecke und strich mit der flachen Hand wehmütig über das Leder. Dann goss sie sich seufzend einen zweiten Ricard ein.

"Ich wusste gar nicht, dass man den verdünnt trinken kann", lenkte Jens Rückert sie ab.

"Die Franzosen verdünnen fast alle ihre Getränke, sogar den Kaffee", sagte sie, schon wieder lachend.

"Übrigens, habe ich vorhin ganz vergessen: Könntest du mir das Protokoll vom Dammelsberg unterschreiben? Falls dir noch etwas Wichtiges einfällt, können wir das jederzeit ergänzen."

Marie Döbus las die wenigen Sätze durch, nickte zufrieden mit dem Kopf und unterschrieb. "Du hast alles Wichtige kurz und knapp dargestellt. Danke. Und gibt es was Neues?"

Rückert schaute sie prüfend an. Nein, sie war bestimmt keine Schwätzerin, und wahrscheinlich hatte der Überfall auf sie auch damit zu tun. Sie musste gewarnt werden. Er informierte sie über die neusten Erkenntnisse.

"Aber das muss unter uns bleiben."

"Und du meinst, das war der Bursche, der mich überfallen hat."

"Zumindest scheint das derselbe gewesen zu sein, der die Holzstämme von oben runter gestoßen hat. Unten waren von ihm allerdings keine Spuren zu entdecken. Vermutlich waren sie zu zweit."

"Wie schrecklich. Und nun denkst du, die Täter könnten auch hinter mir her sein?"

"Das ist nicht auszuschließen", bestätigte Rückert.

"Und wie sind sie auf mich gekommen?"

"Irgendwie müssen sie dich am Dammelsberg beobachtet haben."

Marie Döbus dachte noch einmal nach. "Es war ja so neblig da oben. Derjenige muss ja ganz in meiner Nähe gewesen sein."

"Vermutlich wird das so gewesen sein."

"Tatsächlich. Dann kommt nur ein junger Jogger in Frage, der so getan hat, als hätte er mich nicht bemerkt.

"Könntest du den bitte genauer beschreiben?"

"Glaube nicht, der war so schnell an mir vorbei:"

"Fangen wir mal mit der Größe an – im Vergleich zu mir."

"Vielleicht so groß wie du, aber von kräftigerer Figur."

"Also ich in zehn Jahren."

Marie Döbus musste lachen "Kann ich mir nicht vorstellen. Unter Sportlern würde man sagen. Ein guter Hahn wird selten fett."

Rückert grinste zu dieser anzügliche Bemerkung.

"Du scheinst dich ja gut auszukennen."

"Ich kann mir so Sprüche erlauben. Ich bin ja jenseits von Gut und Böse."

"Da bin ich mir nicht so sicher."

Er kam auf die Beschreibung zurück.

"Kleidung?"

"Graue lange Trainingshose und dunkelblaue Kapuzen-Jacke. Hat ja heute fast jeder zweite. Vom Gesicht hat man so gut wie nichts gesehen. Halt da fällt mir ein: Er hatte ein auffällig kantiges Kinn."

Rückert machte sich ein paar Notizen.

"Na also, das ist doch gar nicht so schlecht. Vielleicht können wir damit schon was anfangen. Bist du einverstanden, dass ich dich morgen früh abholen lasse. Du könntest versuchen, mit unserem Experten ein Phantombild von dem Jogger zu erstellen."

"Ich bin lieber unabhängig und komme mit meinem eigenen Wagen."

Um sie aufzuziehen, sagte er provozierend:

"Ach, der Geländewagen draußen!"

"Nee, der protzige Jeep gehört meinen Nachbarn. So was ist nur etwas für Neureiche und Asoziale. Von dem warst du wahrscheinlich so hingerissen, dass dir der kleine Splash in dem Unterstand nebenan gar nicht aufgefallen ist."

"Ich wollte nur sehen, wie du reagierst. Als ich den kleinen türkisfarbenen Wagen und die vier Türen gesehen habe, dachte ich gleich, der würde zu dir passen."

"Genau, und das Beste daran ist die Automatik."

"So ein Kleinwagen und dann Automatik. Wie passt denn das zusammen?"

"Ja, früher hätte ich mir das nicht vorstellen können. Schalten und Zwischengas geben, wie bei meinem ersten Auto, einem alten Fiat 500, das hat mir immer Spaß gemacht. Auf Automatik-Fahrer habe ich nur mit Verachtung heruntergeschaut."

"Und woher der Sinneswandel?"

"Hat mit Sinneswandel nichts zu tun. 'Der Not gehorchend, nicht dem eigenen Triebe'. Mein linkes Knie macht mir bei Arthroseschüben immer mal Probleme. Da ist es eine Wohltat, wenn man keine Kupplung mehr hat."

Kapitel 11

Marie Döbus bat ihren Gast auf die Gartenterrasse, um ihm die Anwendung des Schleuderballs zu demonstrieren.

Poldi, der sich nach draußen geschleppt hatte, nachdem die Wirkung des Sedierungsmittels nachgelassen hatte, um Winnetou zu entrinnen, der ihm zu anstrengend geworden war, schaute neugierig zu ihnen herüber, blieb aber liegen.

"Poldi ist noch nicht wieder ganz auf dem Damm", meinte Marie besorgt.

"Wird noch ein paar Tage dauern."

"Wenn nur sonst nichts nachkommt. Der Tierarzt meinte, es könnte auch mal eine innere Blutung geben."

"Wollen wir doch nicht hoffen. Immer positiv denken. Bestimmt ist er bald wieder auf dem Damm. – Darf ich mal."

Rückert griff nach dem Schleuderball und wog ihn in der Hand.

"Ganz schön schwer."

"Ja, sind immerhin eineinhalb Kilo."

Frau Döbus ergriff nun den Ball an der Schlaufe. Sie ging ein paar Schritte hinaus auf den Rasen und führte ein paar horizontale Kreisbewegungen aus, um wieder ein Gefühl für das Gerät zu bekommen. Dann änderte sie den Winkel nach schräg oben, ließ dann den Ball fast senkrecht kreisen und schleudert ihn genau im richtigen Moment von sich. Er stieg wie eine Rakete steil in die Höhe, fast doppelt so hoch wie das Haus, bevor er wieder nach unten fiel und dicht neben dem Haus niederkrachte.

"Guter Wurf", kommentierte Jens Rückert.

Eine junge Frau, die gerade um die Ecke kam, machte erschrocken einen Satz zurück.

"Willst du mich umbringen?"

Dann sah sie den Besucher neben Marie Döbus stehen und grinste: "Ach ich sehe, du willst nur zeigen, was du noch drauf hast. Nehmen Sie sich nur vor ihr in acht. Die hat Haare auf den Zähnen."

Sie lächelte Rückert an, dass ihm warm ums Herz wurde.

"Halt' nur dein Lästermaul", schimpfte Marie und stellte Kati vor: "Das ist meine Mitbewohnerin Kati, die Sportstudentin, von der ich dir erzählt habe."

Jens Rückert war von Kati beeindruckt. Das war keines dieser nutzlosen Modepüppchen, die nur damit beschäftigt waren, hinter der neusten Mode herzujagen und bei jeder Fete dabei zu sein, um 'Spaß zu haben', was immer sie darunter verstanden. Man konnte an ihrer schweren Sporttasche erkennen, dass sie gerade vom Training kam. Von Make-up keine Spur. Kapuzenjacke, buntes Sweatshirt zu verblichenen Jeans, flache sportliche Halbschuhe, trotzdem eine unverkennbar weibliche Ausstrahlung. Das wäre eine Tochter nach seinem Geschmack gewesen.

"Mach' dem Herrn Kommissar mit deinen Sprüchen keine Angst, sonst ergreift er gleich die Flucht. Und wir brauchen ihn dringend."

"Ach Sie sind das. Der Kripobeamte vom Dammelsberg. Und ich dachte schon, Sie seien Maries neuster Lover", lästerte sie.

"Hör auf mit den losen Sprüchen. Ich bin gerade dem Tod von der Schippe gesprungen."

Sie erzählte kurz das Wichtigste.

"Ich habe mich schon gewundert. Deshalb begrüßt Poldi mich nicht so wie sonst."

Poldi hatte bei ihrer Ankunft nur kurz den Kopf gehoben und sich mit einem müden Schwanzwedeln begnügt.

"Ja, der braucht noch ein bisschen Zeit, sich zu erholen. Selbst für sein Fressen konnte er sich nicht recht begeistern. Das will bei ihm was heißen. Die Hälfte musste ich den Hühnern rüberbringen. – Übrigens du kommst gerade richtig zum Abendessen. Heute gibt's etwas Besonderes."

"Damit habe ich gar nicht gerechnet. Normalerweise ist donnerstags doch Chicken Hawaii von 'bofrost' dran. Gibt's denn heute was zu feiern?"

"Das will ich meinen, Jens und ich feiern unser und Poldis Überleben."

"Aha, ihr duzt euch schon. Da bin ich ja wirklich gerade noch rechtzeitig gekommen, um das Schlimmste zu verhindern?"

"Frechdachs! Wir haben gerade festgestellt, dass wir Vereinskameraden sind. Stell dir vor, Jens ist schon fast so lang Mitglied beim VfL Marburg wie ich."

"Na, ein paar Jährchen werden ihm noch fehlen, wenn ich das richtig sehe." Sie holte sich ein alkoholfreies Bier aus dem Kühlschrank: "Ich turne auch ab und zu als Gast beim VfL mit. Ich bin Kati." Sie prostete Jens Rückert zu.

"Übrigens habe ich dir ein Prepaid-Handy mitgebracht. So konnte es ja nicht weiter gehen mit dir", schimpfte Kati gutmütig mit Marie. "Damit du nicht wieder so hilflos bist wie gestern am Dammelsberg."

"Hat sie dir das erzählt, dass sie ewig warten musste, bis endlich jemand mit Handy vorbeikam?", wandte sie sich an Jens Rückert in der Hoffnung, von ihm Schützenhilfe zu bekommen. Der nickte bestätigend, äußerte sich aber nicht weiter dazu.

"Die Ewigkeit dauerte gerade mal fünf Minuten", protestierte Marie kleinlaut.

"Schlimm genug. Es kann ja sonst was passieren. – Das Geld für's Handy habe ich vorgelegt. Ich nehme es aus der Haushaltskasse und leg' die Rechnung rein. Einverstanden?"

"Und ich muss mich jetzt mit dem Ding herumquälen."

"Ist ganz einfach zu bedienen."

"Das sagst du!"

"Ich zeig's dir nach dem Essen. Was gibt's denn Schönes. "

"Schweinelende und Gemüseplatte."

"Echt? Das ist ja wirklich ein Festtagsessen.

Später beim Essen staunte Kati.

"Woher hast du denn das so schnell gezaubert, Marie? Frisch aus der Dose?"

"Nee, das ist doch deine Spezialität!"

"Gut gekontert, Lady!", stellte Kati fest.

"Schon mal was von Convenience-Produkten gehört?"

Kati schüttelte den Kopf.

"Hört sich schrecklich an. Und so was soll ich essen?"

"Das ist das Neuste vom Neuen in der Ernährung! Natürlich nur, wenn man das nötige Kleingeld hat", gestand Marie Döbus. "Aber für heute war mir nichts zu schade."

Die beiden bekam danach – ob sie wollten oder nicht – alles zu hören, was man über Convenience-Produkte wissen musste.

"Gibt's in England und den Niederlanden schon lange. Wir Deutsche hinken da wie üblich noch etwas hinterher. Zum Glück hat dieses neue Feinkostgeschäft im Steinweg – wie heißt es noch wieder – auch so eine Frischetheke. Man kann sich frische zubereitete Salate oder Gemüse und Fleisch nach Art eines Baukastensystems zu einem Menü zusammenstellen. Das habe ich telefonisch bestellt, und eine Dreiviertelstunde später war alles da", berichtete sie begeistert. "Der Nachteil ist die geringe Haltbarkeit, weil keine Konservierungsstoffe zugesetzt werden. Spätestens nach fünf Tagen muss man die Reste wegwerfen. Aber heute habe ich keine Angst, dass was übrig bleibt."

Jens Rückert hörte aufmerksam zu. Er hatte an allem Interesse, was ihm seinen Junggesellenhaushalt erleichterte. Ihm machte der raue, aber kumpelhafte Umgangston der beiden großen Spaß. Man merkte sofort, dass sie sich mochten und kein Blatt vor den Mund nahmen.

Zum Nachtisch gab es frische Crêpes, deren Teig die Hausherrin selbst zubereitet hatte.

"So wunderbare und vor allem knusprige Crêpes habe ich noch nirgends gegessen", lobte Jens Rückert hinterher.

"Habe ich in Frankreich gelernt. In Deutschland sind Crêpes meist ungenießbar. Sie sind schlapp wie zu lang gekochter Spargel, und meist schmeckt man den noch rohen Teig durch. Schrecklich! Muss alles billig sein und schnell gehen. Natürlich kommt es auch sehr auf die Zutaten an. In Frankreich gibt es Restaurants, die nur darauf spezialisiert sind."

Beim abschließenden Espresso machten sie eine Art Lagebesprechung.

"Wenn ihr einverstanden seid, machen wir erst eine Hausbegehung, um ein paar Sicherheitsvorkehrungen zu treffen. Und danach sehen wir weiter."

"Das wird spannend. Machen wir eine richtige Festung aus unserem Haus?" Kati war Feuer und Flamme.

"Am liebsten würde ich ja Personenschutz für dich beantragen, Marie. Aber wir sind zu knapp mit Personal. Bei den vagen Verdachtsmomenten, die wir haben, würde das sowieso nicht genehmigt. Immerhin habe ich schon veranlasst, dass öfter mal ein Streifenwagen im Sandweg vorbei kommt."

"Das reicht bestimmt. Jetzt, wo wir wissen, welche Gefahr droht, können wir uns drauf einrichten."

"Also gut. Versprich mir aber, dass du dich an alle Sicherheitsvorkehrungen hältst und kein Risiko eingehst."

"Na klar. Außerdem passt ja auch Kati auf mich auf."

"Dann woll'n wir mal den Rundgang starten."

Als erstes beanstandete Rückert, dass keines der Fenster abschließbar war.

"Ein Wunder, dass bei dir noch nicht eingebrochen wurde."

Im 1. Stock, in dem Schlafzimmer, Gästezimmer und Bad untergebracht waren, gab es einen Balkon, zu dem der dicke Ast einer Birke führte, eine Einladung für jeden Einbrecher.

"Hast du eine Säge?"

Marie Döbus nickte: "Leider nur einen Fuchsschwanz. Mit einer größeren Säge könnte ich sowieso nichts anfangen. Holst du ihn mal, Kati?"

Kati verschwand und kehrte kurz darauf mit einem Fuchsschwanz zurück.

"Der müsste reichen." Rückert beugte sich über das Geländer des Balkons und sägte den Ast bis auf einen kleinen Holzsteg durch. "Wenn ihr durch einen Schrei geweckt werdet, wisst ihr, woher das kommt."

"Ganz schön hinterlistig", meinte Kati.

"Niemand wird gezwungen, hier heraufzuklettern."

Im Keller hatte Rückert nichts zu bemängeln. Marie Döbus war bestens ausgerüstet. Stahltür mit Sicherheitsschloss und Fenster mit solidem Gitter waren zu seiner Zufriedenheit. In der Ecke vor dem Heizungsraum fiel ihm neben Waschmaschine und Wäschetrockner eine Kabine aus Zedernholz ins Auge.

"Was ist denn das."

"Eine Infrarotkabine. Siehst du diese großflächigen Heizelemente? Die verbreiten eine wunderbar gleichmäßige Wärme bis etwa 85 Grad Celsius. Die Blutgefäße werden erweitert und bewirken eine Durchblutungssteigerung. Gerade das Richtige bei Arthrose oder überstrapazierten Muskeln, vor allem in der kalten Jahreszeit. Dazu kann ich orangefarbenes Licht oder einen romantischen Sternenhimmel einstellen." Marie schaltete die verschiedenen Beleuchtungsmöglichkeiten ein.

"Toll, fehlt nur noch ein bisschen lauschige Musik."

"Kannst du haben: Für die musikalische Berieselung gibt's eine Stereoanlage. Alles in allem kann ich die Kabine wärmstens empfehlen. Danach fühle ich mich wunderbar entspannt."

"Könnte ich auch manchmal gebrauchen. Würde mir viel Alkohol sparen."

Jens Rückert überlegte einen Moment: "Wäre auch als Zufluchtsort nicht zu verachten. Man müsste nur überlegen, wie man das Häuschen von innen absperren kann."

"Dann bräuchte ich für den Notfall eine Waffe zur Verteidigung", sagte Marie Döbus.

"Vielleicht habe ich ja was Passendes für dich dabei. Schau'n wir gleich mal nach. Vorher wollte ich euch für den Fall eines Überfalls noch ein paar Tipps geben. Solche Leute kennen kein Pardon. Denkt an den Toten am Dammelsberg. Was meint ihr: Wie wehrt man sich am besten gegen einen körperlich überlegenen Gegner?"

"Ich trete ihm in die Eier!" tönte Kati.

"Dürfte gar nicht so einfach sein, den Schritt zu treffen", warnte Rückert. "Männer schützen den instinktiv. Denk' an die 'Schutzhand' der Fußballer beim Freistoß vor dem Strafraum."

"Stimmt! Aber was kann man sonst noch machen?"

"Natürlich kann man einen Tritt zwischen die Beine antäuschen und dann an einer anderen empfindlichen Stelle zuschlagen. Kommt auf den Spielraum an, den man hat. Beispielsweise ein Schlag auf die Nase. Das ist sehr schmerzhaft. Die Augen tränen. Der Gegner kann nichts mehr sehen. Oder ein Tritt gegen das Schienbein, das Knie oder auf den Fußrücken. Automatisch beugt sich der Gegner vor. Dann kann man mit dem Knie ins Gesicht stoßen und mit beiden Händen auf die Ohren schlagen. Danach heißt es einfach abhauen. Die Augen sind auch mit bloßer Hand ein gutes Ziel, wenn man die Chance dazu bekommt. Schließlich seid ihr in extremer Gefahr und handelt in Notwehr. Da ist alles erlaubt. Nur nicht auf eine Rangelei am Boden einlassen!"

"Und was, wenn man schon am Boden liegt?"

"Vergesst alles, was ihr im Kino gesehen habt. Hier sind vor allem kleine Tricks gefragt, zum Beispiel: den Fingerknöchel oder die Hausschlüssel in den Handrücken des Angreifers bohren. Das verursacht wahnsinnige Schmerzen. Ähnlich wirken Daumen oder Zeigefinger, die man unterhalb der Ohren in den Hals oder auch einfach in die Wangen stößt. Auch die spitzen Ellenbogen sind eine gute Waffe: den Gegner damit an einer empfindlichen Stelle treffen, in die Rippen, in den Bauch, in die Oberschenkel. Überraschung ist alles. In der Angst schafft man mehr, als man denkt. Und dann nichts wie wegrollen und Reißaus nehmen. Bei einer Verfolgung im Haus kommen unsere Spezialwaffen zum Einsatz, die wir überall im Haus deponieren werden, damit sie für den Einsatz bereitliegen. Das berühmte Nudelholz ist besser als gar nichts. Nur nicht auf den Kopf zielen. Das wirkt nur bei untreuen Ehemännern. Aber gegen das Schienbein oder das Knie geschlagen, ist es kolossal effektiv. So ein Treffer setzt erst einmal den stärksten Burschen außer Gefecht. Ein langer Schuhlöffel aus Stahl oder das Ansatzrohr eines Staubsaugers, eine volle Weinflasche oder ein Baseballschläger, alles ist erlaubt."

Am Schluss öffnete Rückert seine Reisetasche. "Und hier habe ich noch einige spezielle Ausrüstungsgegenstände mitgebracht: Ein Nachtsichtglas, damit ihr den Feind auch in der Dunkelheit frühzeitig erkennen könnt, einen Teleskopschlagstock, der – in den Bauch gestoßen oder gegen den Hals geknallt – jeden Angreifer ausschaltet. Das hier ist ein Pfefferspray mit besonders großer Reichweite. Und hier habe ich noch einen Elektroschocker."

"Au ja, das wollte ich schon immer wissen, wie so ein Ding funktioniert", zeigte sich Kati ganz begeistert. "Der Pfefferspray wirkt ja nur, wenn man die Augen trifft."

"Stimmt. Der Nachteil des Elektroschockers ist, dass er nur auf sehr kurze Entfernung wirksam ist. Am besten setzt man ihn gegen Schulter, Hüfte oder Unterleib des Gegners ein. Wenn man das schafft, geht jeder Angreifer kampfunfähig zu Boden. Da kommen immerhin 750 000 Volt zum Einsatz. Das gibt auch einen ganz schönen Knall. Die Wirkung hängt von der Dauer des elektrischen Schlags ab. Bei weniger als einer Sekunde gibt es einen kurzen Schlag, der einen Muskelkrampf verursacht und den Gegner zumindest erschreckt. Bei zwei bis drei Sekunden gibt es einen Schlag, der den Gegner rasch zu Fall bringt. Er kann aber bald wieder aufstehen. Bei vier bis fünf Sekunden stürzt der Angreifer und verliert die Orientierung. Der Schock hält dann einige Minuten an."

"Und das ist erlaubt?"

"Bis jetzt ja. Kannst du vorläufig noch überall in einem Waffengeschäft kaufen oder per Internet bestellen."

"Also einfach hier draufdrücken, und sonst muss man nichts beachten?"

"Doch. Gut, dass du nachfragst. Es gibt ein kleines Problem. Wenn du engen Körperkontakt mit dem Gegner hast, beispielsweise beim Ringkampf, kriegst du selbst auch einen Schlag ab. Wenn man darauf gefasst ist, ist das aber halb so schlimm.

Bevor Rückert sich verabschiedete, wandte er sich noch einmal mahnend an Marie. "Langfristig würde ich dir so nahe am Wald die Installation einer Funk-Alarmanlage mit integrierter Fenstersicherung empfehlen."

"Muss das sein. Reicht das nicht, dass meine Nachbarn eine haben? Bei meinem bescheidenen Häuschen denkt doch niemand, das hier etwas zu holen ist."

"Wenn du dich da mal nicht täuschst. Fünfundachtzig Prozent aller Einbrüche gehen auf das Konto von Gelegenheitsdieben, die sich selbst mit kleinsten Beträgen zufrieden geben. Und es geht ja nicht nur um gestohlene Wertgegenstände, sondern auch um den Verlust privater Dokumente, Fotos oder Andenken. Denk nur an deinen schönen Fußball. Der ideelle Schaden ist viel größer als der materielle Verlust. Das System lässt sich aber auch mit einem Notrufsender kombinieren. Dann kann man über Handfunksender mit einem Tastendruck auch einen medizinischen Notfall-Dienst verständigen. Du kannst ja mal drüber nachdenken. Ist innerhalb einer Stunde installiert. Im Moment wäre mir auf jeden Fall wohler, wenn du eine Alarmanlage hättest."

Kapitel 12

Bis spätestens vierzig hatte man es an der Uni entweder geschafft oder man war gescheitert.

Für Jochen Haller traf Ersteres zu. Er hatte mit achtunddreißig Jahren endlich sein Ziel erreicht: Vor Kurzem hatte er sich habilitiert und konnte nun gelassen auf die sich bietenden Chancen warten.

Aber es war bei weitem nicht alles so glatt gelaufen, wie er gehofft hatte.

Nach dem Examen wollte er sich eigentlich auf Sportmedizin spezialisieren, weil er – selbst lange Zeit sportlich sehr aktiv – dem Sport beruflich verbunden bleiben wollte. Aber es kam ganz anders.

Durch Zufall landete er im letzten Abschnitt des 'Praktischen Jahres' in der Urologie. Er wollte wegen seiner Doktorarbeit seine chirurgische Pflichtzeit unbedingt im Uniklinikum absolvieren und nicht in die Pampa abgeschoben werden, obwohl in einem städtischen Krankenhaus die Ausbildung meist viel praxisnäher war als an den großen Häusern.

So musste er am Anfang in dem von Studenten überlaufenen Klinikum die typischen Aufgaben des Anfängers übernehmen: Anamnese vor dem geplanten Eingriff erheben, die bereits erhobenen Untersuchungsbefunde bestätigen und die kurze abschließende Beurteilung, die Epikrise, nach Entlassung der Patienten verfassen. Besonders Letzteres war eine Arbeit, die die chronisch überarbeiteten Assistenzärzte gern vor sich herschoben, bis sie einen Dummen gefunden hatten, der ihnen die Arbeit abnahm. Aber Jochen nahm seine Aufgabe sehr ernst. Er fand es gar nicht uninteressant, nach

Durchsicht der Patientenakten nachzuvollziehen, ob alles richtig gelaufen war.

Als er einige Unstimmigkeiten aufdeckte und in der Besprechung eigene Vorschläge zur Ergänzung der Diagnostik machte, wurde der Chef der Urologie auf ihn aufmerksam.

Hinzu kam, dass er sich durch seine Sorgfalt bei der Arbeit und sein Engagement auch bei dem Pflegepersonal und den Assistenzärzten Respekt verschafft hatte. Die Anerkennung seines Einsatzes äußerte sich darin, dass er bald auch bei Operationen assistieren durfte, natürlich nur als Hakenhalter, der meist nicht mal richtig Einsicht ins Operationsfeld hatte.

Dann kam für ihn der erhebende Tag, als ihm zum ersten Mal die abschließende Hautnaht nach einem operativen Eingriff überlassen wurde, was ihm ganz ordentlich gelang. Er avancierte umgehend zum 'Hautspezialisten' – während das restliche OP-Team davon profitierte und ein paar Minuten früher zur ersehnten Kaffeepause kam.

Nachdem er beim Fußballspiel gegen die Internisten das entscheidende Tor erzielt hatte, wurde er bei den Assistenzärzten und beim Oberarzt, der selbst begeisterter Fußballer war, endgültig für voll genommen. In der letzten Woche kam dann die Krönung. Er durfte unter Aufsicht des Oberarztes seinen ersten Leistenbruch operieren. Das war sozusagen der Ritterschlag.

Als der letzte Tag seiner PJ-Zeit gekommen war, wurde er am späten Nachmittag ins Chefsekretariat gerufen. Er war darauf eingestellt, von der Sekretärin seinen Schein ausgehändigt zu bekommen, wunderte sich allerdings, dass daraus ein offizieller Akt gemacht werden sollte.

Aber sie sagte nur: "Professor Werner kommt gleich. Nehmen Sie doch Platz. Einen Kaffee?"

"Gern. Mit wenig Milch und viel Zucker, bitte."

Überrascht ließ er sich nieder. Er fühlte sich nicht ganz wohl in seiner Haut. Das war ihm in einem Chefsekretariat noch nie passiert. Hoffentlich war es keine Verwechslung. Schließlich war er nur Student, der im Haus seine Pflichtzeit absolviert hatte, kein Gast.

Er ließ sich auf einem der bequemen Sessel im Wartebereich nieder und wartete gespannt.

Schon bevor man Werner sah, kündigte sich sein Kommen durch das Klirren des Schlüsselbundes an, den er immer in seiner Hand trug, auch wenn es nichts aufzuschließen gab. Kurz darauf kam er mit wehendem Kittel hereingestürmt, ein bulliger Typ, früher einmal Quarterback und Football-Star in München, wie Jochen in Erfahrung gebracht hatte. Er war inzwischen zwar reichlich übergewichtig, weil er zu viel Zeit bei Empfängen mit gutem Essen und Trinken verbrachte, strahlte aber immer noch eine enorme Energie aus. Er war bekannt dafür, dass er sich von niemandem in die Suppe spucken ließ. Wenn er sich etwas in den Kopf gesetzt hatte, fand er Mittel und Wege, das auch umzusetzen. Es hieß, selbst der Dekan lege sich nicht gern mit ihm an.

Er nickte zufrieden, als er Jochen sah.

"Da sind Sie ja schon. Kommen Sie, kommen Sie. Nehmen Sie Ihren Kaffee mit." Er ging voran und winkte ihn zu seinem Schreibtisch, wo er in seinem eindrucksvollen sesselartigen Schreibtischstuhl Platz nahm, während er Jochen einen Platz auf einem Stuhl gegenüber anbot.

"Und: Wie hat es Ihnen bei uns gefallen?"

"Super. Sie haben ein tolles Team. Ich habe mich hier sehr wohl gefühlt."

"Danke, dass hört man gern. Offenbar sind Sie bei meinen Leuten genauso gut angekommen. Mein erster Oberarzt,

Doktor Brechtl, spricht in den höchsten Tönen von Ihnen. Und mir ist nicht entgangen, dass Sie sich in außergewöhnlicher Weise engagiert haben. Das habe ich bei einem PJ-Studenten selten erlebt. Wie weit sind Sie denn jetzt?"

"Fast fertig. In zwei Wochen geht das Examen los."

"Und wissen Sie schon, was Sie danach machen wollen?"

"Nein, noch nicht so richtig. Eigentlich wollte ich mich auf Sportmedizin spezialisieren."

Entgeistert schaute ihn Werner an.

"Sportmedizin", stieß er voller Verachtung hervor. "Wer hat Ihnen denn den Floh ins Ohr gesetzt? Das sind doch alles Dünnbrettbohrer, die sich nicht an die richtige Medizin rantrauen. Da gibt es noch nicht mal eine vernünftige Weiterbildung, nur ein paar Wochenendlehrgänge."

"Ich habe immer selbst gern Sport getrieben und dachte, das wäre vielleicht das Richtige."

"Ja, ich erinnere mich. Meine Mitarbeiter sind von Ihren fußballerischen Leistungen ganz begeistert. Aber so was macht man doch höchstens nebenher als Hobby."

Jochen schaute ihn zweifelnd an.

"Sportmedizin!" wiederholte Werner voller Verachtung. "Das heißt in Ihrem Fall: Perlen vor die Säue werfen." Er machte eine längere Pause. Man merkte, dass er jedes Wort genau überlegte.

"Schauen Sie, bevor Sie gehen, unbedingt noch einmal bei Doktor Brechtl vorbei. Er wird Sie im Labortrakt herumführen. Bisher haben Sie ja nur unseren klinischen Bereich kennen gelernt. Sie werden staunen! Und melden Sie sich auf jeden Fall bei mir, wenn Sie das Examen in der Tasche haben. Sie sollen wissen, dass ich immer einen Platz für Sie habe. Wie weit sind Sie mit der Doktorarbeit? "

"So gut wie fertig."

"Wer ist denn Ihr Doktorvater?"

"Professor Knippich."

"Der Gastroenterologe! Guter Mann! Da sind Sie in den besten Händen. Hat vielleicht ein bisschen weiche Bandagen. Aber wenn man sich nicht für Hochschulpolitik interessiert, kommt man auch so zurecht."

Klar, dass er auch bei ihm nachfragen würde. Professor Werner überließ nichts dem Zufall.

Jochen fühlte sich überwältigt. Er war noch nie so hofiert worden, und das von so einer Autorität wie Professor Werner.

"Aber ich bin mit der Disputation noch nicht durch", wandte er ein.

"Das wird für Sie kein Problem sein." Er legte noch einmal eine Denkpause ein. "Hm! Dann wären ja Sie gleich frei für ein neues Forschungsprojekt. Haben Sie Erfahrung mit Züchtung und Testung von menschlichen Zellen?"

"Ja, schon, aber nur von Darmzellen."

"Das ist schon mehr, als ich zu hoffen wagte. Von Tierversuchen halte ich nichts. Die meisten sind überflüssig. Sie sind sehr kostenaufwändig, und die Aussagekraft für den Menschen lässt sowieso zu wünschen übrig. Wir konzentrieren uns im Moment auf die Testung von Medikamenten an Prostatazellen. Da gibt es ganz neue Ansätze. Ich könnte mir vorstellen, dass Ihnen das Spaß macht."

So war er ganz gegen seine ursprüngliche Absicht in der Urologie gelandet.

Die Facharztausbildung verging wie im Fluge. In der Anfangsphase seiner Ausbildung war er ganz in der Patientenversorgung aufgegangen. Seine einfühlsame Art, mit den Patienten umzugehen, kam bei diesen gut an. Dazu kam sein Bestreben, – ungewöhnlich für einen Arzt mit chirurgischen

Ambitionen – die konservative Therapie so weit wie möglich auszuschöpfen, bevor er zum Skalpell oder Laser griff. Das brachte ihm eine lawinenartig anwachsende Schar von Patienten mit Prostatavergrößerung ein.

Bis ihn sein Chef warnte, dass ihm das an einem Universitätsklinikum niemand danken werde, wenn er sich nicht stärker mit wissenschaftlicher Arbeit und Publikationen von anderen abhebe. Andernfalls werde er sich bald als niedergelassener Urologe wieder finden.

"Da kann doch nicht Ihr Ziel sein!" beendete er seine Standpauke.

Er hatte Recht. Auch Jochen wollte das auf jeden Fall vermeiden.

Einmal hatte er die Praxisvertretung für einen niedergelassenen Kollegen übernommen, der in Urlaub ging. Aber er hatte schnell gemerkt: Unter ständigem Zeitdruck zu stehen, weil sich die Patienten die Türklinke in die Hand gaben, empfand er als unbefriedigend. Hinzu kam, dass man immer die Krankenscheine und die finanzielle Situation im Auge haben musste. Das war nicht seine Vorstellung von einer befriedigenden medizinischen Tätigkeit.

Also fing er an, wissenschaftliche Projekte in Gang zu bringen und an Publikationen zu schreiben. Am Anfang fiel ihm die Umstellung schwer. Aber als er erst einmal Blut geleckt hatte, wurde die Forschung immer mehr zum Schwerpunkt seiner Arbeit. Sein Spieltrieb, den er früher beim Sport ausgelebt hatte, kam ihm entgegen. Wenn er sich auf einem Gebiet auskannte, probierte er gern etwas Neues aus. Dass die eine oder andere Idee im Sande verlief, machte ihm nichts aus. Wenn sie in einen neuen Forschungsansatz mündete: umso besser.

Professor Werner verfolgte seine neue Aktivität mit Genugtuung. Er nutzte seine Kontakte und schleuste ihn ins Hormonlabor der Biochemie und in die Andrologie, die ihn selbst interessierte, ein. Nachdem Jochen sich dort eingearbeitet hatte, verschaffte er sich durch eine Verfeinerung der Spermienanalyse bald überregionale Anerkennung. Erste Publikationen über moderne Nachweismethoden von Hormonen erweiterten sein wissenschaftliches Spektrum: Plötzlich fand er sich im Kreis der Antidopingexperten wieder. Auf diese Weise gelangte er wieder in die Sportszene zurück, wenn auch auf einem ganz anderem Weg, als er sich das vorgestellt hatte.

Da er seine Spezialambulanz weiter betrieb und Nachtdienste zu absolvieren waren, wurde der private Spielraum auf ein Minimum reduziert. Es wurde immer später, bis er nach Hause kam. Für Sport und Freunde blieb kaum noch Zeit. Auch mit Steffi, die er während des Studiums kennen und lieben gelernt hatte, lief es nicht mehr so gut. Da sie Stationsschwester auf der chirurgischen Station war, wurde die Zeit, die sie gemeinsam verbrachten, immer kürzer. Die gegenseitige Zuneigung zerbröselte. Übrig blieben der gegenseitige Respekt und das Gefühl der Vertrautheit. Aber das war ihr zu wenig. Nachdem ihre Proteste ungehört verhallt waren, trennte sie sich von ihm.

Er litt unter der Trennung wie ein Hund, aber er unternahm nicht wirklich etwas, um sie zurückzugewinnen. Denn ausgerechnet in diese Zeit fiel das Angebot seines Chefs, ein eigenes andrologisches Labor zu übernehmen.

"Professor Brenner, der Dermatologe, der sich bisher darum gekümmert hat, ist nach München gegangen, und der Chef der Hautklinik geht in den Ruhestand. Niemand an der Klinik hat zur Zeit Interesse an der Andrologie. Da müssen wir unbedingt zuschlagen."

Seinem Chef konnte man vieles vorwerfen, aber nicht, dass er keinen Weitblick hatte. Mit der Andrologie hatte er schon immer geliebäugelt. Seiner Ansicht nach hatte sie in der Hautklinik nichts zu suchen. Bisher war er aber immer am Widerstand der Dermatologen gescheitert, die dieses hochinteressante Gebiet nicht preisgeben wollten. Auch für Jochen war es eine einmalige Chance. Andererseits war er völlig ausgelastet.

"Ich wollte eigentlich erst meine Habilitationsarbeit fertig haben, bevor ich mich auf etwas Neues konzentriere", wandte er ein, als Werner mit dem Ansinnen auf ihn zukam.

"Ich weiß. Ist ja auch ganz in meinem Sinn. Aber wenn sich das um ein paar Monate hinauszögert, ist das kein Leistenbruch ", gestattete er sich den Kalauer der Urologen.

"Und Sie bekämen von mir jede Unterstützung, die Sie brauchen", ergänzte er. "Als erstes sorge ich dafür, dass Sie vom nächtlichen Bereitschaftsdienst befreit werden."

Diesem Angebot konnte Jochen nicht widerstehen. Das war in der Tat eine spürbare Entlastung. Ein anspruchsvoller Nachtdienst kostete ein bis zwei Tage Regeneration, in denen man wissenschaftlich nicht viel auf die Beine stellte.

"Und wohin mit dem Labor. Wir haben doch gar keinen Platz hier."

"Machen Sie sich da mal keine Sorgen. Vorerst dürfen Sie Labor und Personal der Dermatologie vor Ort benutzen. Das ist mit dem Dekan so vereinbart. Und später finden wir eine Lösung."

"Also gut. Ich versuch's."

Es ging leichter, als er gedacht hatte. Innerhalb weniger Wochen, in denen er sich in die neue Materie hineinkniete, wusste er, worauf es ankam, und sah bald die ersten Verbesserungsmöglichkeiten. Die MTAs unterstützten ihn nach

Kräften, froh, dass neuer Schwung ins Labor kam. Sie hatten sich schon auf dem Abstellgleis gefühlt.

Dann kam eine einschneidende Änderung, die niemand so richtig vorhergesehen hatte. Als Folge der jahrzehntelangen Laissez-Faire-Politik der hessischen Landesregierungen wurden die Universitätsklinika Gießen und Marburg privatisiert und zusammengelegt. Wie es hieß, wurden sie für ein Butterbrot und ein Ei verschleudert.

Viele erfahrene Ärzte suchten sich anderswo eine Bleibe, weil sie nicht wussten, was auf sie zukam. Junge, billigere Kräfte rückten nach. Das ging auf Kosten einer rationellen Diagnostik, weil den jungen Ärzten verständlicherweise der Überblick fehlte. Schlimmer war, dass das Zahlenverhältnis des pflegerischen Personals zur Patientenzahl an diesem Klinikum der Maximalversorgung dem Niveau eines städtischen Krankenhauses mit durchschnittlichem Patientenklientel angeglichen und dadurch beträchtlich reduziert wurde.

Trotzdem wurden immer mehr Patienten immer schneller durch die Ambulanzen und über die Stationen geschleust. Dass dabei die Zuwendung für den einzelnen Patienten auf der Strecke blieb, war kein Wunder. Beim pflegerischen Personal und nicht zuletzt bei den Betroffenen wurde die Unzufriedenheit immer größer. Aber die Finanzen stimmten. Man schrieb rasch schwarze Zahlen. Und nur darauf kam es an.

Professor Werner sah mit Schmerzen, wie ihm seine guten Leute wegliefen. Er wusste, dass sich auch Jochen Haller mit Abwanderungsgedanken trug, weil er mit der neuen Situation nicht einverstanden war. Eines Abends rief er ihn zu sich.

"Das Sportwissenschaftliche Institut hat eine Junior-Professur ausgeschrieben, die von der Stiftung des Deutschen Sportbundes finanziert wird. Schwerpunkt: Präventive Doping-Forschung. Da sind Sie doch fit. Sie hätten meinen Segen. Als Zubrot biete ich Ihnen das andrologische Labor an."

"Sie wollen mich loswerden?"

"Davon kann keine Rede sein. Aber ich merke doch, dass Sie hier nicht mehr zufrieden sind. Und ich verstehe Sie gut. Mir geht es ja ähnlich. Es wird immer enger. Die Stimmung wird immer schlechter. Der verwaltungstechnische und organisatorische Aufwand wird auch für mich immer unerfreulicher. Dafür habe ich nicht Medizin studiert. – Aber die paar Jährchen, die ich noch vor mir habe, halte ich durch."

"Und Sie würden sich nicht von mir im Stich gelassen fühlen?"

"Ach was! Ihre Loyalität in allen Ehren. Aber ich bin – wie gesagt – nicht mehr ewig da, und man muss die Chancen wahrnehmen, die sich bieten. Sonst bleibt man auf der Strecke."

Also bewarb er sich um die Stelle, die zunächst auf sechs Jahre begrenzt war. Er hatte das Glück, dass die Mitbewerber eindeutig geringere Qualifikationen mitbrachten, als er selbst. Die Entscheidung fiel – sicher nicht zuletzt, weil er Professor Werner auf seiner Seite hatte – erfreulich schnell zu seinen Gunsten.

Er verabschiedete sich in aller Freundschaft von seinem alten Chef.

"Sie haben mich in die Urologie gelotst und mir den Weg in die Forschung geebnet. Das werde ich Ihnen nie vergessen. Nun sieht es so aus, als hätten Sie eine Schlange an Ihrem Busen genährt."

"Papperlapapp. Werden Sie nur nicht pathetisch, Herr Haller. Das ist der Gang der Dinge an der Universität. Sie haben meinem Team gut getan, und ich bin stolz, Sie auf den richtigen Weg gebracht zu haben. Ich habe gleich gesehen, was in Ihnen steckt. Niemand hindert uns daran, auch weiterhin guten Kontakt zu halten. Die Klinikumsleitung wird sich freuen, die Stelle mit einem jungen, billigen Assistenten besetzen zu können."

Jochens neuer nomineller Vorgesetzter, Professor Lorenz, dessen Emeritierung in wenigen Jahren anstand, interessierte sich mehr für die Sporttechniken in der Antike als für die rasante Entwicklung des Dopings, das früher nur eine Randerscheinung gewesen war. Der Kampf dagegen schien ihm aussichtslos. Das erforderte geradezu detektivische Kleinarbeit, die mit seiner ursprünglichen Berufung nichts zu tun hatte.

Jochen genoss es, für die Forschung frei zu sein. Und er nutzte den neu gewonnenen Freiraum gut. In schneller Folge entwickelte er einige neue Dopingtests und platzierte seine Publikationen in einigen anerkannten Zeitschriften. Nachdem er die Ochsentour der Habilitation hinter sich gebracht hatte, begann er, sich für eine ordentliche Professur bewerben. Die ersten Bewerbungen, die er mit halbem Herzen abschickte, brachten ihn immerhin schon auf die Berufungsliste.

Und dann war es so weit: Er bekam aus Göttingen die Aufforderung, sich um eine unbefristete Professur zu bewerben. Es würden sich zwar noch einige Kandidaten mitbewerben, aber der Leiter der Berufungskommission hatte ihm zu verstehen gegeben, dass er ihn favorisiere.

Jochen wusste, dass er jede Gelegenheit nutzen musste, sich extern zu profilieren, wenn er die Chance wahren wollte, später einmal die Stelle von Lorenz einzunehmen. Eine Hausberufung war an der Universität verpönt.

Der Vortrag für das 'Vorsingen' war schnell zusammengestellt und endete mit einem Bonbon, das ihm eine gute Ausgangsposition verschaffen würde. Er hatte in letzter Zeit zusammen mit seinem Bekannten im Biochemischen Institut eine hoch empfindliche Nachweismethode für Erythropoietin entdeckt, das bei Frühgeborenen seit langem zur Steigerung der Hämoglobinbildung erfolgreich therapeutisch eingesetzt wurde. Mit Hilfe der neuen Methode konnte man EPO schon in sehr geringen Konzentrationen nachweisen. Das würde auch für den Doping-Nachweis Gold wert sein. Selbst die geschickten Dopingsünder, die EPO rechtzeitig am Abend vor dem Wettkampf absetzten, konnten damit überführt werden.

Jochen Hallers Vorbereitungen waren abgeschlossen. Er würde in einer sportlichen, aber ausreichend seriös wirkenden Kombination aus dunkelblauem Sakko und dunkelblauer Hose mit feinen silbernen Streifen auftreten und die weiblichen Mitglieder der Berufungskommission mit einem bunten Miró-Schlips beeindrucken, den er sich nach der Habilitation in einem Anfall von Größenwahn geleistet hatte, obwohl er sauteuer war.

Jetzt hatte er noch zwei Stunden Zeit, Ordnung auf dem Schreibtisch zu schaffen und den Vortrag noch einmal durchzugehen. Er wusste, in der Endphase der Vorbereitungen kamen ihm noch einmal gute Ideen für die Präsentation. Es war seine Stärke, das Inhaltliche auch gut verständlich und anschaulich darzustellen. Mit einem USB-Stick waren die Aktualisierungen dann rasch auf den Laptop übertragen.

Aber wo war der Stick? Gestern Abend hatte er ihn noch zu Hause am PC benutzt.

Er meinte sich zu erinnern, ihn heute Morgen in die Buchse am PC in seinem Arbeitszimmer im Institut gesteckt zu haben. Aber da war er nicht. Oder hatte er ihn noch im vorderen Fach seines Rucksacks gelassen, den er zur Verwunderung seiner Mitarbeiter – wie zu Studentenzeiten – als praktisches Transportmittel benutzte?

Er schaute im Rucksack nach, aber da war er nicht.

Nun versuchte er, zu rekapitulieren, was ihn am Morgen abgelenkt haben konnte. Ihm fiel ein, dass er von der unangenehmen Nachricht überrascht worden war, dass sich gleich zwei Leute, Klaus Brand, sein Sekretär, und Dr. Bols, der Arzt des andrologischen Labors, krank gemeldet hatten. Er hatte dann in den Labors nach dem Rechten gesehen. Hatte er den Stick vielleicht irgendwo liegen gelassen?

Er machte noch einmal einen Rundgang durch die Labors: Niemand hatte den Stick gesehen.

Also erst einmal den Schreibtisch aufräumen! Vielleicht war er unter die Papiere geraten, die sich dort angesammelt hatten: Anfragen der Verwaltung, das Vorlesungsverzeichnis, das aktualisiert werden musste, Fortbildungsseminare, Jahrestagung der Urologen. Vom Stick keine Spur.

Wo konnte das verdammte Ding sein?

Zehn Minuten lang ließ er seinen Ärger über den Verlust des Sticks an dem Sandsack aus, der in der Ecke seines Arbeitszimmers hing.

Als er von dem Sandsack abließ, war sein Ärger verraucht,. Aber eine neue Idee, wo der Stick abgeblieben sein könnte, war ihm nicht gekommen.

Er zwang sich zur Ruhe und dachte nach. Im schlimmsten Fall war der Stick gestohlen worden, als er morgens im Hause unterwegs war. Durchaus möglich, dass er in der Eile vergessen hatte, die Türen abzuschließen.

Was war nun zu tun?

Als erstes musste er den Vortrag für das 'Vorsingen' in Göttingen wieder zusammenschustern. Alles andere war zweitrangig. Hoffentlich waren die Rohdaten auf der Festplatte seines PC unversehrt.

Nachdem er sich eingeloggt hatte, überprüfte er die wichtigsten Dateien: alles unbeschädigt. Erleichtert atmete auf. Sogar die statistischen Berechnungen waren noch vollständig vorhanden. Er nahm einen Ersatzstick aus der Schreibtischschublade und kopierte die Dateien. Für eine erneute Bearbeitung blieb ihm keine Zeit mehr. Das musste er im Zug machen.

Als er im Taxi unterwegs zum Bahnhof war, dachte er nach: Wenn der Stick tatsächlich gestohlen war, musste er etwas unternehmen, um den Schaden zu begrenzen. Wer immer es war, er musste sich im Institut gut auskennen oder zumindest genau instruiert worden sein.

Jetzt ärgerte er sich, dass er bisher versäumt hatte, ein Patent auf seine neue Methode anzumelden. Es wäre nicht das erste Mal, dass wichtige wissenschaftliche Informationen in die Hände der Konkurrenz gelangten, die dem Erfinder zuvor kamen. Ideenklau war gang und gäbe unter den Wissenschaftlern. Und hier ging es um viel Geld. Er musste in Göttingen unbedingt auf den Diebstahl hinweisen und sich auf diese Weise absichern.

Kapitel 13

Während der Bahnfahrt hatte Jochen Haller es tatsächlich noch geschafft, aus den Rohdaten seinen Vortrag zusammenzubasteln. Unter Druck arbeitete er immer am effektivsten. Der letzte Schliff würde zwar fehlen, aber der Ausblick auf eine brandneue Nachweismethode würde das hoffentlich kompensieren.

Zum Vorsingen waren aus einer größeren Bewerbergruppe außer ihm noch vier Kollegen eingeladen worden, die am besten in das Leistungsprofil der Ausschreibung passten. Sein härtester Konkurrent, mit dem er schon mehrere Male die Klingen gekreuzt hatte, war Privatdozent Axel Berg. Von der Figur her war er beeindruckend. Er war wie er selbst hoch gewachsen, sicher einsfünfundachtzig groß, allerdings wesentlich gewichtiger. Das sah man ihm nur an, wenn man genau hinschaute, da sich die Fettpolster gut über die ganze Figur verteilten.

Berg begrüßte ihn in seiner typischen Weise mit einem laschen Händedruck, vor dem Haller sich immer ein bisschen ekelte, ein etwas müde wirkendes Lächeln auf dem breiten Gesicht.

Sein Vortrag befasste sich mit der praktischen Durchführung von Dopingkontrollen bei Hochleistungssportlern. Heute stellte er die Vorgehensweise vor, mit der jederzeit eine unvorhergesehene Dopingkontrolle ermöglicht werden sollte. Er hatte ein System ausgetüftelt, bei dem die Sportler zu ihren eigenen Buchhaltern degradiert wurden, damit sie gut erreichbar waren.

Anhand einer Checkliste, den 'Whereabouts' wurde abgefragt, wann sie ihre Hauptmahlzeiten planten, wann und wo sie trainierten, wann sie einkaufen gehen wollten. Der Aufenthaltsort jeder einzelnen Stunde musste darin festgehalten sein.

Furztrocken, die penible Aufstellung eines Oberbuchhalters und Kontrollfreaks, dachte Jochen. Da hätte man seiner Ansicht nach mehr draus machen können. Außerdem ließ sich darüber streiten, ob das Ganze nötig war. Bei Großveranstaltungen wohnten die Sportler meist in Großquartieren oder Appartementhäusern. Da war es ziemlich einfach, einen Sportler ausfindig zu machen, wenn man sich ein bisschen Mühe gab.

Jochen Haller machte sich den Spaß, direkt an die Ausführungen Bergs anzuknüpfen. "Bleibt nur noch die Angabe, wann die Sportler Sex haben", begann er seine Ausführungen provozierend und hörte verhaltenes Lachen. Alle schienen gespannt darauf zu warten, dass er sich weiter über diesen Aspekt auslassen würde. Aber er enttäuschte sie. Für ihn war das nur ein Appetizer, der neugierig machen sollte. Dann gab er einen Überblick über die gebräuchlichen Dopingmittel, die wichtigsten Nachweismethoden und Tricks, sie zu umgehen.

Immerhin entschädigte er die Zuhörer kurz vor Schluss seines Vortrags damit, dass er sich mit der Frage auseinandersetzte, ob es nicht schon an Doping grenze, wenn Sex bei bestimmten Sportarten vor dem Wettkampf bewusst eingesetzt werde, um die Leistung zu steigern.

Dann leitete er geschickt zu seiner neuen Nachweismethode über.

"Damit können wir EPO fast schon diagnostizieren, wenn ein Sportler nur daran denkt", merkte er scherzhaft an. "Kein Wunder, dass sich der erste Interessent schon gemeldet hat, bevor ich Ihnen diese Ergebnisse präsentieren konnte", ging er abschließend humorvoll auf den Diebstahl an. "Leider hat der Dieb vergessen, seine Adresse zu hinterlassen. Erinnern Sie ihn doch bitte daran, wenn er sich bei Ihnen meldet, um sein Wissen zu versilbern."

Er hatte die Lacher auf seiner Seite.

Der lange Beifall zeigte ihm, dass sein Vortrag gut angekommen war.

"Gratuliere, gut gemacht." Berg hielt ihm seine lasche Hand hin. Das war ja was ganz Neues. Normalerweise hätte er sich danach rasch abgewandt, um seine Wunden zu lecken. Der Schleimer! Aber diesmal wollte er offenbar noch etwas loswerden.

"Sagen Sie mal: Hat sich Ihr Kollege, der Frank Bols, auch beworben? Den habe ich heute Mittag hier in einem Restaurant gesehen."

Ach, das war's! Er wollte ihm einen kleinen Stich versetzen.

Jochen wehrte die Gehässigkeit souverän ab:

"Nicht dass ich wüsste. Eigentlich ist er noch nicht so weit. Er steht zwar bei einigen Publikationen unseres Teams an erster Stelle, wie das so üblich ist, damit er später einmal seine Chancen nutzen kann. Aber zu einer Habilarbeit hat er sich bisher noch nicht aufgerafft. Wie Sie wissen, ist es auch nicht Usus, dass sich gleich zwei Leute aus einem Institut um eine Professur bewerben."

Jochen Haller hielt es nicht für nötig, ihm zu sagen, dass Bols sich für heute krank gemeldet hatte.

Bols war ein fauler Hund. Er hatte viel zu viele private Verpflichtungen und blieb selten länger im Labor als unbedingt nötig. Wenn er mal eine gute Idee hatte, hatte er nicht das nötige Sitzfleisch und die Beharrlichkeit, sie umzusetzen. Mit seiner unbefristeten Assistentenstelle war er für die Zukunft abgesichert. Das schien ihm zu genügen. Aber er litt nach seiner Scheidung unter chronischen Geldnöten. Jochen traute ihm zu, dass er irgendeiner lukrativen Nebentätigkeit nachging. Aber solange er seine Arbeit machte, war ihm das ziemlich gleichgültig. Eine Krankmeldung ging natürlich zu weit.

Dann fiel ihm siedend heiß ein: Konnte der den Stick an sich genommen haben?

Er verworf den Gedanken wieder. Das war für ihn eine Nummer zu groß. Außerdem musste er einkalkulieren, dass der Verdacht als erstes unweigerlich auf ihn fallen würde.

Immerhin: Er kannte die richtigen Kanäle und konnte mit den Informationen viel Geld machen. Daran waren ja nicht nur Konkurrenten im Antidoping-Lager interessiert, sondern auch Firmen, die an den Dopingsündern gut verdienten und nach immer neuen Wegen suchten, die bekannten Nachweismethoden zu torpedieren. Er würde Bols im Auge behalten.

Aber jetzt musste er sich erst einmal auf die nachfolgende Befragung durch die Berufungskommission konzentrieren, bei der die einzelnen Bewerber auf Herz und Nieren geprüft wurden. Dabei ging es vor allem um die erforderlichen Personal- und Sachmittel. Hier galt es, einen Weg zu finden, der sinnvolles Arbeiten ermöglichte, und moderate, aber keine überhöhten finanziellen Forderungen zu stellen.

Jochen Haller hatte ein Auge dafür. Vor allem konnte er geltend machen, dass er das in Aussicht gestellte Budget mit einem tüchtigen Zuschuss an Drittmitteln aufstocken würde. So rechnete er sich gute Chancen aus, vor der Kommission zu bestehen, zumal er ihren Leiter auf seine Seite wusste.

Die anderen Bewerber verabredeten sich nach der Anhörung vor der Kommission noch zu einem gemütlichen Beisammensein. Das würde letztlich darauf hinauslaufen, dass sie sich gegenseitig belauern würden, um herauszubekommen, ob die Konkurrenten nur pokerten oder sich ernsthaft um die ausgeschriebene Stelle bemühten. Zwar verband sie ein gewisses Gemeinschaftsgefühl, weil sie die gleiche schwierige Situation zu bewältigen hatten, andererseits waren sie erbitterte Konkurrenten, die um eine Verbesserung ihrer Position kämpften. Einen neuen Karriereschub konnte jeder gebrauchen.

Jochen Haller kannte dieses Hickhack zur Genüge. Er hatte diesmal mit dem verschwundenen Stick eine gute Entschuldigung und verabschiedete sich. Sie waren insgeheim sicher froh, ihn los zu sein, damit sie ungestört über ihn lästern konnten.

Als er schließlich im Taxi saß, das ihn zum Bahnhof brachte, fiel die ganze Belastung von ihm ab. Er hatte kein schlechtes Gefühl. Sein Vortrag war gut angekommen, in der Diskussion hatte er sich keine Blöße gegeben, und in der anschließenden Befragung durch die Berufungskommission hatte er sich seiner Meinung nach gut geschlagen. Jetzt konnte er bei der Fahrt zum Bahnhof das Göttinger Gänseliesel am Brunnen vor dem alten Rathaus endlich gebührend bewundern. Auf der Hinfahrt hatte er es – in Gedanken noch ganz mit seinem Vortrag beschäftigt – gar nicht zur Kenntnis genommen.

Erstaunlicherweise war der Zug sogar pünktlich. Er hatte sich in einem Abteil der ersten Klasse einen Platz reservieren lassen und freute sich darauf, die Füße von sich strecken und abzuschalten zu können. Er würde erst ein bisschen dösen und sich dann durch lockere Lektüre in eine andere Welt versetzen lassen.

In seinem Abteil hielt sich zum Glück nur eine Person auf.

Eine junge Dame hatte es sich auf der anderen Seite gemütlich gemacht. Sie benutzte eine Sporttasche als Kopfkissen und lag – Füße zum Fenster hin – ausgestreckt wie zu Hause auf dem Sofa, iPod im Ohr, ein Buch in der Hand. Der kurze schwarze Rock aus Leder war ziemlich weit über die Oberschenkel nach oben gerutscht.

Jochen musterte anerkennend ihre schlanken Beine, die lang über die Sitzreihe ausgestreckt waren. Sein Blick wanderte nach oben. Die drei obersten Knöpfe der eng anliegenden roten Bluse waren geöffnet und ließen ein ansehnliches Dekolletee erkennen. Sie trug keinen BH, so dass sich die Brustwarzen durch den dünnen Stoff der Bluse abzeichneten. Ganz schön frech, dachte er.

Einerseits etwas verärgert, dass sie sich so breit machte, andererseits erfreut über den reizvollen Anblick verstaute er sein Gepäck, legte sein Sakko ab, lockerte den Schlips und holte Suters 'Der Koch' aus der Aktentasche: Das Buch des Schweizer Schriftstellers hatte ihn schon lange gereizt. Aber er war bisher nicht dazu gekommen. Jetzt hatte er sich eine Belohnung verdient.

Die junge Dame hatte sich inzwischen aufgesetzt und zupfte anscheinend sittsam am Saum ihres Rockes.

"Einen schönen Schlips habe sie", eröffnete sie gleich das Gespräch. Es schien, als wollte sie keine Zeit verlieren. Dann erst erkannte sie ihren Doktorvater.

"Professor Haller!" Julia Hohmann wurde rot, soweit man das bei ihrem dick aufgetragenen puppenhaften Make-up erkennen konnte und nestelte automatisch an den Knöpfen der Bluse, um sie zu schließen.

"Frau Hohmann ?" Wenn ihre kratzige Stimme nicht gewesen wäre, hätte Jochen seine Doktorandin in ihrer Pretty-Woman-Maskerade nicht erkannt. Außerdem hatte sie ihre schwarzen Haare knallrot gefärbt. Oder war das eine Perücke? Ja, richtig, das musste es sein. Die Haare, sonst nur schulterlang und gelockt, hingen lang über den Rücken herunter.

Das Prickeln, das er gespürt hatte, war wie weggeblasen. Sich auf eine Doktorandin einzulassen, kam für Jochen Haller nicht in Frage. Das grenzte für ihn an Inzest, ganz zu schweigen von den verheerenden Konsequenzen, die das haben konnte. Dietrich Schwanitz, der inzwischen verstorbene Philologe, hatte aus diesem heiklen Thema einen Bestseller gemacht, der später sogar verfilmt wurde.

"Was machen Sie denn hier?" fragte er entgeistert.

"Ooch, ich habe nur meine Eltern in Hannover besucht", behauptete sie.

"In dieser Aufmachung?" Er nahm ihr das nicht ab. "Waren Sie beim Fasching?"

"In Hannover doch nicht."

Sie hatte recht, das konnte nicht sein. Er kannte den Maschsee aus seinen Zeiten als Rudersportler, die Medizinische Hochschule und das Kongresszentrum HCC durch Ärztetagungen. Sicher gab es ein paar Restaurants, in denen man gut essen konnte. Und – soweit er von der weiblichen Begleitung seiner Kollegen gehört hatte – auch ganz ansehnliche Geschäfte zum Shoppen. Aber Fasching? Den konnte man sicher in anderen Städten besser feiern. Außerdem war die fünfte Jahreszeit längst vorbei. Aber was konnte sie sonst noch zur Verkleidung veranlasst haben.

"Basteln Sie nebenher an einer Karriere als Model?"

Sie druckste herum: "Sie haben doch selbst gesagt, ..." Sie verstummte.

"Was habe ich gesagt?"

"Als ich das letzte Mal bei Ihnen war, waren sie gar nicht zufrieden mit der Anzahl der Samenproben, die ich zusammengebracht hatte. Und daran hat sich auch nichts geändert, obwohl Sie das Honorar auf hundert Euro aufgestockt hatten."

Julia Hohmanns Doktorarbeit befasste sich mit dem Einfluss von Ausdauersport auf Zahl und Qualität der Spermien. Dazu sollte sie möglichst je dreißig Sportler und Nichtsportler rekrutieren.

"Ja und?"

Sie hörte die wachsende Ungeduld in der Stimme ihres Doktorvaters.

"Na, Sie haben doch bei unserer letzten Besprechung gesagt, ich müsse mir was einfallen lassen. Und das habe ich getan."

"Was meinen Sie damit?"

Jochen Haller schwante nichts Gutes.

Statt einer Antwort zog die Doktorandin den Reißverschluss ihre Tasche auf, öffnete einen Kühlbehälter mit Trockeneis, und zeigte triumphierend auf mehrere Urinbecher, die eine milchige Substanz enthielten.

Jetzt begriff er.

Seine Doktorandin war offenbar auf dem Kriegspfad, um 'Rohmaterial' zu sammeln.

"Sind Sie denn von allen guten Geistern verlassen? Sie sind wahnsinnig. Das darf doch nicht wahr sein!"

"Warum denn nicht? Zuerst war ich in einem Sauna-Club in der Nähe von Marburg mit sehr lockerem Umgang der Gäste untereinander, wenn sie verstehen, was ich meine. Das klappte am Anfang auch ganz gut. Ich selbst kam kostenlos rein. Nur für das Separee sollte ich Miete zahlen. Das war auch kein Problem. Die Besucher wollten von einem Honorar für die Samenspende gar nichts wissen, wenn sie von meiner Doktorarbeit hörten. Davon konnte ich die Miete für das

Separee bequem bezahlen. Leider wollte mir dann der Club-Manager an die Wäsche. Da musste ich notgedrungen das Feld räumen. Dann habe ich bei einer Freundin angefragt, die Kosmetikerin ist und nebenher Wellness-Massagen anbietet. Aber der war das zu heikel, obwohl es nach den echt guten Erfahrungen im Sauna-Club bestimmt keine Probleme gegeben hätte. Zum Glück hatte ich dann die Idee mit dem Zug. Es gibt ja so viele Tunnel zwischen Hannover und Kassel. Die machen so ein angenehm schummriges Licht. Die lange Reise von Usedom nach Konstanz im Intercity kann ganz schön langweilig sein, wenn man allein ist. Und wenn das Interesse der Männer erst einmal geweckt ist, geht alles im Handumdrehen." Julia erzählte unbefangen, als würde sie über Alltägliches berichten.

Jochen Haller zog die Augenbrauen hoch, musste aber gegen seinen Willen lachen. Dann wurde er schnell wieder ernst.

"Sie sind wohl nicht bei Trost. Lassen Sie sofort die Finger davon! Das ist doch brandgefährlich. Wenn Ihnen irgendetwas passiert, bin ich dran."

Sie hörte die ehrliche Sorge aus seiner Stimme heraus, gab sich aber noch nicht geschlagen.

"Das braucht ja niemand zu wissen. Bisher ist das immer ganz glatt gelaufen. Die Kerle sind ganz wild darauf, mir eine Lieferung zu überlassen!"

"Kann ich mir lebhaft vorstellen. Vor allem in dieser Aufmachung."

"Gefalle ich Ihnen?" In ihren Augen glitzerte es.

"Hören Sie sofort auf damit."

Nachdem sich Jochen Haller sich wieder beruhigt hatte, brach sein wissenschaftliches Interesse durch.

"Und was ist mit den persönlichen Daten, die wir brauchen: Alter, Einzelheiten über die sportliche Tätigkeit und so weiter? Wenn Sie diese Angaben nicht haben, war alles umsonst."

"Keine Sorge, alles hier drin." Sie zog ein kleines Notebook aus einer Seitentasche ihrer Reisetasche hervor.

"Von Faulenzern bis zum Leistungssportler ist alles dabei."

"Und wie sind Sie an die Daten rangekommen?

"Och, das war ganz einfach. Ich habe mich hinterher einfach als Doktorandin zu erkennen gegeben! Dass ich ihnen Geld für eine Samenspende angeboten habe, hat sie alle sofort überzeugt. Die waren ganz von den Socken, dass sie dafür sogar noch bezahlt werden sollten. Die meisten haben abgelehnt. Sie meinten, für die Wissenschaft hätten sie das gern getan."

"Und davon haben Sie die Kosten für die Bahnfahrt bestritten? Hoffentlich gibt das keine Schwierigkeiten bei der Abrechnung."

"Bestimmt nicht. Die Quittungen sind alle unterschrieben.

"Und wie viele Ejakulate haben Sie jetzt zusammen?", erkundigte sich Jochen Haller neugierig.

"Über die Hälfte. Insgesamt neunzehn Sportler und fünfundzwanzig Nicht-Sportler, die als ihre Hauptbeschäftigung Fernsehen, Biertrinken und Ähnliches angeben. Noch ein paar Fahrten, und ich hätte es geschafft."

"Trotzdem: Damit muss jetzt Schluss sein."

"So ein Jammer. Es hat so gut geklappt", bedauerte Julia.

"Hilft nichts. Sie müssen sich was Neues überlegen. Ich komme sonst in des Teufels Küche. Am besten laden sie wie vorher die Interessenten in unser Institut ein. Dann dauert es zwar länger, bis Sie genug Proben zusammen haben, aber ich kann wenigstens ruhig schlafen."

"Wenn Sie meinen!" seufzte die Doktorandin. Man hörte ihr an, wie schwer es ihr fiel, die erfolgreiche Aktion zu beenden.

Der Rest der Reise verlief schweigend.

Mit der erhofften Entspannung war es für Jochen Haller vorbei. Er entschloss sich, das Beste daraus zu machen und zu arbeiten. Er würde dem Stick-Dieb am besten das Wasser abgraben, wenn er möglichst schnell eine Publikation in einer renommierten Zeitschrift unterbringen konnte. Er holte sein Laptop aus der Tasche und machte sich an die Arbeit.

Kapitel 14

Als Tom Wieland am Morgen nach seinem Fahrradunfall aufwachte, fühlte er sich wie gerädert. Er hatte sehr unruhig geschlafen. Immer wieder war er aufgewacht, weil sein Arm ungünstig lag und schmerzte. Dann musste er eine neue Position suchen, die – vorübergehend – Erleichterung brachte. Dank der nacht nochmals eingenommenen Novalgin-Tabletten hielten sich die Schmerzen momentan in Grenzen.

Durch das Hantieren mit der linken Hand benötigte er für jede banale Tätigkeit viel länger als sonst. Das war zum Kotzen. Aber es half nichts. Er musste umschalten und sich in Geduld üben. Er hatte ja alle Zeit der Welt. Niemand hetzte ihn.

Seine Mitbewohner waren alle ausgeflogen, auf Exkursionen oder Lehrgängen unterwegs.

Der Nachteil war: Es konnte ihm jetzt auch niemand behilflich sein.

Als er seinen Chef telefonisch über seinen Unfall informierte, sagte der nur. "Lass dich erst wieder sehen, wenn du dich fit genug fühlst."

Er war sicher, Tom würde zu Hause weiterarbeiten, sobald die Schmerzen es zuließen. Er kannte ihn inzwischen gut genug.

Während seines Studiums hatte Tom schon bald festgestellt, dass es mit seinem Spaß am Sportstudium, das er mit großer Begeisterung begonnen hatte, nach der praktischen Ausbildung vorbei war. Nach dem siebten Semester war er entschlossen, etwas Neues anzufangen. Und er brauchte nicht lange zu überlegen. Er hatte das Glück gehabt, dass er gleich in seinen ersten Semesterferien einen Job in einem Architekturbüro bekommen hatte, wo ihm seine PC-Kenntnisse zugute kamen.

Schon als Kind hatte er gern an den einfachen Spielen seines Commodore 64 herumgebastelt und sich Verbesserungen ausgedacht. Vor allem die Geschicklichkeits- und Strategie-Spiele hatten ihn fasziniert. Der Chef des Architekturbüros, Henner Lessing, war begeistert, als er ihm ein Planspiel für virtuelle Architektur entwarf. Er beauftragte ihn danach, das Programm für städtische Planung auszubauen. Auch das gelang Tom innerhalb kurzer Zeit zu seiner vollen Zufriedenheit.

Die Krönung war aber die Wiederherstellung eines wichtigen Textes einer Ausschreibung, den die Sekretärin versehentlich zusammen mit anderen Unterlagen geschreddert hatte. Mit Hilfe eines selbst entwickelten Programms, das die Textränder, Farben und Umrisse der Schnipsel berücksichtigte, schaffte er es, die fast zehn Seiten Text binnen Kurzem wieder zusammen zu fügen.

"Du solltest dich an der Aufbereitung der geschredderten Stasi-Akten beteiligen. Die sind zum größten Teil immer noch nicht ausgewertet", meinte Lessing staunend.

Er war clever genug, Tom mit einem gut dotierten Vertrag fest an sich zu binden, als er merkte, dass dieser die Lust am Studium verlor.

Es war kein Zufall, dass Tom im Architekturbüro gelandet war. Henner Lessing war Präsident und Hauptsponsor des Volleyballvereins, in dem Tom spielte. Er gehörte in der DDR zum Nationalkader und war von einem internationalen Volleyball-Turnier in Rom nicht wieder in die DDR zurückgekehrt. Als Spitzensportler hatte er zwar viele Vorteile und war finanziell abgesichert, aber die Privilegien wogen die ständige Gängelei und die Nötigung zu politischen Aktivitäten nicht auf. Und in Italien boten sich ihm als Volleyballer gute Möglichkeiten unterzukommen. Als er seinen sportlichen Zenit überschritten hatte, erleichterten es ihm die Kontakte zu westdeutschen Sportlern, in der Bundesrepublik Fuß zu fassen. Er landete in Marburg, einer Hochburg des bundesrepublikanischen Volleyballs in den frühen sechziger Jahren. Nachdem er als Architekt etabliert war, engagierte er sich in einem der Volleyballvereine. Tom und er hatten sich kennen gelernt, als Lessing auf Bitten des Trainers einmal mittrainierte und danach an einer Mannschaftsbesprechung teilnahm. Er hatte beim Spiel alle durch seine Übersicht, seine geschmeidigen Bewegungen und eine immer noch erstaunliche Sprunghöhe beeindruckt. Niemand stellte seine Kompetenz in Frage, als er bei der Besprechung mit seinen besonnenen Vorschlägen die zerstrittenen Geister beruhigte.

Nachdem Tom sein Studium abgebrochen hatte, bildete er sich gezielt durch mehrere PC-Kurse fort. Abschließend absolvierte er noch eine zwölf Monate dauernde Ausbildung zum zertifizierten Computerfachmann für Software. Sein Hobby wurde endgültig zum Beruf.

Als sich die Gelegenheit bot, übernahm er dank seiner deutlichen verbesserten Finanzsituation und eines günstigen Kredits die WG- als Eigentumswohnung. Aber er behielt die Form der WG bei. Seinen Lebensstil änderte er kaum. So hatte er das Gefühl, weiterhin Student zu sein.

*

Heute war erst einmal Faulenzen angesagt. Zum Frühstück machte Tom sich ein einfaches Müsli mit eingeweichten Vollkorn-Haferflocken, Sonnenblumenkernen und Nüssen.

Dann machte er es sich mit der Zeitung auf dem Sofa gemütlich, bis er müde wurde. Er streckte sich aus, um einen Teil des verpassten Nachtschlafs nachzuholen.

Gegen zwölf Uhr mittags wachte er wieder auf.

Die Ruhe des Vormittags hatte seinem Arm gut getan, so dass er sich den kurzen Weg in die Wettergasse zutraute, um das Wichtigste einzukaufen, vor allem das Vollkornbrot, das dem Unfall zum Opfer gefallen war.

Den Rest des Tages bis zum Abend verbrachte er mit Fernsehen, Lesen und Schlafen.

Nach dem Abendessen zappte Tom ein bisschen herum und sah sich aus lauter Verzweiflung noch eine Dokumentation über Börsengeschäfte an, die er sowieso für überflüssig hielt. Mit mäßigem Interesse verfolgte er eine Diskussionsrunde über die menschliche Gier, die für die Finanzkrise verantwortlich gemacht wurde. Als wäre das was Neues!

Er schaltete ab. Zum Arbeiten hatte er noch nicht den richtigen Elan. Er langweilte sich.

Das war ihm lange nicht mehr passiert. Er fühlte sich unausgelastet und lustlos. Aber wozu hatte man Freunde.

Er versuchte, Jo zu erreichen. Der konnte so schön quasseln und vom Hundertsten ins Tausende kommen. Das war nie langweilig. Außerdem hatte er einen neuen Gelegenheitsjob gefunden: Er hielt Trauerreden für Verstorbene, die aus der Kirche ausgetreten waren. Vielleicht hatte er wieder einen interessanten Klienten.

Aber Jo ging nicht ans Telefon. Übers Handy meldete sich nur die Mailbox. Immer wenn man den Kerl brauchte, war er nicht da.

Eine Weile tröstete sich Tom mit ein paar alten Commodore-Spielen, die er für moderne PCs modifiziert hatte. Aber mit links war er doch zu ungeschickt. Das machte keinen richtigen Spaß. Von seinen Punkte-Rekorden war er meilenweit entfernt. Blieben noch "Strip-Poker" und andere einfache Spiele, die allerdings nur amüsant waren, wenn man in der richtigen Gesellschaft war.

Als es Zeit wurde, ins Bett zu gehen, nahm er diesmal nicht nur das Schmerzmittel, sondern sicherheitshalber auch Luminal-Tabletten, damit er durchschlafen konnte.

Am nächsten Morgen war er von dem Schlafmittel noch etwas rammdösig, aber der Arm fühlte sich ganz manierlich an. Tom erledigte ein paar Dinge, die er schon eine ganze Zeit lang vor sich hergeschoben hatte, weil er sie hasste. Jetzt war er froh, dass er wieder ein bisschen aktiv werden konnte. Aufräumen und Teppichsaugen waren auch einhändig ganz gut zu bewältigen. Das trieb die Müdigkeit aus den Gliedern.

Aufwaschen war auch mal wieder fällig. Mit der Geschirrspülmaschine war das kein Problem.

Als nächstes waren einige Vorräte aufzufüllen, die zur Neige gingen. Er warf sich seinen Rucksack über und machte sich auf den Weg. In den nächsten zwei Stunden klapperte er einige Geschäfte in der Barfüßerstraße und um den Marktplatz herum ab, hielt hier und da ein Schwätzchen und hatte das Gefühl, dass er allmählich wieder die Kurve zum normalen Alltag bekam. Am Schluss stöberte er ein bisschen in der Buchhandlung am Markt herum. Er blätterte in ein paar Computerzeitschriften und blieb dann für ein paar Seiten in Simon Becketts Krimi "Kalte Asche" hängen, von dem ihm Anja kürzlich am Telefon begeistert erzählt hatte.

Oh, mein Gott: Anja! Siedend heiß fiel ihm ein, dass er ihr versprochen hatte, sie zu besuchen. Sie war schon seit mindestens zwei Wochen in der Klinik. Und er hatte immer noch keine Zeit gefunden. Es war eine Schande!

Er rief auf der Station für Infektionskrankheiten der Inneren Medizin des Uniklinikums an, wo die erwachsenen Mukoviszidose-Patienten gewöhnlich untergebracht wurden, obwohl sie keine ansteckende Krankheit hatten.

Wie er hörte, lag Anja immer noch auf der Station. Er suchte etwas Geeignetes für sie aus, von dem er hoffte, sie werde sich darüber freuen, und ließ es in Geschenkpapier einwickeln.

Beim Obststand am Markt erstand er eine Ananas. Anja war früher einmal, als es ihr noch besser ging, auf Hawaii gewesen und erzählte immer noch begeistert davon. Frische Ananas war für sie der Inbegriff des Urlaubs. Wenn sie die Augen schloss, während sie eine Scheibe verzehrte, fühlte sie sich wie im Urlaub: Sand, Sonne, Palmen und der Duft des Meeres. Deshalb brachte er ihr, immer wenn er sie besuchte, eine Ananas mit, frisch geschält und in Scheiben geschnitten. Diesmal musste er sich damit begnügen, ein rotes Schleifchen um die Ananasfrucht zu binden. Es würde sich schon unter den Krankenschwestern jemand finden, der sie zubereitete.

Anja wartete schon seit einigen Monaten sehnsüchtig auf eine neue Lunge. Die alte war vom zähen Schleim so weit zerstört, dass Anja dauerhaft auf Sauerstoffzufuhr angewiesen war. Aber sie hatte sich davon nicht abhalten lassen, halbtags weiterhin berufstätig zu sein, bis es nicht mehr ging.

Jetzt wurde die Zeit langsam knapp. Dennoch ließ Anja sich nichts anzumerken. Einfach bewundernswert, wie sie die Wartezeit verkraftete. Sie hatte immer tausend Pläne für sich und andere. Ihr Traum war es, wie sie jedem lachend erklärte, mindestens so alt wie Mozart zu werden, der mit fünfunddreißig starb. Sie war jetzt achtundzwanzig. Ansonsten lebte sie nach dem Motto: 'Der Weg ist das Ziel'.

Günstigste Besuchszeit war der frühe Nachmittag. Da blieb noch genügend Zeit für das Mittagessen. Am unkompliziertesten war das in der Brasserie in der Reitergasse gegenüber der Universitätsbuchhandlung Elwert.

Dort gab es durchgehend warme Küche und immer was Interessantes zu erleben.

An einem Ecktisch knutschte ungeniert ein Teenager-Pärchen.

An einem langen Tisch gegenüber der Theke machte ein Stiefel Bier die Runde unter einer Gruppe von Studenten, die immer einen Grund zum Feiern suchten und fanden.

"Und was feiern wir heute?" hörte Tom einen aus der Runde fragen.

"Na, heute ist doch Mittwoch, Oberhessischer Stichtag", hörte Tom den Wortführer lästern. Der Stiefel wurde im Nu leer und sorgte immer dann für große Erheiterung, wenn der letzte Schwapp aus dem Fuß bei einem Unerfahrenen für eine gründliche Gesichtswäsche sorgte. Der musste dann nicht nur den Spott der anderen über sich ergehen lassen, sondern auch den nächsten Stiefel bezahlen, weil er den Stiefel – vor Schreck – nicht geleert hatte.

Tom bestellte eine Kochwurst, die er aus der Hand essen konnte und den ausgezeichneten Kartoffelsalat, der mit klein gehacktem gekochten Ei veredelt war. Einen Kaffee würde er zusammen mit Anja, die immer etwas Süßes in ihrem Nachtischschränkchen hatte, in der Klinik trinken.

Eine halbe Stunde später war er mit dem Bus unterwegs ins Klinikum auf den Lahnbergen. Erleichtert, dass sein Arm die Rütteltortur einigermaßen glimpflich überstanden hatte, machte er sich auf den Weg zur Robert-Koch-Station.

Er hatte erwartet, Anja erschöpft in ihrem Bett liegend oder in ihrem Spezialsessel sitzend vorzufinden, der den Schultergürtel unterstützte und so die Atmung erleichterte. Stattdessen, saß sie – zwei Kissen im Rücken – aufrecht im Bett in Erwartung der Nachmittagsvisite: frisch gerichtete Haare, perfektes Make-up und adrett gekleidet in einer bunten Tunika mit einem paillettenverzierten großzügigen Ausschnitt. Dazu farblich passende Leggins. Sie sah aus, als sei sie bereit zu einem Strandspaziergang.

Die Nasensonde zur Sauerstoffversorgung hatte sie unter einer großen getönten Brille und ihren schulterlangen schwarzgelockten Haaren so geschickt drapiert, dass sie so gut wie nicht zu sehen war. Ein Gerät, das dazu diente, die arg strapazierte Atemmuskulatur zu entlasten, hatte sie so weit wie möglich von sich weggeschoben.

"Super, du siehst aus, als wolltest du gleich einen Mann aufreißen", sagte Tom bewundernd, als er eintrat, und überreichte ihr seine Mitbringsel. Die schwere Ananas stellte er auf dem Nachtischschränkchen ab.

Er beugte sich zur Begrüßung zu ihr hinunter und umarmte sie. Zum Teufel mit den Hygienevorschriften, die den Muko-Patienten möglichst körperlosen Umgang empfahlen, wenn einer der Betroffenen wie Anja, multiresistente Keime im Auswurf hatte! Den beiden, die seit langem gute Freunde waren, war die herzliche Begrüßung wichtiger als das potenzielle Risiko der Keimübertragung.

"Ach, unser 'Simulant'. Und endlich jemand, der keine Blumen mitbringt!" Sie strahlte ihn an. "Schön, dass du mal vorbeischaust. Gleich ist Nachmittagsvisite. Da sollen den Ärzten die Augen aus dem Kopf fallen."

Tom wurde von seinen Leidensgenossen in der Marburger Patientengruppe als Simulant bezeichnet, weil er eine sehr leichte Form der Mukoviszidose hatte. Die Diagnose war per Zufall gestellt worden. Er war einmal mit vierzehn Jahren in Marburg im Krankenhaus gewesen, als er – zu dieser Zeit noch begeisterter Fußballer – 'Pfeiffersches Drüsenfieber' hatte, eine Viruserkrankung, die ihm schwer zugesetzt hatte. Über Wochen hatte ihn eine unerklärliche Mattigkeit befallen. Bei der langwierigen Suche nach der Ursache war man darauf gestoßen, dass er – trotz gesunder Eltern – eine Mukoviszidose hatte, die bis dahin noch nicht in Erscheinung getreten war.

Danach war in seinem Umfeld nichts mehr wie früher gewesen, obwohl er nach einem halben Jahr wieder fit war. Seine Eltern behandelten ihn seitdem wie ein rohes Ei. Der Hausarzt hatte ihnen klar gemacht, dass Tom nicht mehr lange zu leben habe. Das war einer der Gründe dafür, dass er sich eine eigene Bleibe in Marburg suchte, sobald er sein Abitur in der Tasche hatte. Später kam er im Duisberghaus unter und fühlte sich sofort wohl unter all den Sportlern. In Marburg bekam er bald Kontakt zu einer kleinen Gruppe von Studenten mit Mukoviszidose und erfuhr durch sie, dass es Schwachformen der Krankheit gab, die über lange Zeit symptomlos blieben und die Lebenserwartung kaum einschränkten.

"Gut, dass Christian nicht da ist. Der hätte vielleicht was dagegen." Christian war Anjas Mann, der als Ingenieur in Frankenberg arbeitete, aber treu und brav fast jeden Abend die Strecke von Frankenberg nach Marburg mit dem Wagen fuhr, obwohl er meist mehr Zeit auf der Straße als am Krankenbett verbrachte.

"Du musst ihm ja nicht alles petzen." Anja blickte Tom beschwörend an. "Übrigens hat er mir gestern einen fantastischen, selbst gemachten Eierlikör mitgebracht. Trinkst du einen mit?"

"Na gut einen. Das ist ja eine Kalorienbombe. Im Moment mache ich keinen Sport. Da muss ich etwas aufpassen."

"Auf die neue Lunge!"

"Prost."

Sie tranken sich zu.

"Und? Warst du inzwischen beim Andrologen?"

Typisch Anja. Das musste ja kommen. Sie war todkrank, dachte aber gleich an die Probleme der anderen.

"Ach, das hat doch Zeit. Ob ich unfruchtbar oder nicht bin, wen kümmert das schon." Tom wusste: Er musste trotz seiner leichten Krankheitsform damit rechnen, infertil zu sein.

"Mich zum Beispiel. Ich möchte schon wissen, ob ich damit rechnen kann, irgendwann Patentante zu werden, wenn ich schon selbst keine Kinder kriegen kann."

Anja schaute noch einmal prüfend in den Handspiegel, der in Reichweite lag, streckte sich selbst die Zunge heraus und band sich die Haare zu einem flotten Pferdeschwanz zusammen.

"Besser so?"

"Vorher sah deine Frisur perfekt aus. Aber das macht dich glatt zehn Jahre jünger."

"Schmeichler!"

Anja ließ sich nicht ablenken.

"Aber bleiben wir bei der Sache: Du könntest dich schon mal nach einer neuen Freundin umsehen. Sonst wird das nie was mit meinem Patenkind. Spätestens wenn ich hier herauskomme, mache ich dir Beine."

"Erst einmal brauchst du deine neue Lunge!"

"Nur keine Sorge, irgendwann kommt sie schon. Wenn die 'Widerspruchslösung' durch ist, geht das bestimmt ganz schnell."

Die Organspende würde in Deutschland wesentlich erleichtert werden, wenn – wie in vielen anderen Ländern – jeder Bürger als Spender in Frage käme, der sich zu Lebzeiten nicht ausdrücklich gegen eine Organspende entschieden hatte. Nach jahrzehntelangen Diskussionen hat sich das Ärzteparlament des Deutschen Ärztetags vor Kurzem zur Befürwortung der Widerspruchslösung durchgerungen.

"Ja, fragt sich nur, wann es so weit ist. Bis die Bürokraten das umgesetzt haben, dauert das doch ewig."

Bislang galt in Deutschland immer noch die Zustimmungslösung bei einer Organspende. Das bedeutete, dass Menschen, die sich zur Organspende bekannten, dies mit einer Unterschrift bekunden mussten.

Anja hatte in der Zwischenzeit vorsichtig das Geschenkpapier gelöst.

"Oh toll. Du hast dir gemerkt, dass ich Hundertwasser mag."

"Das war einfach, seine Bilder und Gebäude passen so gut zu dir: Schöne Formen und kräftige Farben. Und immer neue Ideen."

"So ein schönes Kompliment hat mir lange niemand mehr gemacht." Anja drückte ihn noch einmal an sich.

Er hatte einen Hundertwasser-Jahreskalender für das Jahr 2010 mit Fotografien der schönsten Gebäude ausgesucht, die der verstorben Künstler konzipiert hatte.

"Jetzt mach' schon den Briefumschlag auf", drängte er sie.

Sie lachte über seine Ungeduld.

"Dein Wunsch ist mir Befehl."

Der Briefumschlag enthielt eine Ansichtskarte und eine Einladung zur Besichtigung des letzten Hundertwasser-Projekts, des Märchenturms von Abensberg.

Wie sich das für die Niederbayern gehörte, war der Turm nur zugänglich, wenn man vorher eine Brauereiführung mitmachte.

"Wurde kürzlich eröffnet! Wenn du deine neue Lunge hast, bist du fit genug, da hoch zu steigen und kannst die Glas- und Keramiksammlung bewundern. Ich bleib derweil unten und genieße ein paar Bierchen."

"Nichts da, du kommst mit rauf und dann trinken wir unten zusammen ein paar Bierchen. – Genau das Richtige für mich! Danke dir. Tolle Idee." Liebevoll legte ihm die Hand auf den Arm.

Jetzt erst fiel ihr auf, dass Tom den rechten Arm in einer Schlinge trug.

"Wie ist denn das passiert?" fragte sie neugierig.

"Ich habe versucht, mit dem Mountainbike ein Auto umzufahren. Das hat aber nicht ganz geklappt", erzählte er ihr die spaßige Variante des Unfalls. "Und nun bin ich echt krankgeschrieben."

Anja lachte laut auf: "Das gibt's doch nicht. Das sieht unserem Simulanten ähnlich. Angeblich schwer krank, in Wirklichkeit eine Gefahr für die anderen."

Für Anja gehörte ein Armbruch zu den kleineren Missgeschicken des Lebens, die passierten, aber kein Malheur waren.

"Shit happens. Dann hast du ja jetzt alle Zeit der Welt. Auf zum Andrologen! Keine Ausrede. Wenn du das nächste Mal hier auftauchst, will ich das Ergebnis wissen."

Für Anja war die Begriffe 'Geduld' und 'Abwarten' Fremdwörter. Alles, was ihr in die Quere kam, musste spätestens vorgestern erledigt sein.

Tom war sicher, dass sie ihn persönlich zur andrologischen Untersuchung schleppen würde, sobald sie dazu in der Lage wäre. Das war ihm dann doch zu peinlich! Er musste dringend etwas unternehmen.

Zum Glück wurde er einer Antwort enthoben. Es klopfte an der Tür.

"Ja, bitte", rief Anja mit frischer Stimme. Die Tür öffnete sich, noch bevor ihre Stimme ertönt war und eine Schar Weißkittel trat ein.

Anja strahlte vor Freude wie ein Honigkuchenpferd, warf sich in Positur, so dass ihre Brüste gut zur Geltung kamen, und begrüßte die Ankömmlinge, als wäre jeder von ihnen ein potenzieller Lover.

"Hallo zusammen, da naht das Highlight des Tages. Kommt jemand heute Abend mit zum Tanzen?"

Der Oberarzt lächelte sie an: "Machen Sie mir meine Männer nicht unruhig."

"Und tschüs!" Tom trollte sich. Er war jetzt überflüssig.

Aber Anja rief ihm noch nach: "Ich warte auf deine Erfolgsmeldung."

Kapitel 15

Nach der Fahrt in die Klink gönnte sich Tom einen Besuch bei Lupo, seinem Friseur, auch wenn er es eigentlich noch nicht nötig hatte. Das war für ihn wie eine Wellness-Anwendung, nur nicht so aufwändig. Die Wartezeit überbrückte er, indem er die ausliegenden Illustrierten durchblätterte. Er blieb in einem Artikel des 'Focus' über den Schmuggel von gefälschten Medikamenten, Anabolika, Potenzmittel und Drogen, die auf deutschen Flughäfen beschlagnahmt worden waren, hängen, bis er dran war.

"Wie hättest du es gern? Wie wär's mal mit einem flotten bunten Irokesenschnitt", zog Lupo ihn auf.

"Nee, keine Experimente. Nur die Spitzen kappen, ansonsten Haare ziemlich lang lassen, damit niemand auf die Idee kommt, dass ich 'die Treppe runter gefallen bin'."

"Wie langweilig: Also nur ein bisschen Façon in die Frisur bringen?", vergewisserte sich Lupo.

"Ja, keine Experimente. Übrigens: Willst du nicht wieder bei uns mittrainieren? Ich bin für mindestens drei Monate ausgeschaltet." Er hob seine Rechte an.

"Nee, das ist nichts mehr für mich. Wenn ich mich verletze und ausfalle, steht mein Betrieb still. Das kann ich mir nicht leisten."

Lupo, der mit eigentlichem Namen Ludwig Porz hieß, war ein ehemaliger Volleyballspieler, mit dem Tom manches Turnier bestritten hatte. Aber seitdem er seinen eigenen Salon in der Gutenbergstraße eröffnet hatte und täglich über zehn Stunden im Stehen verbrachte, kam er höchstens noch zum Bier nach dem Training oder bei Heimspielen als Zuschauer.

In der Anfangszeit kamen alle seine alten Mitspieler zum Haareschneiden zu ihm, um ihm den Start zu erleichtern.

Aber das Blatt hatte sich inzwischen gewendet. Seine individuelle Kundenberatung sprach sich schnell herum. Außerdem konnte man mit ihm über Gott und die Welt reden, denn er war enorm belesen. Oder man konnte los werden, wo einen selbst der Schuh drückte. Das war besser als beim Seelenklempner.

Sobald Tom im Frisierstuhl vor dem großen Spiegel Platz genommen hatte, mit einem weichen Papierkragen um den Hals, ansonsten eingehüllt in einen Kittel, in den Vereinsfarben blau-weiß, begann für ihn die totale Entspannung. Das leise Klappern der Schere und die neusten Anekdoten lullten ihn ein, so dass er seinen Gedanken freien Lauf lassen konnte. Er hätte nun die Chance gehabt, seinen Kummer loszuwerden, während Lupo den Schopf auf Dichte und gleiche Länge prüfte, mit dem Elektrorasierer die etwas buschigen Augenbrauen kürzte und die Koteletten oberhalb des flach angelegten Kamms stutzte, bevor er die Begrenzung nach unten mit einem scharfen Rasiermesser vornahm. Aber er zögerte bei dem heiklen Thema, das ihn heute beschäftigte, und bewunderte einmal mehr die geschickten Finger seines ehemaligen Sportkameraden, der keine Handbewegung zu viel machte.

Das Ausrasieren des Nackens bereitete ihn auf den Schluss der Sitzung vor. Am Schluss folgte eine kurze Säuberungsaktion mit dem Haarpinsel, die verhinderte, dass Haarreste den Rücken hinunterrieselten und einen lästigen Juckreiz verursachten.

Jetzt wurde es Zeit, dass er mit seinen Sorgen herausrückte:

"Wie wichtig wären dir eigentlich eigene Kinder", fragte er Lupo, als er wie immer einen Zwanzig-Euro-Schein neben die Kasse legte und das Wechselgeld in die Kaffeekasse warf, was Lupo mit einem dankenden Kopfnicken quittierte.

"Kinder?" fragte Lupo zurück. "Du meinst diese kleinen, immer schreienden, später ständig quengelnden Ungeheuer, die einem spätestens in der Pubertät zu verstehen geben, dass sie nichts von einem brauchen außer Geld? Und auch wenn man sie mit Mühe aus dem Haus gedrängt hat, von einem nichts mehr wissen wollen – außer wie hoch das Erbe ausfällt?"

"Ich dachte eher an die kleinen anschmiegsamen Wesen aus eigen Fleisch und Blut, bei denen selbst die härtesten Frauenherzen dahin schmelzen, und denen man als Vater ein Leben lang selbstlos Zuneigung schenkt, die sie dir vielfach zurückgeben, auch wenn du sie nicht einforderst. Mit denen du eine Zeit lang Gutes und Schlechtes teilst, so dass euch das als Familie zusammenschweißt. Denen du Lebensmut mit auf den Weg gibst und – hoffentlich – ein paar Qualitäten, mit denen sie sich einen guten Platz unter ihren Mitmenschen erobern können. Die in eigener Verantwortung selbst gewählten Zielen nachstreben, die ihnen Zufriedenheit bescheren."

"Und wozu das? Leben ist nach Schopenhauer Leiden und Kampf, und das einzige Ziel ist der Tod!"

"Das weiß ich nur zu gut. Trotzdem lebe ich gern."

"Gegen das Argument kann ich nicht an", gab sich Lupo geschlagen, der von Toms Mukoviszidose wusste. "Ihr mit eurer komischen Krankheit! Ihr seid für mich ein Phänomen. Wahrscheinlich muss man erst eine ernste Krankheit haben, damit man das Leben richtig schätzt. Und dann möchte man es auch eigenen Kindern nicht vorenthalten. Warum fragst du?"

"Ich soll meinen Samen untersuchen lassen, ob ich Kinder kriegen kann:"

"Wo ist das Problem?"

"Ich bin nicht sicher, wie ich reagiere, wenn sich herausstellt, dass ich unfruchtbar bin."

"Dann kommst du einfach wieder zu mir zum Haareschneiden."

Anschließend bummelte Tom gemütlich die Gutenbergstraße hoch, kaufte sich beim Bäcker ein Vollkornbrötchen mit Schnittkäse und ein paar Salatblättern, dazu eine Cola zero. Er wollte gerade – stolz über seine Genügsamkeit – das Geschäft verlassen, da lachte ihn ein 'Bobbes' an, eine Spezialität des Bäckers aus wenig Mürbeteig, viel Streuseln, Marzipan und Rosinen. Wer konnte so einer Versuchung schon widerstehen?

Er setzte sich mit seinem Abendessen auf einen der großen Steine an der Augustiner-Treppe und beobachtete das Treiben der vorbeiziehenden Touristen – mit oder ohne professioneller Führung – , bevor er nach Hause schlenderte.

Nach der Tagesschau schaute er sich eine interessante Reportage über Tiger im indischen Dschungel an. Danach fühlte er sich hellwach und reif für einen Kneipenbummel. Zu Hause würde er es nicht aushalten. Er musste unbedingt unter Leute.

Vielleicht fand er unterwegs Gesinnungsgenossen.

Er machte den Anfang der Tour in seiner Stammkneipe, in der sich die Volleyballer nach dem Training trafen. Aber heute war kein Training. Immerhin traf er ein paar Kumpel aus vergangenen Studienzeiten, die allerdings schon etwas vorhatten. Er wollte sich nach einem Bier wieder trollen, aber dann kam 'KK' , der coole Kai, vorbei. Er war auf dem Weg zu einer Fete und kam auf eine Stippvisite, weil er nicht zu früh dort auftauchen wollte. Kai sah blendend aus mit einem einprägsamen quadratischen Gesicht, Dreitagebart und blondem Haarschopf. Er studierte BWL, und das eher lange als gründlich. Sein Motto war: Nur nichts übereilen. Er konnte sich das leisten. Seine Familie besaß ein angesehenes Möbelhaus in Marburg. Natürlich wohnte er noch im Elternhaus, warum sollte er auf die Vorteile von Hotel Mama verzichten. Seine Einliegerwohnung war ihm Selbstständigkeit genug.

Tom beneidete ihn vor allem wegen seines lockeren Umgangs mit den Frauen. Er pflegte sie überschwänglich mit einer Umarmung und Bussi rechts und links zu begrüßen. Alle wussten, dass er nichts anbrennen ließ. Aber erstaunlicherweise hatte man den Eindruck, dass keine der Frauen, denen er vorübergehend seine Gunst geschenkt hatte, ihm etwas nachtrug.

Zur Image-Pflege spielte er Tennis. Hartes Training war für ihn ein Fremdwort. Er spielte nur zum Spaß und nutzte sein Bewegungstalent, so weit es eben reichte.

Tom war da wesentlich ehrgeiziger. Wenn schon Sport, dann richtig. Als er Kai einmal gefragt hatte, wieso er bei seinen guten Anlagen nicht härter trainierte, um mehr Erfolg zu haben, zeigte er nur grinsend auf die weiblichen Fans, die ihn und sein lässiges Spiel bewunderten. "Reicht das denn nicht? – Ich spiele ja nicht, um mich kaputt zu machen. Was ich an Tennis so liebe, sind die viele Pausen. Kaum hat das Spiel angefangen, schon kann man sich wieder setzen. Wenn ein Sport in Arbeit ausartet, ist das total uncool. Ich will ja danach noch meinen Spaß haben."

Aus irgendeinem Grunde war Tom ihm sympathisch. Er wusste, dass Tom sein Studium abgebrochen hatte und jetzt als Software-Experte erfolgreich tätig war. Offenbar imponierte ihm das.

KK setzte sich zu ihm an die Theke. "Ich bin auf dem Weg zu einer Einweihungsparty. Ein Freund hat sich eine neue Eigentumswohnung im Steinweg angeschafft. Da trifft sich heute Abend die Yuppie-Szene Marburgs. Hast du nicht Lust mitzukommen? Wir könnten die Langweiler etwas aufmischen" fragte er Tom.

Tom zögerte. "Ich bin heute nicht so gut drauf: Ich habe mir den Arm gebrochen und bin noch etwas lädiert. Ich wollte nur einen kleinen Kneipenbummel machen."

"Ich lade dich zu einem vernünftigen Cocktail ein, der dich in Stimmung bringt?"

"Nee, danke. Ich bleibe lieber beim Bier. Das Silizium soll gut für die Knochenheilung sein."

"Da habe ich ja noch nie von gehört. Ich dachte, das gilt nur für Milch und Käse wegen des Kalziumgehalts. Mach' mir doch, bitte, auch ein Bier", sagte er zu Pia, der Studentin an der Theke, die Kai fragend anblickte. Sie nutzte die Chance, ihn durch eine besonders zuvorkommende Bedienung auf sich und ihr eindrucksvolles Dekolletee aufmerksam zu machen. Er konnte nicht umhin, den Schmetterling auf dem Ansatz ihrer linken Brust zu bewundern.

"Bei dem Anblick bekommt man ja gleich Schmetterlingsgefühle im Bauch:"

"Freut mich, dass dir das Tattoo gefällt". Sie tat ganz cool, selig, dass KK auf sie aufmerksam geworden war, und wandte sich ab, um den nächsten Gast zu bedienen, nicht gerade sehr eilig, wie Tom registrierte.

"Das hebt doch gleich die Stimmung und den Schwww ... ung." KK schaute ihr interessiert nach und wandte sich dann wieder Tom zu:

"Also was ist jetzt mit dir?"

"Wie gesagt, mit mir ist heute doch nichts los."

"Sei kein Frosch. Würde dir gut tun."

Vielleicht hatte Kai recht. Heute Abend würde er sich zu Hause zu nichts Vernünftigem mehr aufraffen.

"Also gut."

"Möchtest du ein bisschen Coke zur Aufmunterung oder etwas anderes?" Er selbst gönnte sich ganz gern mal eine Prise Kokain, um schneller in Stimmung zu kommen.

Er öffnete seine Gürteltasche und zog einen kleinen dunkelblauen Beutel heraus, der ein paar durchsichtige Tütchen und bunten Pillen enthielt.

"Nein, danke. Du bist ja gut sortiert. Woher hast du denn das ganze Zeug?"

"Ich habe so meine Beziehungen."

Die Party war bereits in vollem Gange. Stimmengewirr und laute Musik, bei der die Schlagzeuge und wummernde Bässe dominierten, erfüllte die Räume der frisch renovierten Etagenwohnung. Im hinteren Bereich der großen Diele wurde bei schummriger Beleuchtung getanzt.

Vorne, im Eingangsbereich war ein junger Mann postiert. In der einen Hand hielt er eine Winkerkelle der Polizei, in der anderen ein kleines Gerät.

Der Gastgeber musste gute Kontakte zur Polizei haben. Der junge Mann hob die Kelle und stoppte KK und Tom, als sie den Flur betreten wollten.

"Halt, erst hier reinblasen", forderte er sie auf, "Eintritt nur nach positivem Alkoholtest. Gefordert werden mindestens 0,5 Promille, damit sich hier keine Langweiler einschleichen."

"Mats lässt sich immer was Neues einfallen!" lobte KK. "Was passiert, wenn man noch nicht genug geladen hat."

"Kein Problem! Einen Doppelten hiervon oder davon." Er zeigte auf eine Kognac- und eine Wodka-Flasche.

"Ich nehme freiwillig einen. Aber mein Freund hat schon zwei Bier intus, und mehr darf er nicht wegen einer Operation am Arm“, nahm KK Tom gleich in Schutz, wobei er ein bisschen übertrieb. „Ich verbürge mich für ihn.“

"Na gut, unter diesen Bedingungen darf ich sicher eine Ausnahme machen." Er winkte sie durch, nachdem Kai das geforderte Quantum an Wodka mit einem Schluck runtergekippt hatte.

"Danke, dass du dich so für mich ins Zeug gelegt hast", sagte Tom.

"Und du bist sicher, dass du nichts zur Stimmungsaufhellung benötigst?", vergewisserte sich Kai und klopfte auf seine Gürteltasche.

"Nee, danke. Du findest hier sicher andere Abnehmer." Tom wollte sich nicht von einem Pulver oder einer dieser Pillen vorschreiben lassen, wie er sich fühlen sollte.

"Na dann: viel Spaß." Kai überließ ihn sich selbst.

"Danke, gleichfalls."

Tom zwängte sich durch die dicht gedrängte Gesellschaft. Die meisten der geladenen Gäste, waren zwischen dreißig und fünfzig. Er und Kai gehörten zu den Jüngsten. Er sah viele unbekannte Gesichter und wunderte sich darüber – wie immer bei solchen Gelegenheiten – wie viele Leute er nicht kannte, obwohl er nun schon so lange in Marburg lebte. Die meisten ergingen sich im Smalltalk über Politik, Sport und Wetter, tranken einen Schluck auf den Gastgeber Mats, einen smarten gut aussehenden Geschäftsmann, und verdünnisierten sich wieder, um auf einer anderen Party 'Hallo‘ zu sagen. So war es ein ständiges Kommen und Gehen.

Die paar die blieben, hatten Erfolg beim Anbaggern gehabt oder waren engere Freunde von Mats. Einige Pärchen hatten sich auch schon in eines der Zimmer verzogen, wo niemand sie störte.

Neben einem reichhaltigen Buffet gab es alles zu trinken, was das Herz begehrte: Champagner, Prosecco, jede Menge Cocktails und Rotwein. Zum Glück entdeckte er auch ein kleines Beistelltischchen mit Bierflaschen, die sonst kaum Beachtung fanden. Natürlich Jever, wie es sich für eine Yuppie-Party gehörte. Für Toms Geschmack etwas zu bitter, aber besser als das andere Zeug.

Er kam gar nicht dazu, sich weiter umzusehen.

"Wen haben wir denn da. Frischfleisch direkt von der Schule? Mats denkt aber auch an alles", jauchzte eine auf jung gemachte, etwas füllige Blondine und stürzte sich auf Tom.

Dann sah sie den weiß leuchtenden Verband um seinen rechten Arm.

"Oh je, ein armes Täubchen, mit einem lahmen Flügel, das nicht so richtig kann, wie es will. Da braucht es schon eine erfahrene Frau wie mich. Ich bin die liebe Sabine."

"Tom Wieland", brachte Tom gerade noch heraus, bevor sie ihm, ohne zu zögern, um den Hals fiel und ihn abschmatzte.

Sabine war schätzungsweise Mitte dreißig, hatte grellrot geschminkte Lippen, die wie aufgeplustert wirkten, und blonde lange Haare mit einem Pony, der gerade die Augenbrauen bedeckte und ihr einen gewollten Schlafzimmerblick verliehen. Die Augenlider mit dunklem Lidstrich und rötlich blauem Lidschatten wirkten geradezu aggressiv. Tom fand, dass sie eindeutig zu tief in den Farbtopf gegriffen hatte. Aber für jemanden, den solche Farben und ein paar Kilo zu viel nicht störten, war sie durchaus attraktiv – und sehr anschmiegsam. Der Pushup-BH drängte ihre Brüste in dem großzügigen Ausschnitt ihres Babydoll-Kleidchens zusammen, so dass Tom befürchtete, dass sie jeden Moment herausspringen könnten. Die dunklen Netzstrümpfe, die in der

Mitte ihrer Oberschenkel endeten, sollten ihr offenbar zusätzlichen Reiz verleihen. Sie schien sich in der Wohnung gut auszukennen und schob Tom in den nächsten Raum, der sich als üppig ausgestattetes Schlafzimmer herausstellte. Sabine hatte wahrscheinlich nicht nur genügend Alkohol, sondern auch eine gute Dosis Coke oder Speed intus. Sie war völlig enthemmt und hielt sich nicht lange mit der Vorrede auf. Sie drückte ihn auf den flauschigen Bettvorleger, zog den Reißverschluss seiner Jeans herunter und fummelte nach seinem besten Stück.

"Dem ist wohl noch etwas kalt. Da muss ich etwas Entwicklungshilfe leisten." Sie machte nicht viel Federlesen und hauchte ihm Leben ein.

"Na also! Wer sagt's denn? Wird doch schon. – Und nun pass up!"

Auch das noch. Eine rheinische Frohnatur. Das war so gar nicht sein Fall. Sie spreizte die Beine, nestelte an ihrem Schritt herum, um die Druckknöpfe des Bodys zu lösen, und wollte sich auf ihn setzen.

Diesen Moment nutzte Tom, um sich zur Seite zu rollen und die Flucht zu ergreifen.

"Wohin denn so schnell? Wir waren doch erst am Anfang." Die Walküre lachte hinter ihm her.

Fluchtartig verließ er die Party. Das war nicht seine Welt.

Kapitel 16

Einen Vorteil hatte der lange Abend gehabt. Tom war sofort erschöpft eingeschlafen.

In der Nacht meldeten sich allerdings wieder die Schmerzen in seinem Arm. Der Tag war wohl etwas zu anstrengend gewesen. Er sah sich gezwungen, auf die bewährte Kombination von Schmerz- und Schlafmittel zurückzugreifen. Wenn das so weiter ging, war er auf dem besten Wege, medikamentensüchtig zu werden.

Sein Entschluss stand fest. Er würde den Eingriff mit dem neuen Biomaterial riskieren, wie Dr. Merling es vorgeschlagen hatte.

Fünf Tage später war er wieder zu Hause. Der Eingriff war glatt verlaufen. Schmerzen traten nur noch bei heftigen Bewegungen auf. Trotzdem sollte er sich noch zwei Wochen lang schonen. Allerdings würde der Gips ohnehin dafür sorgen, das er sich nicht übernahm. Aber er musste dringend einkaufen gehen. Vor allem braucht er eine Brotschneidemaschine.

Er verband das Nützliche mit dem Angenehmen. Den frühen Nachmittag brachte er mit der Verfilmung von Stieg Larssons Thriller 'Verblendung' herum, den sie gerade ganz in der Nähe, im 'Kammer', zeigten. Er war wirklich spannend gewesen, aber ohne Kumpel, mit denen man diskutieren oder lästern konnte, machte das nur halb so viel Spaß.

Auf dem Heimweg kam er an einem Haushaltswarengeschäft in der Neustadt vorbei, das auch elektrische Brotschneidemaschinen führte. An der Kasse vor ihm gab es einen längeren Stopp. Ein älterer Mann brauchte ewig, bis er seine Sachen eingepackt und sein Geld hervorgekramt hatte.

Hinter ihm bildete sich eine lange Kundenschlange. Gelangweilt schaute sich Tom die Schnäppchenangebote vor der Kasse an. Plötzlich spürte er eine Hand an der rechten Schulter.

"So alt bist du doch noch gar nicht, dass du so ein Gerät brauchst", spottete eine kräftige Altstimme. Sobald er den Klang der Stimme hörte, machte es Klick bei ihm. Tom hatte oft Schwierigkeiten, sich Gesichter zu merken, aber eine charakteristische Stimme war für ihn wie ein Steckbrief: hübsches Gesicht, immer fröhlich, halblange schwarze, etwas krause Haare, sportlich-schlanke, aber kernige Figur: mit einem Wort Kati. Er freute sich und drehte sich um.

Kati war ihm schon früher, als er noch bei der Studentenmannschaft Fußball spielte, durch ihre frische offene Art aufgefallen. Er hatte sich auch mal eine Zeit lang für sie interessiert. Aber sie war damals von so vielen Verehrern umschwärmt, dass er sich keine Chancen ausgerechnet hatte. Zwischen ihnen hatte sich ein kameradschaftlicher Umgangston entwickelt.

Er drehte sich um: "Hallo, Kati! Lang nicht mehr gesehen. Fast hätte ich dich nicht wieder erkannt. Du hattest früher die Haare länger."

"Da war ich noch jung. Ich dachte, das steht mir besser. Aber ich hab' dann gemerkt, dass kurze Haare beim Fußball einfach günstiger sind."

"Du warst damals die einzige Frau bei uns im Fußball-Training."

"Das Frauentraining war mir einfach zu fad, und ich habe mich bei euch richtig wohlgefühlt."

"Klar, du warst ja auch Henne im Korb. Und jetzt spielst du richtig im Verein?"

"Ja, soweit mir das Studium Zeit dafür lässt. Schon seit zwei Jahren."

"So lange haben wir uns nicht mehr gesehen! Bei mir ist Fußball inzwischen passee. Ein Schienbeinbruch nach einem bösen Foul hat mir gereicht. Inzwischen bin ich beim Volleyball gelandet, da gibt es keine vorsätzlichen Fouls wie beim Fußball. Aber im Moment habe ich Pause."

Tom deutete auf seinen Arm, den er in einer Schlinge trug.

"Ach, deshalb auch die Brotschneidemaschine! Wie ist das denn passiert?"

"Ein alter Citroën stand mir im Weg."

"Scheißspiel, das hätte auch schlimmer ausgehen können."

"Ja, ich bin glimpflich davon gekommen. Aber im Haushalt muss ich mich jetzt etwas umstellen."

"Du lebst doch sicher nicht allein. Ich habe gehört, die Volleyballer sind alle so gut wie verheiratet", meinte sie und musterte ihn gespannt.

"Nee, nee, ich bin solo. Mit den Frauen hatte ich bisher kein Glück. Ich wohne in einer WG. Aber meine Mitbewohner sind alle unterwegs. Da muss ich mir selbst helfen. Und du, wofür brauchst du eine Brotschneidemaschine?" Ulkigerweise hatte sie sich für dasselbe Modell entschieden.

"Ich wohne bei einer alten Dame und helfe ihr ein bisschen im Haushalt. Demnächst hat sie Geburtstag. Die ist zwar noch recht fit, aber das Brotschneiden fällt ihr doch schon schwer. Da habe ich gedacht, dass ich ihr mit einer elektrischen Schneidemaschine eine Freude machen kann."

"Gute Idee, ist aber nicht ganz billig. Kostet immerhin fast hundert Euro!"

"Das ist sie mir wert. Ich wohne ja umsonst bei ihr, und inzwischen habe ich mich mit ihr richtig angefreundet. Eine tolle Frau. Trotz aller Zipperlein ist sie immer noch unheimlich aktiv. Hast du nicht Lust, morgen zum Abendessen zu kommen. Dann sparst du dir den Aufwasch."

Und wir können uns auch ein bisschen beschnuppern, dachte sie. Sie fand ihn jetzt viel interessanter als damals. Da war er ihr immer so ernst vorgekommen, und sie wollte damals nur Spaß haben. Jetzt machte er einen sehr selbstsicheren und viel aufgeschlosseneren Eindruck. Ob er schon fertig war mit dem Studium? Na, das alles würde sie morgen erfahren – wenn er käme.

Tom überlegte nur kurz. Warum eigentlich nicht. Sie gefiel ihm auch heute wieder auf Anhieb.

"Bist du sicher, dass sich deine Hauswirtin nicht daran stören würde?"

"Bestimmt nicht. Die freut sich über jeden Besuch, noch dazu, wenn er Sportler ist. Aber wenn es dich beruhigt, rufe ich sie gleich mal an."

Sie trat ein paar Schritte zur Seite, nachdem sie bezahlt hatte, und rief Marie Döbus an.

"Hallo Marie! Hättest du etwas dagegen, wenn ich morgen jemand zum Abendessen mitbringe?"

"Nee, gar nicht, du bist ja mit dem Essenmachen dran und hast die Arbeit. Du weißt ja, ich habe gern Besuch – gerade jetzt, wo wir uns verbarrikadieren müssen. Wer ist es denn?"

"Kennst du noch nicht. Den habe ich vor ein paar Jahren im Fußballtraining bei der Studentenmannschaft öfter getroffen, als mir das Training mit den Mädels zu lasch war. Ich glaube, er wird dir gefallen."

"Ist ja interessant. Von dem weiß ich ja noch gar nichts."

Schon war Marie Feuer und Flamme. Kati hatte immer mal einen Typen mit nach Hause gebracht, aber das waren alles so halb gare Kerle, nichts für eine feste Beziehung. Es wurde Zeit, dass sich da was änderte.

"Du musst ja auch nicht alles wissen. Aber – zu deiner Beruhigung – wir waren nur Kumpels. Er hat mir viele gute Tipps gegeben und war, glaube ich, auch mal kurze Zeit hinter mir her. Aber ehrlich gesagt, damals war er mir zu ernst. Mit den anderen konnte man besser flirten."

"Ja, ihr jungen Dinger wisst noch nicht, was gut für euch ist. – Und wie bist du jetzt an ihn geraten?"

"Wir sind uns beim Einkaufen zufällig über den Weg gelaufen. Irgendwie fand ich das schön, ihn wieder zu sehen. Du kannst ihn morgen besichtigen. Vielleicht könnten wir ihn fragen, ob er für einige Zeit Quartier bei dir bezieht und mit uns Wache hält."

"Und du bezahlst ihn in Naturalien."

"Na, na! Keine Frivolitäten! Ich hab' dir doch gesagt, wir hatten nichts mit einander", machte Kati der Freundin energisch klar. "Wichtig ist vor allem, dass wir Verstärkung kriegen."

"Hat er denn sonst nichts zu tun?" fragte Frau Döbus erstaunt.

"Ich denke schon. Kann er dir ja morgen genauer erzählen. Im Moment ist er allerdings wegen eines Armbruchs krankgeschrieben."

"Na großartig! Ein kranker Hund und ein Einarmiger. Das ist eine tolle Leibwache."

"Besser als gar nichts. Ich bin ja nicht immer zu Hause. Übrigens weiß er noch nichts von seiner besonderen Verwendung. Ich habe ihn nur zum Abendessen eingeladen. Ich wollte nicht gleich mit der Tür ins Haus fallen."

Sie informierte Tom.

"Wie ich gesagt habe: Sie freut sich auf dich."

"Also bis morgen Abend. Essen gibt's um halb acht. Kannst ja schon etwas früher kommen, damit ihr euch ein bisschen beschnuppern könnt."

"Soll ich noch irgendwas mitbringen?"

"Höchstens eine Kleinigkeit für meine Hausgenossin. Ist ja kein großartiger Anlass."

"Okay. Dann bis morgen."

Kapitel 17

Am nächsten Morgen wachte Tom gut ausgeschlafen auf. Er fühlte sich frisch und erholt wie lange nicht mehr. Sein Arm hatte sich nicht mehr gemuckst. Joggen ging noch nicht, also musste er seine Energie anderweitig nutzen.

Anjas eindringliche Mahnung war ihm noch gut in Erinnerung, und er gestand sich ein: Auch ihm selbst würde es gut tun, endlich Gewissheit zu haben. Nicht, dass er selbst der Meinung war, es sei wichtig, seine Gene der Nachwelt weiterzugeben. Aber es war nicht schlecht zu wissen, woran man war.

Er erkundigte sich telefonisch im Andrologischen Institut der Universität nach den Voraussetzungen für eine Spermienanalyse und erfuhr, dass er jederzeit kommen könne. Bedingung sei allerdings, dass er mindestens fünf Tage lang sexuell enthaltsam gewesen war und nicht übermäßig Alkohol zu sich genommen habe. Die Medikamente, auf die man verzichten musste, nahm er sowieso nicht.

Die paar Bierchen vom Vorabend konnten den Kohl nicht Fett machen. Und Sex, mein Gott, das war ja schon eine Ewigkeit her! Zumal er gestern eine günstige Gelegenheit ausgeschlagen hatte.

Erstaunlicherweise war die angegebene Adresse ganz in der Nähe des IfL, am Gehrensgäßchen. Er hatte es also nicht weit. Froh, dass er nicht schon wieder den umständlichen Weg in die Lahnberge auf sich nehmen musste, machte er sich gleich nach dem Frühstück zu Fuß auf den Weg.

Zusammen mit einigen Räumen der Sportphysiologie und dem Labor für Dopinganalyse war die Andrologie in einem alten Gebäude untergebracht, das durch seine Arkaden wie ein altes Kloster aussah. Nach oben schloss sich – nur durch einen Maschendraht getrennt – die Kugelkirche an.

Obwohl er nun schon einige Jahre in Marburg wohnte und auf dem Weg zum IfL sicherlich schon einige Male hier vorbeigekommen war, hatte er dieses Gebäude bisher noch nicht zur Kenntnis genommen.

Auf der Suche nach dem Sekretariat des Instituts kam er an einer Tür mit dem Schild: Prof. Dr. J. Haller vorbei.

Na so ein Zufall, der Citroënfahrer war hier Chef! Jetzt erinnerte er sich wieder daran, wie er Haller die Stufen Richtung Kugelkirche hatte gehen sehen, als er sich von Tom verabschiedet hatte.

Im Sekretariat erwartete ihn die nächste Überraschung. Er wurde von einem Mann begrüßt. Deshalb die tiefe Stimme am Telefon. Das erlebte er zum ersten Mal. Aber bei diesem etwas heiklen Job war das sicher hilfreich. Er erhielt einen Anmeldebogen, der Fragen über Ziel der Untersuchung, Zeitpunkt der letzten Ejakulation, Medikamenteneinnahme und Genussmittel in den letzten 24 Stunden, Familienstand, Krankheiten und einige anderen Angaben zur Person enthielt. Innerhalb von fünf Minuten hatte er ihn ausgefüllt. Anschließend machte er sich auf den Weg, der ihm beschrieben worden war, zum so genannten 'XY-Raum'.

Tom fand ihn ohne Schwierigkeiten und betrat den Raum, der sich von innen verriegeln ließ. Er war dekoriert mit einem Poster, auf dem sich eine blonde Schönheit am Strand räkelte und die Sonne genoss, die von einem makellos blauen Himmel herunterknallte. Sie war nur mit einem knappen Bikinihöschen bekleidet und beeindruckte durch feste runde, mit ein wenig Sand bepuderte Brüste, ein verführerisches Lächeln auf den vollen Lippen.

Der Raum war ausgestattet mit einem Tisch, Fernseher und integriertem Videosystem sowie einer Mini-Kompaktanlage, in der Radio, Tuner und CD-Player untergebracht waren. Zwischen zwei Buchstützen waren einige Klassiker der erotischen Literatur aufgestellt. Ein kleines Tischregal enthielt Musik-CDs mit Sammlungen aus den beiden letzten Jahrzehnten und zwei DVDs der Blue Movie-Serie.

Vor einer kleine Durchreiche an deren Wandseite eine Rufanlage mit Knopf angebracht war, standen einige leere Plastik-Becher mit rotem Deckel. Darüber befand sich ein kleines Schildchen mit der Aufschrift 'Samenprobe' und eine Klingel mit dem Vermerk 'Notfall'. Alles sehr zweckmäßig, wenn auch nicht gerade anheimelnd.

Tom wollte die Sache schnell hinter sich bringen, schnappte sich einen der Behälter und legte eine CD auf. Zu der eingängigen, sanften Begleitmusik einer Hammond-Orgel erklang 'Je t'aime', der erotische Kultsong, gesungen von Serge Gainsbourg und seiner späteren Frau Jane Birkin, wenig Text und viel Luststöhnen. Tom begann mit seinem Pflichtprogramm.

Aber er hatte seine Rechnung ohne sein bestes Stück gemacht. Lag es am scheußlichen Wetter, der nüchternen Umgebung, die keine Stimmung aufkommen ließ oder einfach an dem demütigenden Gefühl, in einen Becher masturbieren zu müssen. Jedenfalls: Es klappte nicht.

'Sex spielt sich vor allem im Kopf ab', sagte er sich und versuchte, sich nach einer kurzen Verschnaufpause in bessere Stimmung zu bringen. Er blätterte in der bebilderten Ausgabe des Kamasutra. Die anschaulichen Abbildungen zu den zahlreichen Stellungen beim Sex konnten ihn aber nicht antörnen. Er hielt nicht viel von ausgefallenen Turnübungen im Bett, sondern bevorzugte die sanfte, zärtliche Tour.

Er legte nun ein Porno-Video auf und fand es zwar primitiv, aber doch einigermaßen anregend. Trotzdem: Der krönende Erfolg blieb aus.

So würde das nichts werden! Irgendwie fehlte ihm der Spaß an der Sache. Er war dicht davor aufzugeben. Andererseits wusste er genau, er würde sich nie wieder zu einem neuen Anlauf aufraffen, wenn er bei der heutigen Mission scheiterte. Anja würde ihm die Hölle heiß machen.

Aber welche Möglichkeiten gab es noch? Er schaute sich noch einmal um. Unter den Animationsangeboten war nichts darunter, was wirklich Erfolg verhieß. Er war verzweifelt. Sein Blick fiel auf den Knopf der Rufanlage. Wenn jemand noch einen Ausweg sah, dann die Experten hier.

Es war ihm zwar äußerst peinlich. Aber was soll's, dachte er. Für die Leute hier ist das Alltag. Kurz entschlossen drückte er auf den Knopf der Rufanlage.

"Hallo, ist da jemand?" rief er mit gepresster Stimme und wollte schon einerseits enttäuscht, andererseits erleichtert aufgeben.

Aber dann ertönte doch eine etwas blechern klingende weibliche Stimme. "Ja. Was gibt es denn?"

"Ich schaffe es nicht."

"Was schaffen Sie nicht."

"Na, die Samenspende."

"Aha! Und wo liegt das Problem", fragte Marlies Vonard, die Leiterin des Labors, die sich eingeschaltet hatte. Sie konnte ein Lachen gerade noch unterdrücken. Das hatte sie bei einem jungen Mann noch nie erlebt. Bei älteren Männern kam es schon mal vor, dass sie mit der ungewohnten Situation nicht zurechtkamen.

"Meine rechte Hand ist gebrochen und mit der linken komme ich nicht zurecht."

"Haben Sie keine Frau oder Freundin, die Ihnen helfen könnte?"

"Momentan nicht, wieso?"

"In diesem Fall hätte es die Möglichkeit gegeben, das Sperma nach dem Geschlechtsverkehr aus einem Kondom zu verwenden. Aber das geht ja dann auch nicht. – Augenblick mal. Ich melde mich gleich wieder." Marlies schaltete die Anlage ab. Dann schaute sie im Anmeldebogen und runzelte die Stirn.

Sie wandte sich an ihre Mitarbeiterinnen im Labor, die zusammen mit ihr die Aufbereitung des Ejakulats und die Untersuchungen der Samenzellen mit verschiedenen Methoden durchführten:

"Habt ihr das mitgehört?"

"Na, klar", feixte Bettina mit dem hübschen runden Gesicht und einer drallen Figur mitleidlos. "Da ist ein Typ, der kann sich keinen `runterholen. Ich helfe ihm bestimmt nicht. Schick ihn wieder nach Haus. Das machen wir doch sonst auch."

"Ich mach' das auch nicht, ich bin frisch verliebt", wehrte auch Alexandra ab, die Marlies als nächste ansah. "Schieß ihn in den Wind. Der kann ja wieder kommen, wenn die Hand wieder heil ist."

"Ihr habt ja Recht. Ich bin ganz eurer Meinung. Das ist nicht unser Bier. Aber nach den Angaben hier ist das ein Mukoviszidose-Patient, für den die Samenanalyse sehr wichtig ist. Und ihr wisst ja, wie sehr der Chef hinter so etwas her ist." Es war bekannt, dass Professor Haller sich brennend für alles interessierte, was auf dem Gebiet der Andrologie außergewöhnlich war.

"Ist doch genau die richtige Aufgabe für mich", säuselte Willi. "Davon träume ich schon, seit ich hier bin."

"Es wird diesem Tom Wieland kaum gefallen, sich von einem Schwulen anfassen zu lassen."

"Weiß man's? Vielleicht ist heute mein Glückstag? Einmal ist immer das erste Mal."

"Im Anmeldebogen steht unter sexueller Orientierung eindeutig Hetero!"

"Ach, schade. Ich wäre ihm so gern behilflich gewesen."

"Was ist denn das überhaupt für eine Krankheit? Davon habe ich ja noch nie gehört", fragte Anita, eine hagere Blonde mit schmalen Lippen und einem länglichen, an eine Ziege erinnernden Gesicht. Sie war für ihre Naivität bekannt und wurde hinter ihrem Rücken von ihren Kolleginnen mit dem mittelhessischen Spitznamen "Arm' Zígarr' " bedacht, was etwa so viel wie Dummchen bedeutete.

"Das ist eine Erbkrankheit, bei der viele Drüsen des Körpers ein zähes Sekret produzieren, das die betroffenen Organe verstopft. Die meisten Patienten sterben vorzeitig am Lungenschaden. Und die meisten Männer sind infertil, also unfruchtbar" erklärte Marlies erstaunlich geduldig und fügte hinzu: "Also, machen wir es kurz: Ich setze fünfzig Euro aus dem 'Reptilienfonds' und Freizeit für den Rest des Tages als Prämie für diejenige ein, die dem armen Mann hilft", erklärte Marlies kurz entschlossen.

Die anderen staunten. Sie waren gar nicht gewohnt, dass sich Marlies so engagierte. Sie führte ihr Labor straff und ohne große Nachsicht. Alles musste wie am Schnürchen laufen. Ansonsten galt sie als Egozentrikerin, die sich um niemand außer um sich selbst kümmerte. Ihr Labor, das mussten auch die zugeben, die hinter ihrem Rücken über sie herzogen, hatte sie allerdings in Schuss.

"Trotzdem: Nee. Das ist nichts für mich", meinte Anita. "Mein Freund macht mir die Hölle heiß, wenn er das rauskriegt."

"Schade, dass Julia nicht da ist. Die braucht ja dringend Probanden und hätte sich seiner bestimmt angenommen. Für ihre Arbeit macht sie fast alles." Julia war die Doktorandin, die seit einigen Monaten bei ihnen im Labor mitarbeitete und immer auf der Suche nach Probanden war. Sie war hoch motiviert, die Untersuchungen voranzubringen, die Aufschlüsse über den Einfluss des Leistungssports auf Zahl und Wanderungsgeschwindigkeit der Spermien geben sollten. Am Anfang hatten sich eine ganze Menge Sportstudenten auf ihren Aushang in der Kantine und im IfL gemeldet. Immerhin gab es jetzt hundert Euro dafür. Aber in letzter Zeit waren die Samenspender rar geworden.

Blieb nur noch Larissa. Sie war vor vier Jahren als Russlanddeutsche eingereist und hatte eigentlich eine Ausbildung als Hebamme. In ihrem Beruf hatte sie keinen Arbeitsplatz gefunden. Aber da sie sehr lernfähig und manuell sehr geschickt war, hatte sie trotz fehlender Fachkenntnisse im andrologischen Labor eine Stelle als Hilfskraft erhalten, die über so genannte ABM-Maßnahmen finanziert wurde. Sie war als sehr lebenslustig bekannt, vermutlich hatte sie nach ihrer schweren Zeit in Russland einiges nachzuholen.

Die anderen schauten Larissa erwartungsvoll an, die gerade wieder ins Labor zurückkehrte.

Larissa, die sich mit Julia etwas angefreundet hatte, überlegte nicht lange, als Marlies ihr die Situation schilderte und sagte dann: "Also gut, für mich ist das keine große Sache. Ist ja sozusagen die Vorbedingung für eine Geburt. Wenn er kein fettes Schwein ist, mach' ich das", meinte sie munter mit starkem slawischen Akzent. Sie sprach zwar inzwischen gut

Deutsch, aber ihren Akzent hatte sie noch nicht ablegen können.

"Fett ist er bestimmt nicht. Die meisten haben Verdauungsschwierigkeiten. Das Fett in der Nahrung kann nicht richtig verdaut werden", ergänzte Marlies ihre Erklärungen oberlehrerhaft.

"Das müsste mir mal passieren", meinte Bettina, die Mühe hatte, ihr Gewicht einigermaßen unter Kontrolle zu halten und – wie sie behauptete – schon zunahm, wenn sie nur ein Eis von der Ferne sah. "Ist die Krankheit ansteckend? Vielleicht kann ich davon profitieren", überlegte sie laut.

"Keine Chance, das ist angeboren. Wünsch dir das lieber nicht, oder möchtest du bald schon dein Testament machen?" Marlies drückte den Knopf der Rufanlage.

"Einen Moment noch. Gleich kommt jemand vorbei."

Sie wandte sich an Larissa:" Nimm am besten Handschuhe und einen Mundschutz mit."

"Ach Quatsch. Was kann mir schon passieren. Und sexy ist das auch nicht gerade."

"Mach', was Du willst!" gab Marlies erstaunlicherweise nach. Für sie war die Hauptsache, sie hatte das Problem im Sinne ihres Chefs gelöst.

Larissa ging in den Umkleideraum und machte sich für ihren Spezialeinsatz fertig. Irgendwie machte ihr die Sache sogar Spaß. Das war mal was anderes, und das Geld und der freie Nachmittag waren auch nicht zu verachten.

Sie war neugierig auf diesen Wieland. Sie würde ihn schon in Schwung bringen. Nach kurzem Überlegen hängte sie den Laborkittel in den Spind und strich ihren Minirock glatt. Dann musterte sie sich im Spiegel und zupfte ihr grünes T-Shirt mit dem großen runden Ausschnitt zurecht. Das Dekolletee konnte sich sehen lassen. Sie trug noch etwas Farbe auf die Lippen auf und zog die Konturen noch einmal nach. Mit ihren fünfunddreißig Jahren fand sie sich noch ganz passabel, auch wenn erste Lachfältchen an den Augenwinkeln nicht zu übersehen waren. Auch wegen ihrer Figur brauchte sie sich nicht zu verstecken. Ihre Hüften waren zwar schon immer etwas zu kräftig gewesen. Aber sie hatte schöne lange Beine, die sie gern zur Schau stellte. Insgesamt war sie zufrieden mit ihrem Aussehen und wusste, dass viele Männer sie attraktiv fanden.

Während sie sich auf dem Weg zur 'Bullenkabine' machte, wie sie den Raum für die Samenspende intern nannten, wurden im Labor Wetten abgeschlossen, ob Maria Erfolg hätte oder nicht. Der Flachs blühte.

Das änderte sich schlagartig, als sich die Tür öffnete und Dr. Bols hereinkam, um seinen Kontrollbesuch im Labor abzustatten. Er runzelte missbilligend die Stirn, als er die aufgeräumte Stimmung zur Kenntnis nahm.

Frank Bols war von Haller zum Leiter des Labors ernannt worden, damit er eine Aufgabe hatte, bei der er nicht viel kaputtmachen konnte. Seine Faulheit und sein Geiz war im Labor Legende. Er bediente sich wie selbstverständlich aus der Kaffeekanne, obwohl er noch nie einen Obolus in die Kaffeekasse bezahlt hatte. Wenn er darauf angesprochen wurde, klagte er immer über die hohen Unterhaltskosten für seine geschiedene Frau und seine Tochter. Breitbeinig setzte er sich auf Larissas Platz.

"Was gibt es Neues?" fragte er knapp.

Marlies Vonard war schon darauf vorbereitet, ihm irgendeinen Knochen vorzuwerfen, an dem er knabbern konnte, damit er – von seiner Wichtigkeit überzeugt – in sein Arbeitszimmer zurückkehren konnte. Sie legte ihm diesmal nur kurz die Ergebnisse der letzten Spermienanalysen vor, die gut mit dem neuen Schnelltest übereinstimmte, den sie gerade entwickelten. Er nahm die Informationen nickend zur Kenntnis. Noch ein paar positive Ergebnisse und der Test konnte als praxistauglich deklariert werden. Er musste darüber nachdenken, wie er das Haller als sein Verdienst unterjubeln konnte.

"Sonst noch etwas?"

Sie berichtete pflichtgemäß von dem Missgeschick des Patienten mit dem eingegipsten Arm. Verschweigen konnte sie ihn nicht, weil er offiziell angemeldet war.

"Hat sich wahrscheinlich einen 'Tennisarm' vom vielen Masturbieren geholt", sagte er roh. "Schickt ihn nach Hause. Der soll später noch mal wiederkommen."

Im Labor hielten alle die Luft an. Hoffentlich merkte er nichts.

Aber er hatte seinen Kaffee abgesahnt und seine Pflicht getan. Jetzt hatte er es eilig, den Feierabend nicht zu verpassen.

"So ein Arschloch", wetterte Anita mit unterdrückter Stimme hinter ihm her. "Können wir dem Chef nicht mal vorschlagen, dass einer der anderen Ärzte für unser Labor zuständig ist. So eine Art jährliche Rotation?"

"Die anderen Labors werden sich zwar mit Händen und Füßen dagegen wehren", meinte Marlies bereitwillig, "aber ich kann den Chef ja mal fragen."

*

Larissa hatte sich unterdessen zur 'Bullenkabine' aufgemacht. Sie klopfte, gespannt auf den Patienten. Ein gut aussehender, schlanker Bursche ohne ein Gramm Fett mit schmalem jungenhaften Gesicht, den sie eher auf 18 als auf 25 Jahre geschätzt hätte, öffnete ihr mit verlegenem Lächeln. Er war nur mit einem weinroten T-Shirt und einem dunkelblauen Sportslip bekleidet. Sein schüchternes Lächeln erinnerte sie an Michael, in der Verfilmung von Bernhard Links "Der Vorleser", bei seiner ersten Begegnung mit Hanna. Das war einer der eindrucksvollsten Filme, die sie in letzter Zeit gesehen hatte, und sie selbst fühlte sich ein bisschen wie diese Hanna, die das ‚Jungchen' in die Geheimnisse der Liebe einführte.

"Ich bin Tom Wieland." Er betrachtete sie bewundernd. Sie hatte lebhafte braune Kulleraugen in einem anziehenden Gesicht, in dem die hohen Wangenknochen den slawischen Akzent setzten. Ihre vollen Brüste waren nur knapp von einem T-Shirt bedeckt, das einem schmalen Streifen nackter Haut frei ließ. Der Mini-Rock, unter dem sich ein knapper Slip oder Tanga abzeichnete, war nicht viel mehr als ein breiter Gürtel. Seine Fantasie bekam Flügel. Das war tausendmal besser als das Porno-Video mit den nackten Tatsachen, das er sich vorher angesehen hatte.

"Larissa." Sie reichte ihm automatisch die linke Hand, als sie seinen eingegipsten Arm sah.

"Und: Woran liegt's?" fragte sie unverblümt.

Er war froh, dass sie nicht lange um das Problem herumredete und sagte mit einem Blick nach unten. "Dieser Hallodri verweigert mir den Gehorsam. Mit links bin ich nicht sehr geschickt." Er hob die eingegipste Rechte empor.

Larissa lachte hell auf und schaute sich um: "Hier kann man ja auch wirklich nicht in erotische Stimmung kommen."

Sie knipste eine Wandleuchte an, die Tom ganz übersehen hatte, und zog den orangefarbenen Stoffvorhang vor die kahlen Fenster. Dadurch bekam der Raum gleich eine ganz andere, gemütliche Ausstrahlung. Dann suchte sie eine neue

CD mit Kuschelsongs heraus. Sie musste Tom erst einmal auf andere Gedanken bringen.

"Versuch' erst mal abzuschalten."

Sie hoffte, die Klänge von "Don't worry, be happy" von Bobby McFerrin würden den gewünschten Effekt haben.

"Und was ist mit deinem Arm passiert?" fragte sie teilnahmsvoll.

"Armbruch bei einem Unfall: Bin mit dem Fahrrad gegen ein Auto geprallt. Natürlich hab' ich den Kürzeren gezogen."

Natürlich war er neugierig, wieso sie ihm helfen wollte.

"Und spielst hier du öfter die Feuerwehr!"

Larissa grinste: "Nee, ich bin keine Professionelle, wenn du das meinst. Das ist das erste Mal, dass ich so was mache. Normalerweise schicken wir die Kerle, denen so was passiert, nach Hause. Aber heute hat sich unsere Chefin extra für dich eingesetzt, weil du Mukoviszidose hast."

"Ich wusste doch, zu irgendwas muss meine Krankheit gut sein", meinte Tom, inzwischen schon lockerer geworden.

"Mir ist gerade noch eine Idee gekommen. Bin gleich wieder da. Mach' dich schon mal nackig und leg dich hin. Zuerst mache ich eine Wellness-Massage", kündigte Larissa an.

Kurz darauf kehrte sie mit einer großen Flasche Body Lotion in der Hand zurück.

"'Happy Time', extra von Nivea für dich hergestellt."

Kurz darauf spürte er ihre warmen Hände auf seinem Rücken, die die ölige, angenehm nach Orange duftende Flüssigkeit verteilten.

"Normalerweise macht man das mit warmem Wasser und Aromaöl. Aber diese Body Lotion ist auch nicht zu verachten."

Und so erhielt er seine erste Wellness-Massage, die ihn in eine neue Erlebniswelt versetzte, so dass er gar nicht mehr daran dachte, weshalb er hergekommen war.

Irgendwann bekam er die Order, sich herumzudrehen. Die Massage beschränkte sich zunächst auf den Brustbereich. Dann dehnten sich die Streicheleinheiten auf den Bauchbereich aus, wo sie mit den Fingern spielerisch die Konturen seines Waschbrettbauchs nachzeichnete. Dann folgten sanfte kreisende Bewegungen um den Nabel, die allmählich tiefer nach unten gingen.

Die Welle der Erregung traf ihn wie ein Stromschlag. Die Blockade war wie weggeblasen. Alles andere lief wie von selbst.

Triumphierend hob Larissa kurze Zeit später den Becher mit der Samenprobe hoch.

"Na, wie habe ich das gemacht."

"Sensationell! Ich werde dich meinen Freunden weiter empfehlen. Wo hast du das gelernt?"

"Was meinst du?" Sie lächelte ironisch.

"Natürlich die Wellness-Massage."

"Ach das! Eine Freundin hat in der Untergasse ein Kosmetiksalon mit einem kleinen Wellnessbereich. Da helfe ich ab und zu mal aus, wenn Not am Mann ist. Der letzte Teil gehört aber nicht dazu, das war heute eine Ausnahme", warnte sie. "Nicht dass sich deine Freunde falsche Vorstellungen machen."

Kapitel 18

Als Tom das Labor verließ und am Sekretariat vorbeikam, kam gerade eine attraktive, sehr energisch wirkende Studentin aus der Tür, die sich verabschiedete.

"Danke für die Unterlagen. Und richten Sie, bitte, Professor Haller aus: Beim nächsten Treffen werde ich bestimmt meine Probanden zusammenhaben."

Tom nutzte die Chance, die sich durch die noch offene Tür bot und fragte den Sekretär, der ihn vor der Samenspende instruiert hatte: "Meinen Sie, Professor Haller hätte einen Moment Zeit für mich? Wir sind uns kürzlich in der Barfüßerstraße begegnet. Vielleicht erinnert er sich daran."

"Kommt auf einen Versuch an." Hallers Sekretär, Klaus Brand, schaute auf die Telefonanlage. "Ich sehe, er ist gerade mit seinem Telefonat fertig."

Brand wusste aus dem Anmeldebogen, den er überflogen hatte, dass Tom Mukoviszidose hatte. Für so spezielle Fälle war sein Chef immer zu haben.

Er klopfte kurz und schaute mit dem Kopf zur Tür hinein.

"Ein Herr Wieland. Ihr seid euch vor Kurzem in der Barfüßerstraße begegnet."

Haller stutzte einen Moment, während er sich an die Tür bemühte. "Barfüßerstraße?" Dann fiel sein Blick auf Toms geschienten rechten Arm.

"Ach, richtig, die Begegnung der besonderen Art mit dem Volleyballer. Kommen Sie rein." Er begrüßte Tom freundlich. "Was machen Sie denn hier, Herr Wieland? Den Rotwein, von dem wir sprachen, habe ich leider zu Hause."

"Kann ich mir denken. Ich war in eigener Mission hier. Beim Vorbeigehen habe ich Ihren Namen an der Tür gesehen und mich ganz spontan entschlossen, mal anzuklopfen."

"Und wie kommen Sie mit Ihrem Arm zurecht?"

"Geht so. In den ersten Tagen fiel mir die Umstellung schwerer, als ich dachte. Aber jetzt komme ich ganz gut klar. Die kleine Operation, zu der sie mir geraten haben, habe ich übrigens schon hinter mir."

Während sie sich noch etwas unterhielten, kam ein Schönling mit gepflegtem Kinnbart, zur Tür herein, ohne anzuklopfen, und legte ein DIN-A4-Blatt auf Hallers Schreibtisch.

"Hier bitte, die gewünschte Liste." Er stutzte, als er Tom sah.

"Entschuldigung, ich wusste gar nicht, dass Sie Besuch haben."

"Herr Wieland, ein alter Bekannter", übertrieb Haller und mit einem Blick zu dem Neuankömmling. "Mein Kollege, Herr Dr. Maurer! Er leitet das Funktionslabor. Wenn Sie mal Ihre Leistungsfähigkeit bezüglich Herz und Lunge überprüfen lassen wollen, melden Sie sich bei ihm", meinte er zu Tom. "In seinem Labor gibt sich die Elite der Leichtathleten, der Ruderer und der Radrennfahrer die Hand."

Maurer verschwand wieder: "Ich komme dann später noch einmal vorbei."

Kurz darauf rief Klaus Brand durch die halb offene Tür.

"Ich habe Göttingen in der Leitung. Soll ich durchstellen?"

"Ja, bitte, das ist mir sehr wichtig."

Tom zeigte mit dem Finger erst auf sich, dann auf die Tür. Er wollte damit anbieten, Haller allein zu lassen, aber der schüttelte den Kopf.

Tom versuchte, nicht zu offensichtlich hinzuhören, und schaute interessiert aus dem Fenster auf die Rückseite der Kugelkirche, die er bisher noch nicht gesehen hatte.

Dann wanderten seine Augen zu der Menge Papier, die sich auf dem Schreibtisch angesammelt hatte. Kaum zu glauben, dass man sich da noch zurechtfinden konnte. Das Blatt Papier, das Dr. Maurer dort abgelegt hatte, lag in Hallers Richtung, so dass Tom den Text nur mit Mühe entziffern konnte:

Es handelte sich um einen Bestellschein der Klinikapotheke für Erythropoietin, Testosteron, Amphetamin, Kokain und einige Abkürzungen wie STH und S 107, mit denen er nichts anfangen konnte. Die Namen der erstgenannten Substanzen kannte er von dem Zeitungsbericht im 'Focus'. In diesem Institut war die Verwendung dieser Substanzen offenbar eine Selbstverständlichkeit.

Haller beendete gerade das Gespräch: "Also bis bald!"

"Sie arbeiten mit Göttingen zusammen?", fragte Tom.

"Na ja. Wenn Sie das, bitte, vorläufig für sich behalten würden. Die suchen jemand für eine Stiftungsprofessur auf dem Gebiet 'Sport und Medizin'."

"Aber geht das denn: Gleichzeitig hier in Marburg und in Göttingen arbeiten?"

"Wird sich zeigen, ob so ein Spagat möglich ist. Zumindest übergangsweise könnte ich mir das vorstellen. Eigentlich möchte ich gar nicht weg aus Marburg. Ich fühle mich hier wohl. Und es ist auch noch nichts entschieden. Jetzt beginnen ja erst die konkreten Verhandlungen. Wichtig ist erst einmal, dass ich an erster Stelle der Bewerber stehe. Das hat mir der Leiter der Berufungskommission gerade mitgeteilt."

"Und Ihre Mitarbeiter wissen noch nichts?"

"Ich will erst noch die schriftliche Benachrichtigung abwarten."

"Aber Ihr Sekretär kriegt doch sicher alles mit."

"Auf den kann ich mich verlassen. Außerdem weiß er auch nur, dass Göttingen an mir interessiert ist."

"Übrigens war ich ganz erstaunt, dass Sie keine Sekretärin, sondern einen Sekretär haben. Das ist ja ganz ungewöhnlich."

"Hat sich mehr zufällig so ergeben. Wir kannten uns von früher, als wir beide im gleichen Studentenwohnheim, im Duisberghaus, gewohnt haben."

"Duisberghaus? Da habe ich auch ein paar Semester gewohnt. Ich habe früher mal Sport studiert."

"In welchem Stockwerk?"

"Im Altbau, dritter Stock."

Die Clique des dritten Stocks des Duisberghauses war von einem starken Zusammengehörigkeitsgefühl geprägt. Das war eine handverlesene Truppe. Die schrägen Wände des Dachgeschosses sorgten für außergewöhnliche Verhältnisse. Die Tatsache, dass auf diesem Stockwerk – anders als auf den unteren Etagen – Bad und Toiletten in einem Raum untergebracht waren, schaffte eine besondere Art der Intimität. Die Unterhaltungen fanden manchmal lauthals durch geschlossene Türen und das Rauschen des Wassers statt, sodass die Lautstärke automatisch nach oben geregelt war und jeder, der anwesend war, etwas von den Gesprächen mitbekam, ob er wollte oder nicht. Der Stockälteste, zu Jochens Zeiten ein hervorragender Zehnkämpfer, hatte traditionell einen guten Draht zum Tutor, und achtete darauf, dass eventuelle Neulinge dazu passten. Da durfte keiner etepetete sein. Ein besonderes Zusammengehörigkeitsgefühl entwickelte sich nicht zuletzt deshalb, weil man nicht nur zusammen in der Gemeinschaftsküche brutzelte, sondern auch feierte und sang, dass die Wände wackelten.

"Dann sind wir ja sozusagen Blutsbrüder vom selben Stamm. Ich heiße Jochen."

"Tom."

Die geballten Fäuste berührten sich im Ritual alter Zeiten.

"Das ist ja Wahnsinn. Hättest du Lust, mich heute Abend zu besuchen? Wir köpfen eine Flasche Roten und reden über alte Zeiten", fragte Jochen Haller spontan.

"Klar. Ist mir ein Vergnügen."

"Bis wann warst du im Duisberghaus?"

"Vor drei Jahren bin ich ausgezogen, als ich mit dem Sportstudium aufgehört habe. Und du?"

"Ich bin vor fünfzehn Jahren ausgezogen, als ich mein Examen in der Tasche hatte. Leider sind meine Kontakte zum dritten Stock dann allmählich verloren gegangen."

"Dann hast du vielleicht gerade noch Johannes Kehr kennen gelernt. Der ist jetzt Tutor."

"Der Langläufer. Ohne den hätten wir beim Stadtlauf alt ausgesehen. Damals hatte ich zwar eine gute Kondition vom Rudern. Aber beim Laufen hat es eher gehapert. Hat der nicht Theologie studiert?" Jochen erinnerte sich gern an die alten Zeiten zurück.

"Den besuche ich noch öfter. Inzwischen ist er bei der Philosophie gelandet. Hat natürlich jetzt eine richtige Wohnung im Neubau, nicht mehr das Zimmer gegenüber der Küche wie früher, wo er alles unter Kontrolle hatte. Und wo hat der Brand gewohnt?"

"Ach, irgendwo im Neubau. Ich glaube: zweiter Stock. Viel hatte ich nicht mit ihm zu tun. Ich habe ja Medizin studiert und er Sport und Mathematik, wenn ich mich recht entsinne. Gelegentlich haben wir zusammen Tischtennis gespielt.

Dann hat er plötzlich sein Studium aufgegeben. Wie es hieß, sind seine Eltern bei einem Verkehrsunfall gestorben, und er musste sich um seinen taubstummen Bruder kümmern. Er hat sich dann wohl mit Schreibarbeiten für Doktoranden und andere Interessenten finanziell über Wasser gehalten. Als sein Bruder einen Job in der Gehörlosenschule in Marburg bekam und versorgt war, hat er sich um die Sekretariatsstelle beworben, die ich gerade ausgeschrieben hatte. Er hatte seinen Bruder mitgebracht, wahrscheinlich, um mich zu beeindrucken. Und das ist ihm auch gelungen. Es war faszinierend, wie er sich mit ihm allein durch Blicke und wenige schnelle Gebärden verständigen konnte. Als er dann noch beim Schreibtest fit war und zeigte, dass er sich gut mit Textverarbeitungsprogrammen auskannte, habe ich ihm trotz der zahlreichen anderen Bewerber, alles Frauen, die Stelle gegeben. Und bisher habe ich das nicht bereut. Er hat sich überall schnell eingearbeitet. Auch in den Labors ist er durch seine PC-Kenntnisse unentbehrlich geworden."

"Er machte jedenfalls einen sehr kompetenten Eindruck, als ich mich vorhin angemeldet habe."

"Wozu angemeldet?"

"Na, du wirst es ja sowieso erfahren. Ich habe vorhin hier eine Samenprobe abgeliefert. Das Ergebnis wird mir aber erst nächste Woche mitgeteilt."

"Machst du bei einer unserer Studien mit, oder hattest du einen besonderen Grund?"

"Letzteres. Ich habe Mukoviszidose. Sagt dir das etwas?"

"Und ob! Ich habe schließlich meine Doktorarbeit über 'Dünndarmentzündung bei Zystischer Fibrose' geschrieben."

"Hej, dann kennst du dich ja richtig aus. Und wie kommt es dann, dass du im Sportwissenschaftlichen Institut gelandet bist?"

"Das ist eine lange Geschichte. Die kann ich dir ja heute Abend erzählen."

"Gern. Bis nachher. Dann kann ich auch gleich mein Mountainbike abholen."

Als Tom dem Ausgang des Instituts zustrebte, kam er am Funktionslabor vorbei, wo er Maurer durch die offene Tür im Gespräch mit einem großen kräftigen Mann mit auffällig langen Armen sah. Er erinnerte ihn mit seinen groben Gesichtszügen an die Klitschko-Brüder, die sich im Boxsport einen Namen gemacht hatten. Mit dem schweren Metallkoffer, den er gerade verschloss, hantierte er wie mit einem Kosmetikköfferchen. War das nicht der Typ, den er vor seinem Unfall in der Kugelgasse fast umgefahren hätte?

Warum parkte er da oben und nicht auf dem Parkplatz unterhalb des Instituts? Ging er jedes Mal, wenn er hier vorbeikam, zu einem stillen Gebet in die Kugelkirche? So sah er eigentlich nicht aus. Toms Neugier war geweckt.

Er verließ das Institut und ging die paar Schritte hinauf zur Kugelgasse und schaute neugierig um die Ecke. Dort stand gegenüber dem Eingang zur Kirche wie ein paar Tage zuvor tatsächlich der weiße Transporter. Jetzt konnte er auch die Aufschrift lesen: Blutbank der Uni Marburg.

Dr. Maurers Besucher, die King-Kong-Miniatur, tauchte plötzlich im Portal der Kugelkirche auf und ging mit dem silbernen Koffer zur Hintertür des Wagens, der mehrere Kühlfächer enthielt. Dort verstaute er eilig den Koffer. Anschließend fuhr er Richtung Barfüßerstraße davon.

Tom war begeistert. Es musste einen Verbindungsgang zwischen der Kugelkirche und dem Kugelhaus geben, in dem das Institut untergebracht war. Burgruinen, alte Stadtmauern, unterirdische Gänge und eingestürzte Gemäuer hatten ihn schon in seiner Kindheit fasziniert, die er in Grünberg verbracht hatte. Ob Jochen Haller ihm mehr über den Gang erzählen konnte?

Kapitel 19

Der Rest des Tages verging wie im Flug. Tom besorgte im Fahrradgeschäft am Pilgrimstein ein neues Vorderrad für sein Mountainbike. Die Treppe hinauf zur Wettergasse ging in die Beine, aber Hauptsache war: Der Arm schmerzte nicht mehr. Er konnte daran denken, wieder regelmäßig etwas für seine Kondition tun.

Im Weingeschäft am Marktplatz ließ er sich einen Rotwein empfehlen, den er im Rucksack verstaute. Dann machte er sich auf den Weg in die Landgraf-Philipp-Straße.

Tom hatte bisher gar nicht gewusst, dass es in der Gegend so dicht am Schloss überhaupt Privatwohnungen gab.

Über den Schloßsteig erreichte er die steil ansteigende Schloßstreppe, die zur alten, im mittelalterlichen Stil gepflasterten Auffahrt des Landgrafenschlosses führte. Dabei geriet er in einen Pulk von Menschen, die – festlich gekleidet – zu Fuß auf dem Weg zum Schloss waren, offensichtlich, um nach einem frühen Abendessen ihr dringendes kulturelles Bedürfnis im Fürstensaal des Schlosses zu befriedigen, wo öfter Veranstaltungen gehobenen Niveaus stattfanden.

Notgedrungen musste er sich auf das gemächliche Tempo der vorwiegend älteren Herrschaften einlassen. Er wurde missbilligend gemustert – ein Konzertbesucher mit Rucksack und einem Rad in der Hand! Na ja, bei Studenten musste man mit allem rechnen.

Es war für sie sicher eine große Erleichterung, als er in der Kurve ausscherte und an einem schweren, schmiedeeisernen Tor klingelte. Als der Summer ertönte, der den freien Durchgang signalisierte, stemmt er sich gegen das Tor und war überrascht, wie leicht es sich öffnete. Er bahnte sich den Weg durch den Vorgarten, der weitgehend von Efeu überwuchert war und nur einen schmalen Pfad freiließ.

Jochen Haller, in bequemer Freizeithose und Sweatshirt gekleidet, führte ihn gleich in den zentralen Wohnraum, der überraschend modern gestaltet war. Er war Arbeits- und Wohnzimmer zugleich, die Küche war in den Raum integriert, nur durch eine Theke abgetrennt.

Ein großzügiger, durch mehrere rollbare Tischchen und kleine Schubladencontainer hufeisenförmig gestalteter Schreibtisch mit Laptop, Scanner und Laserdrucker beherrschte die eine Hälfte des großen Raums, die andere nahm eine Sitzecke mit Couch und Sessel ein. Typisch Junggeselle, dachte Tom.

Auf einem runden ausziehbarer Holztisch war ein dunkelblaues Samttuch ausgebreitet, über das einige altertümlich aussehende Münzen verteilt waren. Daneben lag ein aufgeschlagener Münzkatalog. Jochen Haller räumte rasch die Münzen zusammen.

"Ein paar römische Münzen. Habe ich mir kürzlich aus Trier mitgebracht. Ich wollte mich nur vergewissern, dass man mich nicht über's Ohr gehauen hat", bekannte er sich zu seinem außergewöhnlichen Hobby.

"So ein Hobby hätte ich bei dir nicht vermutet."

"Ist ein Relikt aus längst vergangenen Tagen. Ich wollte mal Latein studieren. Man ist im Nu in einer anderen Welt, wenn man sich mit den Münzen abgibt. Stell dir nur den Aufwand vor, den man damals betreiben musste, um das Geld in Umlauf zu bringen. Es gab nur wenige zentrale Münzprägestätten und kein Bankensystem wie heute. Wofür wurde das Geld ausgegeben? Welche Motive wurden verwendet? Jede Münze ist ein Beleg für die Kultur und den Alltag der damaligen Zeit." Jochen Haller redete sich in eine Begeisterung, die Tom ihm gar nicht zugetraut hätte.

"Entschuldige. Ich höre schon auf. Es gibt nichts Schlimmeres, als Leute über ihr Hobby reden zu hören, wenn es einem selbst fremd ist."

"Schon gut. So ganz fremd ist mir das nicht. Ich kann mich zwar nicht sonderlich dafür erwärmen. Aber bei mir in der WG wohnt eine Archäologin, die begeisterte Numismatikerin ist. Die ist ständig in Sachen Münzen unterwegs. Vorträge für Münzsammler, Hobby- und Heimatvereine. Bei Ausgrabungsprojekten ist sie auch oft dabei. Vielleicht hast du schon von ihr gehört. Sie heißt Flora Hansen. Bei Gelegenheit mache ich dich mal mit ihr bekannt."

Jochen Haller schien nicht abgeneigt: "Und ist sie hübsch? Oder nach welchen Kriterien suchst du dir die Mitbewohner für die WG aus."

"Jedenfalls nicht nach optischen. Für eine Archäologin sieht sie ganz passabel aus. Ist aber nicht mein Geschmack. Aber wichtiger für mich ist: Eine Frau tut der WG ganz gut. Mädels legen meist mehr Wert auf Ordnung und Sauberkeit als Jungs."

"Da ist was dran", brummte Jochen, während er seinen Blick über das Durcheinander auf seinem Schreibtisch schweifen ließ.

"Übrigens erinnert mich der Ausflug in die Vergangenheit an eine Beobachtung, die ich heute gemacht habe: Weißt du, ob es einen Verbindungsgang zwischen deinem Institut und der Kugelkirche gibt?"

"Nee, wie kommst du darauf? Das ist mir ganz neu."

Tom berichtete, was er gesehen hatte.

"Erstaunlich. Zumindest der Kollege Maurer und sein Besucher scheinen den Gang zu kennen. Und für mich wäre das ja auch nicht schlecht. Dann habe ich es schneller zum Beichtstuhl", flachste er.

"Ach, hätte ich gar nicht gedacht, dass du das nötig hast. Außerdem siehst du mehr nach Protestant aus, wenn ich das so sagen darf."

"War ich tatsächlich früher mal, aber ich bin schon vor vielen Jahren aus der Kirche ausgetreten. Religionen sind für mich abgehakt. Alles nur Hokuspokus."

Haller besann sich auf seine Rolle als Gastgeber:

"Aber lass uns lieber von etwas Erfreulicherem sprechen. Ein Glas Rotwein?" fragte er.

"Gern."

"Es ist übrigens der, der uns sozusagen zusammengeführt hat."

"Ach richtig. Sonst wären wir uns wahrscheinlich gar nicht begegnet."

"Zumindest nicht auf so eindrucksvolle Weise", meinte Jochen süffisant. "Nimmst du meine Entschuldigung an?"

"Wir waren uns doch einig, dass ich selbst schuld daran war."

"Wie dem auch sei: Es ist so schön, sich mal wieder über die alten Zeiten im Duisberghaus unterhalten zu können. Habt ihr auch noch zusammen Doppelkopf gespielt und gesungen, Wirtinnen-Verse und Ähnliches, oder ist das inzwischen aus der Mode gekommen?" Jochen schwelgte in Erinnerungen.

"Bei Sportlern wird Doppelkopf nie ganz 'out' sein, und der alte Song vom Wirtshaus an der Lahn gehört immer noch zum Repertoire. Grölen und Schweinigeln kommt doch nie aus der Mode."

"Vor allem, wenn man einen im Tee hat. – Noch ein paar Gläser von dem Roten und wir sind so weit. Dann können wir ja sehen, ob wir noch den einen oder anderen Vers zusammenkriegen."

"Übrigens, super der Wein. Könnte ich mich dran gewöhnen. Kommt ein bisschen Brombeere durch. Und ist ganz schön temperamentvoll."

"Aha, ein Rotwein-Kenner! In deinem Alter wusste ich gerade mal, dass es roten und weißen Wein gibt", staunte Jochen.

"Kenner ist zu viel gesagt. Ich merke nur, was mir schmeckt:"

"Darauf kommt's an. Der hier trifft genau meinen Geschmack. Ist ein Viriato aus Spanien, hat immerhin 14,5 Prozent Alkohol. Also Prost: auf die alten Zeiten im Duisberghaus und unser Zusammentreffen!"

"Und deinen Erfolg in Göttingen", ergänzte Tom.

Sie stießen miteinander an.

"Übrigens gibt es heute noch einen besonderen Anlass, auf dein Wohl zu trinken, von dem du noch gar nichts weißt", meinte Jochen Haller.

"Spann' mich nicht auf die Folter."

"Nachdem du bei mir warst, war ich so neugierig, dass ich einen Schnelltest zur Spermienanalyse durchgeführt habe, an dem wir gerade arbeiten. Den kann man künftig zu Hause machen, wie das beim Schwangerschaftstest ja schon lange möglich ist. Ist aber noch nicht offiziell eingeführt."

"Und?" fragte Tom gespannt.

"Völlig normal! Aber ohne Gewähr, wie gesagt. Nimm es, bitte, als vorläufige Mitteilung. Wir müssen noch das offizielle Spermiogramm abwarten. Ich werde meinen Leuten Feuer unterm Hintern machen. Das interessiert mich natürlich auch brennend."

"Das wäre ja Wahnsinn. Eigentlich habe ich nicht damit gerechnet. Die Quote der fertilen Männer bei Muko-Patienten ist sehr gering. Dann muss ich mich ja künftig beim Sex richtig in acht nehmen. Bis jetzt habe ich das nicht so ernst genommen, weil ich dachte, ich sei unfruchtbar."

"Dann hast du ja bisher großes Glück gehabt."

"Ja, das kann man wohl sagen. Das macht mir im Nachhinein noch Angst. Was mache ich denn da am besten? Gibt's nicht bald die Pille für den Mann?"

"Das wird noch eine Weile dauern. Zurzeit ist die Zwei-Monatsspritze für Männer aktuell. Bei der Entwicklung war ich selbst beteiligt."

"Donnerwetter. Deshalb dieses Anwesen."

"Na ja, den eigentlichen Reibach macht die Industrie. Natürlich hat es schon etwas für sich, wenn man ein bisschen was vom warmen Regen abkriegt. Aber unter uns: Einfacher ist es, wenn deine Freundin die Pille nimmt, notfalls die Pille danach, die ist besser als ihr Ruf."

"Hab' momentan keine feste Freundin."

"Wie kommt das denn? So ein attraktiver Bursche wie du!"

"Danke. Aber die Mukoviszidose ist nicht gerade förderlich für eine längere Beziehung. Die letzte Freundin hat mich vor einem halben Jahr wegen meiner Krankheit verlassen. Danach habe ich erst einmal eine Pause eingelegt. Ich gehöre nicht zu den Typen, die sich gleich in den nächsten Flirt stürzen."

"Aber es geht dir doch gesundheitlich gut."

"Ja, bisher habe ich keine Probleme. Aber man weiß ja nie, was kommt."

Das Gespräch war so persönlich geworden, dass auch Tom einen Vorstoß wagte:

"Und du – lebst du allein?"
"Ja, schon lange."

Jochen Haller zögerte einen Moment. Aber dann dachte er: Was soll's. Endlich mal jemand, der mir zuhört, nicht weil er etwas von mir will, sondern weil er ehrlich an mir interessiert ist.

"Meine Beziehung ist daran zerbrochen, dass jeder von uns in seinem Beruf aufging. Meine Freundin war Krankenschwester auf einer Intensivstation und ich befand mich in der urologischen Facharztausbildung mit Sprechstunde, Operationen, Nachtdienst und wissenschaftlicher Tätigkeit. Und dann war sie eines Tages aus meinem Leben verschwunden. Dabei haben wir uns einmal so nahe gestanden, dass wir dachten, nichts könne uns trennen."

Tom merkte ihm an, dass das immer noch ein wunder Punkt war.

"Tut mir leid. Ich wollte nicht in alten Wunden wühlen."

"Ist schon in Ordnung."

"Und wie bist du dann ins Sportwissenschaftliche Institut geraten."

"Reiner Zufall. Mein wissenschaftlicher Schwerpunkt ging schon während der urologischen Ausbildung in Richtung Laboranalytik. Das hat mir den Weg geebnet."

"Würdest du auch heute noch der Karriere den Vorrang geben?"

"So habe ich das damals gar nicht gesehen. Ich wusste immer nur eines: Ich hatte Bammel davor, mich als niedergelassener Urologe betätigen zu müssen, mit all dem Drum und Dran: Man führt ja sozusagen ein selbstständiges Unternehmen. Und dann ein Leben nur für Menschen mit Inkontinenz, Prostatavergrößerung und erektiler Funktionsstörung! Nachdem ich erst einmal Blut geleckt hatte, war das Salz in der

Suppe für mich die Forschung. Nicht nur wegen der erhofften Erfolge, sondern einfach, weil es immer wieder etwas Neues und Interessantes gibt. Und wenn man voran kommen will, muss man den Weg konsequent weitergehen bis hin zur Habilitation. Da muss man vollen Einsatz bringen, sonst bleibt man auf der Strecke."

"Also für mich wäre das nichts", meinte Tom.

"Wenn du an einer neuen Software arbeitest, bleibst du sicher auch Tag und Nacht dran."

"Stimmt schon", gab Tom zu. "Aber irgendwann hat man es geschafft und freut sich darüber."

"Bis der nächste Auftrag kommt", gab Jochen zu bedenken. "Wir sind gar nicht so weit voneinander entfernt. Der Vorteil ist: Wenn man sich erst einmal richtig in eine Materie eingearbeitet hat, kann einem auf diesem Gebiet niemand mehr etwas vormachen. Damit erreicht man eine gewisse Selbstständigkeit, selbst wenn man noch keine Professur hat."

"Und wo bleibt das Privatleben?"

"Du hast Recht, dafür gibt es wenig Spielraum. Es sei denn, man hat das Glück, dass der Partner auf dem gleichen Gebiet arbeitet."

"Ja, es müsste doch auch Sportwissenschaftlerinnen geben."

"Die sind rar gesät. Aber mach' dir keine Gedanken um mich. Es wird sich schon etwas ergeben, wenn ich die Verhandlungen in Göttingen abgeschlossen habe. Dann habe ich auch mehr Zeit für private Interessen."

"Ich drücke dir die Daumen. Ein Leben als Single kann ich mir auf Dauer nicht vorstellen."

"Ich bin gespannt, wer von uns beiden als erster wieder liiert ist", grinste Jochen Haller. "Aber jetzt schauen wir erst einmal nach deinem Mountainbike, ehe wir vom Viriato ganz hinüber sind."

"Gut, dass du daran erinnerst. Aber ehe ich's vergesse: Ich habe dir ein Tröpfchen aus Frankreich mitgebracht."

Jochen Haller nahm die Flasche und schaute sich das Etikett an. Tom hatte sie ihm so gereicht, dass erst einmal die ausgefallene Seite in sein Blickfeld geriet:

'Château Migraine, Domaine Scharlatan, Grand Vin Misérable, Appellation souterraine pas controllée'.

"Wo hast du den denn her?"

"Na, woher schon: aus deinem speziellen Weinladen am Marktplatz, natürlich. Kann man aber auch im Internet bestellen, wie ich gesehen habe."

"Wenn ich alles richtig verstehe, hat sich jemand den Kopf zerbrochen, wie er humorvoll vor den Nachwirkungen des übermäßigen Genusses warnt", amüsierte sich Jochen Haller.

Aber als er die Flasche um 180 Grad drehte, sah er dass es sich durchaus um ein seriöses Getränk handelte, einen Bordeaux, Château Domi-Cours 2006, Silbermedaille 2009.

"Hast du ihn schon probiert?"

"Ja, ist gar nicht übel. Etwas herber als der Viriato, schmeckt ganz fruchtig mit einem Hauch von Pflaumen und ist nicht ganz so feurig wie dein Spanier."

"Toll. Ich bin gespannt drauf. Aber jetzt wollen wir uns erst einmal um dein Rad kümmern."

Hinter dem Haus lag ein Schuppen, den Tom vorher gar nicht wahrgenommen hatte, weil er über und über mit Efeu bewachsen war, der auch auf die benachbarte Böschung übergriff. Der Zugang, ein dunkelbraun gebeiztes solides Holztor, befand sich an der Seite, so dass es gar nicht auffiel. Als Jochen Haller das Licht einschaltete, sah man zwei große

Regale mit einer Vielzahl von Kartons. Die Mitte war frei. Am Ende der freien Fläche, die offenbar auch als Unterstand für den Citroën genutzt wurde, wie man an den abgelagerten Winterreifen sehen konnte, war Toms Mountainbike angelehnt. Die Gabel des Vorderrads war auf eine umgedrehte Holzkiste aufgestützt, die früher mal Rotweinflaschen enthalten hatte.

"Gut, dass du gleich ein neues Vorderrad mitgebracht hast."

"Vielleicht kann ich bergab sogar schon fahren, wenn du mir hilfst, es einzubauen. Der Gips ist ja recht stabil. Und ein bisschen hält das Biomaterial sicher schon aus."

"Riskier liebe nicht zu viel", warnte Jochen.

Als sie ins Haus zurückgekehrt waren, bot Jochen Haller seinem Gast noch ein Glas Wein an.

Aber Tom lehnte dankend ab.

"Lieber einen Espresso, wenn es dir nicht zu viel Mühe macht. Ich möchte morgen wieder mit leichtem Lauftraining beginnen. Da soll der Alkohol wieder abgebaut sein."

"Sehr vernünftig", lobte ihn Jochen.

Zum einem kräftigen Espresso reichte er Mandeln in leckerer Schokohülle. Sie passten wunderbar zum Getränk.

"Ich sehe: Trotz aller Arbeit bist du den Kleinigkeiten, die das Leben lebenswert machen, gar nicht abgeneigt", zollte Tom seinen Gastgeber Beifall.

"Dachtest du, ich lebe als asketischer Einsiedler im Elfenbeinturm der Wissenschaft? Das gilt nur für ein paar früh Vergreiste."

Er schien einen Moment lang zu überlegen, als wolle er seine Aussage noch modifizieren. Aber als er fortfuhr, zeigte sich, dass er schon mit etwas anderem beschäftigt war.

"Ich weiß nicht, ob ich dich damit behelligen kann", begann er zögernd.

"Schieß los", ermutigte ihn Tom.

"Wenn du dich wirklich so fit fühlst, dass du schon wieder mit dem Joggen beginnen willst, hätte ich noch einen Anschlag auf dich. Aber fühle dich frei abzulehnen, wenn dir das zu viel wird."

"Okay."

"Ich habe da einen Laborarzt, Dr. Bols, der möglicherweise in dunkle Geschäfte verwickelt ist. Ich konnte ihm bisher nur nichts nachweisen. Ich glaube, du hast ihn noch nicht kennen gelernt."

"Höchstens kurz gesehen. Da verschwand so ein Typ im Arztkittel im andrologischen Labor, als ich die Samenprobe abgeliefert habe."

"Ja, das könnte er gewesen sein. Etwas füllig, blasses Gesicht, sieht immer ziemlich mürrisch aus. Im Labor mimt er den großen Macker, mich schleimt er zu. Aber hinter meinem Rücken zieht er über mich her. Er ist faul und bei fast allen unbeliebt. Ich hätte ihn schon längst rausgeschmissen, aber hat eine unbefristete Stelle und ist fast unkündbar. Ich bräuchte jemanden, der sich mal einen Tag lang an seine Fersen heftet, wenn er angeblich auf eine Tagung fährt. Ist nichts Gefährliches."

"Hört sich interessant an. Ich bin ja noch krankgeschrieben und kann mir den Tag einrichten, wie ich will."

Tom war ganz Ohr, als ihm Jochen Haller nun seinen Plan erläuterte.

"In Ordnung. Melde dich, wenn es so weit ist."

Tom machte sich auf den Heimweg. Jochens Rat folgend schob er vorsichtshalber sein Rad.

Kapitel 20

Am nächsten Tag stand Katis Einladung zum Abendessen an. Eigentlich hatte Tom gar keine rechte Lust dazu. Er war – froh, wieder einigermaßen fit zu sein – den ganzen Tag unterwegs gewesen. Jetzt hätte er einen gemütlichen Abend zu Hause gebrauchen können. Aber sein Pflichtgefühl siegte. Er hatte zugesagt, also würde er auch hingehen. Kati war sicher schon mitten in den Vorbereitungen. Da konnte er sie nicht hängen lassen.

Er machte sich rechtzeitig auf den Weg, damit noch ein wenig Spielraum zu einem Plausch vor dem Essen blieb. Zum Sandweg war es gar nicht so weit, wie er gedacht hatte, wenn man die Route über den Schlosspark nahm. Hier wurde er sogar noch mit ein paar Sonnenstrahlen belohnt, die sich schräg durch die Bäume den Weg bahnten, eine Wohltat nach den vielen trüben Tagen der letzten Zeit.

In der Nähe des "Pulverturms" drehte ein einsamer Rückwärtsläufer in einem kleinen stadionähnlichen Bereich des Parks seine Runden. Er nutzte die Ruhe nach dem Ansturm der Besucher, kurz bevor es dunkel wurde. Die wenigen Touristen, die noch da waren, konzentrierten sich auf das Schloss.

Er hatte noch etwas Zeit und schaute dem Läufer interessiert zu. Erstaunlich, welche Geschwindigkeit er auf der Geraden entwickelte. Der war fast so schnell wie Tom, wenn er vorwärts lief. Er kannte hier offenbar jeden Meter. Den Ausläufern der Baumwurzeln, die hier und da über den Weg wuchsen, wich er mühelos aus, ohne das Tempo zu verlangsamen. Nur in den engen Kurven drosselte er die Geschwindigkeit.

Kopfschüttelnd ging Tom weiter. Was es nicht alles gab!

Als er im Sandweg eintraf und über den Kiesweg auf das Haus von Frau Döbus zuging, wurde er von einem zornigen Meckern empfangen. Ein Ziegenbock stemmte sich angriffslustig gegen den soliden Maschendraht, der ihn daran hinderte, den Besucher direkt zu attackieren.

Noch bevor er an der Haustür klingeln konnte, wurde er von der Hausherrin persönlich empfangen.

"Du musst Tom sein. Ich bin Marie", begrüßte sie ihn wie einen Sportkumpel. "Ich hoffe, Hennes hat dich nicht erschreckt. Er ist so ungebärdig, wenn er hungrig ist. Bin gleich wieder da. Ich füttere schnell noch die Tiere. Mach's dir bequem oder wirf ein paar Pfeile. Kati ist noch in der Küche beschäftigt." Und schon war sie wieder verschwunden.

Wow! Ein wahrer Wirbelwind. Und das in ihrem Alter. Die war sicher schon siebzig.

Er legte seinen Parka ab und nahm sich ein paar Darts. Noch nie hatte er in einem Wohnzimmer mit Darts geworfen. Zum Glück war die Wand rings um die Zielscheibe mit rot bespraytem Styropor abgedeckt. Sonst hätte er es nicht riskiert, mit der ungeübten Linken zu werfen. Aber so machte es nichts, dass er die Zielscheibe erst ein paar Mal verfehlte, bevor er den Bogen heraushatte.

"Gar nicht schlecht für einen Rechtshänder", bewunderte Marie Döbus seine ersten Erfolge, als sie zurückkehrte. Dann demonstrierte sie ihm mit zwei Würfen in die '20' und einen in 'Triple 20', was man mit konsequentem Training erreichen konnte und fragte beiläufig:.

"Was hast du denn mit deinem Arm angestellt?"

"Ach, ich hab' mich nur mit einem Auto angelegt", variierte Tom seine Angaben zum Unfall. "Zum Glück bin ich beim Volleyballspiel gewohnt, ab und zu mit links zu schlagen. Da habe ich ein bisschen Übung."

"Ich dachte, du spielst Fußball."

"Das war mal. Später bin ich zum Volleyball gewechselt, weil das Verletzungsrisiko geringer ist. Im Grunde macht mir jede Art Sport Spaß. Deshalb habe ich ja auch mal Sport studiert."

"Ja, Kati hat mir davon erzählt. Früher habe ich ja auch alles mitgemacht, was mir in die Quere kam. Aber jetzt muss ich mich nach meinem Körper richten. Das hier ist mein neuster Sport."

"Ich dachte, wenn man älter wird, spielt man Golf."

"Keine Beleidigungen! Das ist doch nichts für echte Sportler. Da verbringt man den Tag nur mit Geschwätz und zwischendurch ein paar Schlägen."

"Lass das nicht die Golfprofis hören."

"Stimmt, die leben ja davon und trainieren sicher genau so hart wie andere Leistungssportler. Aber sie scheinen auch noch viel Kraft und Zeit für andere Aktivitäten zu haben, wie man bei 'Tiger' Woods sieht."

Tom war im Nachhinein froh, dass er sich bei seinen Mitbringseln für etwas Besonderes entschieden hatte. Er überreichte ihr ein frisches Dinkel-Vollkornbrot, das sein Bäcker neu eingeführt hatte. Durch die bunte Banderole sah es auch ohne Geschenkpapier ganz dekorativ aus.

"Oder wären dir Blumen lieber gewesen?", fragte Tom anstandshalber.

"Nee, danke, ist okay. Bei Blumen fühle ich mich immer so alt."

Sie roch am Brot: "Wundervoll! Das riecht herrlich. So was hätte ich einem Sportstudenten gar nicht zugetraut."

"Ich bin ja inzwischen Softwarespezialist und sitze viel am Computer. Da muss ich an Ballaststoffe denken."

Seine Krankheit wollte er ihr nicht gleich auf die Nase binden.

"Donnerwetter! In eurem Alter habe ich mich mit gesunder Ernährung noch gar nicht abgegeben."

"Und hier noch etwas für langweilige Abende. Habe ich ursprünglich für mich selbst erstellt." Tom überreichte ihr eine CD, deren Hülle er professionell mit einer bunten Collage aus vier Kartenspielern dekoriert hatte, die in Kostümen aus dem 19. Jahrhundert steckten und um einen runden Tisch saßen. Die verschnörkelte Überschrift 'Doppelkopf' ließ keinen Zweifel am Inhalt.

"Das ist ja toll. Erinnert mich an alte Zeiten. Im Sportstudium auf den Lehrgängen haben wir viel Doppelkopf gespielt. Leider fehlt uns der vierte Mann. Ich erwarte zwar Kommissar Rückert heute Abend, aber ich weiß nicht, wann er kommt und ob er Doppelkopf spielt."

"Das macht gar nichts. Für solche Fälle ist das ja vorgesehen. Das ist eine CD mit einer speziellen Software. Den vierten Mann ersetzen wir durch einen virtuellen Spieler. Man kann damit sogar allein gegen drei virtuelle Gegner spielen."

"Wahnsinn."

"Wie viele Laptops habt ihr denn im Haus?"

"Zwei."

"Na gut, dann muss ich meinen nachher noch holen."

"Kati wird begeistert sein. Das ist besser als Fernsehen."

"Der Literaturpapst Reich-Ranicki hätte seine Freude an deinem Urteil. Ob er gerade Doppelkopf als hohes Kulturgut einschätzt, weiß ich allerdings nicht."

"Ist mir egal. Hauptsache, wir haben unseren Spaß daran."

"Soll mich freuen. Aber wie ich Kati kenne, ist sie sowieso kaum zu Hause."

"Ach, sie ist viel ruhiger geworden, seit sie bei mir wohnt. Nach allem, was sie mir erzählt hat, muss sie früher ein ganz schöner Feger gewesen sein."

"Ja, sie war immer sehr umschwärmt", äußerte sich Tom zurückhaltend.

"Ich habe sie praktisch von einer Freundin auf's Auge gedrückt bekommen, die inzwischen tot ist. Aber ich habe es keine Sekunde bereut. Wir haben eine super Wohngemeinschaft. Und ihr habt euch beim Fußball kennen gelernt?" Sie war neugierig, seine Version zu hören.

"Ja, sie war das einzige Mädchen unter uns Jungs. Sie fand es zu langweilig, mit der Frauenmannschaft zu trainieren. Das war ihr zu wenig athletisch."

"Ja, sie hat ein ganz schönes Durchsetzungsvermögen. Beim Fußball ist sie ein richtiger Knipsertyp mit starkem Drang zum Tor."

"Und was war Ihre", er musste sich erst daran gewöhnen, so eine alte Dame zu duzen, "deine Spezialdisziplin? Kati hat mir erzählt, dass du Sportlehrerin warst."

"Meine stärkste Disziplin war Speerwerfen. Mit meinem Mann bin ich dann zusammen nach Köln gegangen, als er da eine Stelle beim 1. FC als Fitnesstrainer bekommen hat. Dort bin ich dann zum Fußball gekommen. Da gab es schon sehr früh eine gute Frauenmannschaft."

"Dann passen Kati und du ja bestens zusammen."

"Ja, die Chemie hat von Anfang an gestimmt."

Wie auf's Stichwort schaute Kati zur Tür herein.
"Hi Tom. Schön, dass du da bist. Ich sehe, ihr habt euch schon beschnuppert. Essen ist fertig. Kommt ihr?"

Tom folgte den beiden in die geräumige Küche. Der Geruch nach Pellkartoffeln, Schnittlauch, Petersilie und ein paar anderen Kräutern, die er nicht identifizieren konnte, lag in der Luft.

"Heute gibt es 'Grie Soß', Grüne Soße, nach dem Rezept meiner Großmutter. Ich schneide nur noch die Eier und ein paar Gewürzgurken hinein.

"Und hier als 'Amuse-Gueule' Pellkartoffeln an Butter und Salz!", kündigte sie mit großartiger Geste an, als sei sie mindestens eine Ein-Sterne-Köchin.

Marie und Tom lachten und machten sich über den frugalen, aber wohl schmeckenden Vortisch her.

Die Grüne Süße war die beste, die Tom je gegessen hatte, obwohl die Kräuter unmöglich frisch sein konnten.

"Und woher hast du die Kräuter?" fragte er.

"Das ist mein Geheimnis. Verrate ich dir vielleicht später einmal."

"Ich liebe Frauen mit Geheimnissen."

Zum Nachtisch gab es eine wunderbare Mousse au Chocolat, die Tom gebührend lobte.

"Die habe ich von Marie gelernt", bekannte Kati.

"Ich muss die Mitbewohner meiner WG unbedingt bei euch vorbeischicken, damit sie sich was von euch abgucken. Morgens mache ich zwar ein zünftiges Müsli, aber abends gibt's meist Suppen aus Tüten oder Büchse, Pizza oder Hähnchen."

Beim anschließenden Espresso zeigt Marie Kati stolz Toms Mitbringsel.

"Schau mal, was er uns mitgebracht hat." Vor allem die Doppelkopf-CD fand Katis Beifall.

Danach war der Überfall Thema des Tages. Marie konnte spannend erzählen, und Tom fieberte bis zum glücklichen Ausgang mit.

"Das nennt man Timing", kommentierte er.

"Ja, das hätte böse ausgehen können. Zum Glück kam der Kommissar gerade noch rechtzeitig."

"Bisher habe ich noch nie etwas mit der Kripo zu tun gehabt."

"Dann bleib doch am besten hier. Irgendwann kommt er vorbei. Es kann allerdings spät werden", schlug Marie vor.

"Wie wär's denn, wenn du dich überhaupt für ein paar Tage hier einquartierst und hilfst, auf Marie aufzupassen. Es ist nicht auszuschließen, dass der Typ noch einmal hier auftaucht", meinte Kati beiläufig, sah aber Tom dabei eindringlich an. Der kapierte schnell, er sollte als Leibwache angeheuert werden.

"Ich hätte jedenfalls nie gedacht, dass mir so etwas in unserem idyllischen Marburg passiert", empörte sich Marie Döbus und verschaffte ihm damit ein bisschen Bedenkzeit.

"Na ja, so ganz idyllisch war es früher hier auch nicht", wandte Tom ein. "Ich bin gerade am Pulverturm im Schlosspark vorbeigekommen: Da sollen früher Kanonenkugeln gegossen worden sein. Und der Hexenturm am Schloss war meines Wissens früher ein Geschützturm."

"Das hört sich ja alles ganz schön martialisch an. Im Pulverturm haben wir in meiner Jugendzeit noch Feste gefeiert! Eine aus unserer Clique hat immer den Schlüssel besorgt. Ich glaube, ihr Vater war ein hohes Tier bei der Uni. Wenn wir das geahnt hätten!", erzählte Marie munter aus alten Zeiten.

"Wie ich dich kenne, hätte dich das auch nicht gestört", meinte Kati.

"Heute ruhen sich höchstens noch erschöpfte Touristen auf den Stufen vor dem Eingang aus", warf Tom ein. "Sieht inzwischen ganz schön vergammelt aus. Aber die Jogger, die da im Park rumlaufen, stört das nicht. Ich habe vorhin auf dem Weg hierher dort zum ersten Mal einen Retroläufer gesehen. Das war wirklich interessant, ihm beim Training zuzusehen."

Marie Döbus stutzte: "Ach, du lieber Himmel. Ich hab' ja ganz vergessen, dem Kommissar davon zu erzählen! Muss ich nachher unbedingt nachholen. Ein Rückwärtsläufer ist mir auch am Dammelsberg begegnet, bevor ich den Toten gefunden habe. Könnte der vielleicht sogar gewesen sein."

Inzwischen hatte Tom genügend Zeit gehabt, über die Situation nachzudenken: Der Vorteil wäre, dass er sich um seinen Haushalt keine Gedanken mehr zu machen bräuchte. Und vielleicht kam er hier Kati auch ein bisschen näher. Alles, was er benötigte, war Wäsche für ein paar Tage, sein Laptop und eine Waffe, damit er sich im Fall eines Falles wehren und einen Beitrag zur Verteidigung leisten konnte.

"Also gut, wenn euch ein Einarmiger reicht, leiste ich euch ein paar Tage Gesellschaft", fragend schaute er auf Marie Döbus, die ganz begeistert war.

"Das ist ja toll. Von einem Bodyguard habe ich schon immer geträumt. Zum Alarmschlagen reicht's ja auf jeden Fall. Kommissar Rückert hätte mich am liebsten rund um die Uhr überwachen lassen. Zum Glück fehlte ihm das Personal dafür."

Nach dem Essen machte Tom sich auf den Weg, um noch ein paar Sachen zu holen, während sich die Frauen mit dem Abwasch beschäftigten.

"Und wie findest du ihn?" Kati sah ihre Freundin fragend an.

"Schnapp' ihn dir. Das ist ein Mann fürs Leben."

"Hallo, ich dachte nicht an mich, sondern an deinen Schutz."

"Tut mir leid, wenn ich dir zu nahe getreten bin. – Also: Den können wir gut gebrauchen. Der ist mit einem Arm besser als andere mit zweien."

Tom kam mit einem voll gepackten Rucksack und einem großen Futteral über der Schulter, in dem ein Musikinstrument untergebracht zu sein schien, zurück.

"Ein Kontrabass?" riet Marie Döbus. "Da machen wir uns einen vergnügten Musikabend."

"Ich dachte, wir wollten Doppelkopf spielen", maulte Kati.

"Keine Angst. Das Futteral ist nur Attrappe. Ich bin völlig unmusikalisch. Allerdings bin ich ein begnadeter Luftgitarrenspieler", gab Tom Entwarnung.

Die beiden Frauen lachten. Sie machten große Augen, als er aus dem Futteral ein Kleinkalibergewehr herausholte.

"Mein Beitrag zu unserer Festung, für den Fall, dass es ernst wird."

"Wie kommst du denn an so eine Waffe?"

"Ein Erbstück meines Großvaters. Ist aus einer Zeit, in der man so was noch ohne Schwierigkeiten kaufen konnte."

Marie Döbus nahm das Gewehr in die Hand.

"Donnerwetter, ist das schwer. Das ist nichts für mich. Nimm du mal, Kati."

Kati wog die Waffe in der Hand.

"Fühlt sich gut an. Ist gar nicht viel schwerer als das Luftgewehr meines Cousins, mit dem wir als Jugendliche im Schrebergarten geübt haben. Mein Cousin hat sich immer geärgert, dass ich besser schießen konnte als er. Zeigst du mir, wie man damit umgeht?"

"Na klar. Einsatz natürlich nur im Notfall."

Er zeigte ihr, wie das Magazin eingesetzt und von Einzelfeuer auf Halbautomatik umgestellt wurde.

"Und hier das Wichtigste: der Riegel zur Sicherung und Entsicherung. Morgen machen wir ein paar Probeschüsse. Und jetzt lasst uns noch ein bisschen Doppelkopf spielen. Ich habe extra meinen Laptop mitgebracht."

Es dauerte ein bisschen, bis sich die Frauen mit dem ungewohnten System vertraut gemacht hatten. Aber nach einigen Trainingsspielen hatten sie sich daran gewöhnt, so dass Tom sie lobte.

"Super, wie schnell ihr euch darauf eingestellt habt. Ihr seid genau die richtigen Versuchskaninchen, die ich gebraucht habe, um das Spiel zu testen. Jetzt lade ich neu. Dann geht es um Punkte. Wie sollen wir den virtuellen Spieler nennen?"

"Jens!" sagten beide Frauen wie aus einem Munde.

Beim Spielen stellten sich einige kleinere Mängel heraus. Jens, der virtuelle Spieler, war etwas zu leichtfertig mit dem Kontra, vor allem, bei der 'Hochzeit', wenn einer der Spieler zwei Kreuzdamen hatte und über den ersten 'fremden Stich' seinen Partner suchte. Der Partner des Kontraspielers wurde dann in den Schlamassel mit hineingezogen, ob er wollte oder nicht. Marie Döbus konnte sich herrlich darüber aufregen. Sie schimpfte wie ein Rohrspatz.

"Und das Schlimmste ist: Der lernt gar nichts dazu!"

"Ist doch nur ein Spiel", tröstete sie Kati.

"Aber auf jeden Fall muss ich das bei der nächsten Version noch ändern", gab Tom zu.

Zwei Stunden später traf Jens Rückert ein. Er fand das Trio in bester Stimmung vor, auch wenn Marie gerade wieder auf den virtuellen Mitspieler schimpfte, weil er ein Kontra in den Sand gesetzt hatte.

Die drei bestürmten ihn gleich mit der Frage, ob er Doppelkopf spielen könne.

"Na klar. In unserer Ausbildungszeit haben wir auf den Lehrgängen manchmal die Zeit damit totgeschlagen. Ist allerdings schon ein paar Jährchen her."

Kati war begeistert.

"Also los."

"Einen Moment. Siehst du nicht, dass er halb verhungert ist", schaltete sich Marie ein.

"Erst müssen wir ihn noch etwas aufpäppeln, damit er nicht schlapp macht. Es ist noch ein Rest grüne Soße und ein bisschen Nachtisch da, Jens. Habe ich unter Einsatz meines Lebens verteidigt. Magst du?"

"Ehe ich mich schlagen lasse." Rückert nahm Maries Angebot gern an und langte kräftig zu.

Zwischendurch würdigte er Toms positiven Einfluss.

"Sie haben ja eine tolle Stimmung in diese Festung gebracht. Das spart mir den Psychologen, den man eigentlich für solche Situationen bräuchte", scherzte er.

Beim Espresso berichtete Marie Döbus ihm vom Rückwärtsläufer, dem sie am Dammelsberg begegnet war.

"Kann gut sein, dass er da war, um die Situation auszuspionieren. Bestimmt hat er mitgekriegt, dass du den Toten gefunden hast", meinte er nachdenklich.

"Aber das war auf keinen Fall der Mann, der mich überfallen hat."

"Muss ja nicht sein. Wir wissen ja, dass wir es hier mit einem Netzwerk der Dopingszene oder so etwas Ähnlichem zu tun haben. Die haben überall ihre Leute. Es wäre deshalb wichtig rauszubekommen, wer der Retroläufer ist. Wenn er normalerweise im Schlosspark trainiert, kommt er wahrscheinlich aus einem der Studentenwohnheime oder Verbindungshäuser."

"Ich kenne mich da oben ganz gut aus, ich kann mich ja mal umhören", erbot sich Tom.

Anschließend zeigte Jens Rückert beim Doppelkopfspiel, dass er nicht viel verlernt hatte. Allerdings ging er mit Re und Kontra ähnlich locker um wie sein virtuelles Pendant, so dass er sich Maries Ärger zuzog, als sie einmal mit ihm zusammen knapp verlor. "Alle haben's auf mich abgesehen, ob virtuelle oder reale Mitspieler", jammerte sie in gespieltem Schmerz. "Ach, mach' dir nichts draus, Marie. Das holen wir in der Bockrunde wieder raus."

"Garantierst du mir das? – Aber wenn du das gut machen willst, tu mir wenigstens einen Gefallen. Hör' endlich auf, Tom zu siezen. Wir sind doch unter Sportlern, nicht im Altersheim."

Wie Tom später von Jo erfuhr, war der Rückwärtsläufer im Duisberghaus bekannt wie ein bunter Hund, ein Exot, der sich in seiner Spezialdisziplin einen Namen gemacht hatte. Er studierte Jura und galt als überaus penibel. Mit der Dopingszene hatte er nichts am Hut.

Kapitel 21

Drei Tage später, in denen nichts Aufregendes passierte, ließ sich Tom von seiner Stallwache bei Marie Döbus beurlauben. Jochen Haller hatte am Abend zuvor angerufen und um seine Hilfe gebeten.

"Du bist ja ein viel begehrter Mann, Tom. Was machst du nur, wenn du wieder gesund bist", spottete Marie.

Kati fand seinen Auftrag so spannend, dass sie am liebsten mitgekommen wäre. Aber irgendjemand musste auf Marie aufpassen.

Jochen Haller hatte Tom informiert, dass sich Dr. Bols zu einer Fortbildungsveranstaltung in Fulda abgemeldet habe. Wahrscheinlich werde er aber mit dem Zug nach Göttingen fahren. Sicherheitshalber solle er sich ab sechs Uhr am Bahnhof auf die Lauer legen.

Kurz vor halb sieben war Bols erschienen, eine Reisetasche in der Hand. Er besorgte sich eine Fahrkarte und stieg in den Intercity Richtung Kassel, nicht gerade der kürzeste Weg nach Fulda. Tom überlegte nicht lange und ließ sich vom Zugbegleiter eine Rückfahrkarte nach Göttingen ausstellen. Und tatsächlich: In Kassel-Wilhelmshöhe machte Bols keinerlei Anstalten umzusteigen. Hallers Verdacht bestätigte sich: Bols war auf dem Weg nach Göttingen.

Es war eine Kleinigkeit, ihn im Auge zu behalten, da Bols im Bistro Platz genommen hatte, wo er sich einen Kaffee und ein Croissant gönnte, während er in einer Illustrierten blätterte.

Tom hätte gern einen Blick in die Reisetasche geworfen. Aber es ergab sich bis Göttingen keine Gelegenheit, zumal andere Fahrgäste in der Nähe waren.

Wie erwartet stieg Bols in Göttingen aus. Tom schaffte es, mit seiner Digitalkamera ein Foto zu schießen, das Bols unter einem Schild mit der Aufschrift Göttingen zeigte. Eigentlich hatte er damit seine Pflicht getan. Aber nun packte ihn das Jagdfieber. Als Bols sich ein Taxi nahm, überlegte er nicht lange. Er setzte sich ins nächste Taxi und folgte ihm.

Er fühlte sich wie im Kino. Durch die zahlreichen Ampeln fiel es dem Fahrer zwar nicht immer leicht, Anschluss an seinen Kollegen zu halten. Aber er hatte auch seinen Ehrgeiz: Er nahm ein paar Mal gelbrote Ampeln in Kauf und ließ sich nicht abhängen. Nach etwa zehn Minuten Fahrt, sahen sie das Taxi mit Bols vor einem modernen Ärztehaus halten, das durch ein großes weithin sichtbares Schild auf sich aufmerksam machte. "Mit Rat und Tat: Auch für Sie haben wir die richtige Therapie."

Mit ausreichendem Abstand ließ Tom sein Taxi ebenfalls anhalten und bat den Fahrer zu warten. Er hoffte, schnell wieder zurück zu sein. Aber er täuschte sich.

Neben einem Internisten waren auch alle anderen wichtigen Fachdisziplinen vertreten: Augenarzt, Chirurg, Frauenärztin, Kinderarzt, Neurologe, Familientherapeutin und Orthopäde. Da war guter Rat teuer.

Tom entschloss sich, systematisch vorgehen. Er gab sich bei dem zentralen Anmeldetresen als Patient aus. "Die von der Klinik haben mich zur Kontrolle hierher geschickt." Er deutete auf seinen eingegipsten Unterarm.

"Welche Kasse?"

"Privatpatient", log er, in der Hoffnung schneller durchgeschleust zu werden. Es blieb ihm nichts anderes übrig, als einen falschen Namen und eine fingierte Adresse anzugeben. Er tröstete sich damit, dass bis auf die 'Papierleiche' in der

Kartei niemandem daraus ein Schaden entstehen würde. Er erhielt einen Laufzettel und wurde einen Stock höher geschickt.

"Übrigens habe ich einen alten Bekannten hier ins Haus gehen sehen. Mittelgroß, dunkelblond, eleganter schwarzer Mantel, hellbraune Reisetasche. Haben Sie den gesehen?", erkundigte er sich beiläufig.

"Nein. Davon habe ich nichts mitgekriegt."

Auch ihre Kollegin schüttelte mit dem Kopf.

"Kann aber sein, dass er mit dem Fahrstuhl direkt hochgefahren ist, wenn er sich hier auskennt", meinte sie. "In dieser Etage sind nur der Neurologe und die Psychotherapeutin untergebracht."

"Nein, zum Irrenarzt und zur Psychotante geht der bestimmt nicht. Na egal, war nur eine Frage. Ich hätte mich gern mal wieder mit ihm unterhalten. Vielleicht treffe ich ihn ja beim Orthopäden."

"Ein Stockwerk höher. Am besten nehmen sie die Treppe. Das geht am schnellsten."

Der Orthopäde hatte zusammen mit den Physiotherapeuten ein ganzes Stockwerk für sich mit drei Arztzimmern und verschiedenen Behandlungsräumen, unter anderem auch einen Fitnessraum mit Geräten zur gezielten Stärkung der Muskulatur. Das hatte am ehesten was mit Sport zu tun. Vielleicht war Dr. Bols hier gelandet. Er wurde von der freundlichen Sprechstunde geschickt so platziert, dass es den Kassenpatienten nicht auffallen konnte, wenn man ihn bevorzugt behandeln würde.

Auch hier fragte er nach seinem 'Bekannten'. Als er hörte, dass Bols auch hier nicht aufgetaucht war, schlich er sich in einem günstigen Moment davon.

Kinderarzt und Augenarzt konnte er getrost außer Acht lassen. Blieben noch der Urologe und die Gynäkologin, die sich den zweiten Stock teilten. Richtig Urologie! Jochen Haller war ja von Hause aus Urologe, und Bols war in Marburg fürs andrologische Labor zuständig. Hier war er bestimmt richtig. Er musste nun besonders vorsichtig sein, jeden Moment konnte er Dr. Bols in die Arme laufen. Er schaute verstohlen in den langen Flur, von dem aus es ins Wartezimmer, ins Sprechzimmer und zwei Labors ging, bevor er die hier tätige Arztassistentin nach Bols fragte. Aber auch hier war er nicht gesichtet worden.

Blieb nur noch die Frauenärztin. Was um alles in der Welt hatte Bols mit einer Gynäkologin zu schaffen?

Vielleicht war er mit ihr befreundet. Aber eine Fortbildungstagung vorzutäuschen, um seine Freundin zu sehen? Da musste was anderes dahinter stecken.

Er hoffte, dass Jochen Haller mit dieser Information mehr anfangen konnte. Mehr konnte er nicht riskieren. Er trat den Rückzug an.

Draußen schoss Tom noch ein Foto vom Ärztehaus und beeilte sich dann, zu seinem Taxi zu kommen.

"Und was hast du in Göttingen erreicht?" fragte Jochen Haller gespannt, als Tom ihm in seinem Arbeitszimmer im Institut gegenüber saß und Bericht erstattete.

"Das war eine echte Überraschung. Ich hatte ja mit allem gerechnet. Aber dass er zum Frauenarzt geht, hat mich umgehauen." Er gab Jochen Haller einen knappen Bericht.

Dieser versuchte, die neuen Informationen einzuordnen.

"Ich hätte auch eher gedacht, er würde Kontakt mit dem Urologen aufnehmen. Aber demnach hat seine Reise wahrscheinlich nichts mit der Doping-Analytik zu tun. Eigentlich habe ich ihm so viel kriminelle Energie auch nicht zugetraut."

"Und was will er beim Frauenarzt?"

"Vielleicht will er sich ein Baby einpflanzen lassen. Sozusagen als 'Leihvater'."

Tom schaute Jochen entgeistert an.

"War nur Spaß. Allerdings gibt es schon Leute, die sich darüber Gedanken machen, wie man das anstellen könnte. Aber noch ist man nicht so weit. – Ich frage gleich mal nach beim Kollegen Münzinger aus der Frauenklinik. Das ist der leitende Oberarzt, der kennt sich aus."

Er griff zum Telefon und drückte auf die Mithörtaste. Münzinger zeigte sich keineswegs überrascht:

"Haben Sie noch nichts von ihr gehört? Das ging damals durch die Presse wie ein Lauffeuer. Die Frau war lange Zeit in den USA. Als sie nach Deutschland zurückkam, hat es ihr an der Uni nicht mehr behagt. Die Kombination der Patientenbetreuung mit Forschung und Lehre, wie sie bei uns üblich ist, war ihr zu viel. Sie hat sich dann niedergelassen und ganz auf Reproduktionsmedizin spezialisiert, ein sehr einträgliches Geschäft. Inzwischen gilt sie als die Spezialistin für künstliche Befruchtung. Sie wurde vor allem dadurch bekannt, dass sie Frauen mit dringendem Kinderwunsch angelernt hat, sich selbst Samenproben einzuführen."

"Ich dachte, das sei so schwierig, dass der Gynäkologe selbst das machen muss."

"Ist in der Regel auch so. Aber die Kassen bezahlen das nicht immer, und vor allem nur eine begrenzte Anzahl von Versuchen. Ist alles eine Sache des Geldes. Wenn die Frauen das selbst bei sich durchführen, sind die Kosten deutlich reduziert. Allerdings ist die Erfolgsquote auch wesentlich geringer. Und das bedeutet: Man braucht möglichst billige

Samenproben, damit man möglichst viele Versuche durchführen kann. Proben von Samenbanken kommen viel zu teuer."

"Ich verstehe. Du meinst, Bols zweigt da was bei uns ab und verhökert es?"

"Na klar. Wenn er das richtig anstellt, merkt ihr das gar nicht."

"Der soll mich kennen lernen." Jochen Haller legte auf und sah Tom an.

Klaus Brand, der gerade die Unterschriftenmappe hereinbrachte, schaute erstaunt auf Tom, der seinem Chef gegenüber saß, obwohl er ihn gar nicht durch's Sekretariat hatte kommen sehen, sagte aber nur:

"Ich mach' dann Schluss für heute, wenn's nichts Dringendes mehr gibt."

"In Ordnung." Haller wandte sich wieder Tom Wieland zu.

"Hast du das mitbekommen, Tom?"

"Ja. Wenn ich daran denke, dass demnächst in Göttingen und Umgebung ein paar Kinderlein von mir rumlaufen, wird mir ganz mulmig."

"Keine Bange. Um deine Spermien hat er sicher einen großen Bogen gemacht."

"Na hoffentlich!"

"Bestimmt. Eine Samenspende von einem Muko-Patienten kann er nicht riskieren. Wichtige Erbkrankheiten wie die Mukoviszidose werden meist per DNS-Analyse ausgeschlossen. Wenn das rauskommt, dass er Spermien von Mukoviszidose-Patienten unter der Hand weitergeleitet hat, kriegt er nirgendwo mehr ein Bein auf die Erde. – Du hast mir wirklich einen großen Dienst geleistet. Jetzt habe ich endlich eine Möglichkeit, den Faulpelz loszuwerden. Eigentlich reicht es schon, wenn ich ihn mit deinen Fotos konfrontiere und ihn mit deiner Aussage der Lüge überführe. Er sollte ja eigentlich auf einer Tagung in Fulda sein. Und mindestens einmal wurde er von einem Kollegen in Göttingen gesehen, als er sich offiziell krank gemeldet hatte. Wer weiß, wie oft er mich sonst noch hintergangen hat. Damit ist das Vertrauensverhältnis nachhaltig gestört. Das ist Kündigungsgrund genug."

"Willst du denn nicht, dass er bestraft wird."

"Für ihn ist das die schlimmste Strafe, wenn er seinen Job verliert. Die Hauptsache ist: Ihm wird das Handwerk gelegt."

Allerdings wusste Jochen Haller nun immer noch nicht, wer ihm den USB-Stick mit den aktuellen Informationen über den verbesserten EPO-Nachweis gestohlen hatte. Wer es auch war, er hatte wahrscheinlich sein Schäfchen längst ins Trockene gebracht, selbst wenn Haller ihm die wissenschaftlichen Lorbeeren durch seine Publikation verbauen konnte.

Kapitel 22

Julia Hohmann war in Hochstimmung.

Auf der Fahrt von Marburg nach Hannover waren ihr schon zwei muntere Herren Mitte vierzig ins Netz gegangen. Und auf der Rückfahrt hatte sie kurz vor Göttingen noch einen besonderen Fang gemacht. Ein ehemaliger amerikanischer Basketballspieler der Profiliga NBA, der momentan durch Deutschland tingelte, um das Land seiner Vorfahren kennen zu lernen, und sich nebenher bei den Vereinen der Basketball-Bundesliga sein Reisegeld verdiente, hatte sich, ohne sich zu zieren, auf ihr Ansinnen eingelassen. Zu seiner Enttäuschung hatte sie seinen Wunsch nach einem 'Blowjob' abgelehnt.

"Komm wieder, wenn du Präsident geworden bist." Mit diesem lockeren Spruch hatte sie ihm ein breites Grinsen entlockt und in die Schranken gewiesen, ohne ihn zu verprellen.

Manchmal ging auch auf der kurzen Strecke zwischen Göttingen und Kassel noch was. Mit etwas Glück konnte sie die geforderte Zahl an Spermienproben heute zusammen bekommen. Sie würde die Augen offen halten.

Die Warnungen ihres Doktorvaters hatte sie nicht vergessen. Sie war wahrhaftig besten Willens gewesen und hatte noch einmal nach Alternativen gesucht. Aber es war alles vergebens. Sie hatte keinen anderen Ausweg gesehen, als wieder zu ihrem erfolgreichen Konzept zurückzukehren.

Als sie in Göttingen vom Gang aus neugierig aus dem Fenster schaute, sah sie, wie Nick Wenzel zustieg. Sie hatte ihn vor Kurzem auf einer Fete des Sportwissenschaftlichen Instituts kennen gelernt. Wenn sie das richtig in Erinnerung hatte, war er eigentlich Pfleger, zur Zeit aber als Fahrer bei der Blutbank des Uni-Klinikums angestellt. Er war ihr aufgefallen, weil er sehr groß und muskulös war, wie sie trotz der leichten blousonartigen Jacke, die er trug, unschwer erkennen konnte. Er hatte zwar eine blonde Tussi bei sich, die Julia vor allem durch ihr grelles Lachen aufgefallen war. Das hinderte ihn aber nicht daran, auch mit anderen zu flirten. Und Julia war schließlich kein Mauerblümchen.

Offenbar war er sportlich sehr aktiv, denn er ließ im Funktionslabor immer mal seine Leistungsfähigkeit überprüfen. Jedenfalls hatte sie ihn vorher schon ein paar Mal auf dem Fahrradergometer in Aktion gesehen. Und er war erstaunlich gut bei Kasse, wie das BMW-Cabrio Z4 bewies, in dem sie ihn neulich durch die Biegenstraße hatte fahren sehen.

Sie kannten sich zwar nicht näher, aber so weit weg von Marburg unter vielen unbekannten Menschen fühlte man sich gleich enger verbunden. Als Proband kam er für sie nicht in Frage. Das würde gleich die Runde im ganzen Institut machen und zu viel Wirbel geben. Also Schluss für heute. Ihre Sammelaktion würde sie ein andermal fortsetzen. Und mal mit jemandem ein bisschen zu palavern, wäre nach den erfolgreichen Aktionen des Tages auch nicht schlecht.

Sie ließ ihre rote Perücke verschwinden und winkte ihm vom Fenster aus zu.

"Hallo Nick!"

Nick Wenzel zuckte zusammen. Dann tauchte ein etwas mühsames Lächeln auf seinem Gesicht auf.

"Hi, Julia, wo kommst du denn her?"

"Ich war bei meinen Eltern in Hannover." Das war fast die Wahrheit.

"Ist noch Platz bei dir im Abteil."

"Ja, klar. Ist aber 1. Klasse."

"Macht nichts."

Das bestätigte ihren Eindruck, dass er finanziell gut zurecht kam.

Kurz darauf nahm Nick ihr gegenüber Platz. Er hatte einen silbernen Metallkoffer bei sich, den er neben sich abstellte.

"Suchst du immer noch Samenspender?"

"Ja, woher weißt du davon?"

"Na hör mal, so was spricht sich herum. Kennst du nicht deinen Spitznamen, Spermien-Jule."

"Hör' ich zum ersten Mal."

"Und wie läuft's?"

"Am Anfang war das mühsam. Aber jetzt bin ich ganz zufrieden", antwortete sie vorsichtig.

"Ich wollte mich ja immer schon mal bei dir melden. Aber irgendwie hat es nie gepasst." Er hob grinsend die Schultern.

Sie dachte plötzlich: Was soll's: Wenn mein Ruf sowieso ruiniert ist ... .

Als der Tunnel kam und das Abteil in dämmriges Licht tauchte, sagte sie kurz entschlossen.

"Und wie wär es jetzt gleich?"

"Du meinst?"

"Na klar. Auf der Fete hatte ich nicht den Eindruck, dass du prüde bist."

"Hast recht. Warum eigentlich nicht. Für die Wissenschaft habe ich das noch nie gemacht. Das wäre mal was Neues."

Sie stellte einen neuen Rekord auf. Ehe es am Ende des Tunnels heller wurde, hatte sie ihr Scherflein schon im Trockeneis. Wie erwartet nahm er kein Geld von ihr an.

Sie verschwand auf der Toilette, um sich die Hände zu waschen.

"Und was hast du in Göttingen gemacht?" fragte sie, um möglichst schnell wieder den normalen Umgangston aufzunehmen. Ihm schien das recht zu sein. Er rekelte sich müde in der Ecke.

"Ich habe eine Ladung Blutkonserven zur Blutbank nach Göttingen gebracht, sozusagen als Amtshilfe", erwiderte er. "Leider hatte ich mit meinem Wagen auf der Rückfahrt eine Panne. Da hab' ich dann die Bahn genommen."

"Und du kannst dir die 1. Klasse leisten?", klopfte sie neugierig auf den Busch.

"Mach' dir meinetwegen keine Sorgen. Ich habe nebenher ein paar einträgliche Geschäfte laufen." Er ließ sich nicht weiter darüber aus, aber es fiel ihr auf, wie elegant er angezogen war. Schickes Sakko, passende Weste und Schlips. Er wirkte eher wie ein Geschäftsmann, nicht wie ein Fahrer für Blutkonserven.

Nick gähnte.

"Ich bin so schön relaxt. Ich mache mal ein kurzes Nickerchen. Weckst du mich, wenn wir in Kassel ankommen?"

"Okay."

Besser hätte es gar nicht laufen können. Professor Haller würde begeistert sein, dass sie ihre Samenproben beisammen hatte. Nächste Woche würde sie das mit dem ganzen Labor feiern.

Während Nick schlief, machte sie sich ein paar Notizen in ihrem Laptop und ergänzte die tabellarische Exceldatei mit den Angaben zu ihren neusten 'Lieferanten'. Mit dem entsprechenden Programm war die statistische Auswertung dann ein Klacks. Das hatte ihr jedenfalls der Statistiker der Uni versichert, zu dem Professor Haller sie geschickt hatte. Dann brauchte sie nur noch den ganzen Kram zusammenzuschreiben. Dabei würde Professor Haller sie sicher unterstützen. Zufrieden schloss sie die Datei und schaute nach draußen, wo die vorbeijagenden Wälder und Felder in der Abenddämmerung nur noch schemenhaft zu erkennen waren.

Die ersten Lichter von Kassel tauchten auf. Es war Zeit, Nick zu wecken. Sie wollte schon den Mund öffnen, da entdeckte sie einen zusammengefalteten Zettel und einen Briefumschlag auf dem Boden vor Nick, der im Schlaf etwas in sich zusammengesackt war, sodass die Unterlagen wohl aus seinem Sakko herausgerutscht waren.

Sie bückte sich, hob die Papiere auf und las mehr automatisch als wirklich interessiert die Überschrift auf dem Zettel, der sich als Merkblatt entpuppte: "How to Pass a Drug Test?" Dafür reichte ihr Englisch gerade noch: "Wie besteht man einen Drogen-Test?"

Das war ja ein Ding! Sie überflog den Handzettel diagonal. Die Zeit drängte. Da gab es Ratschläge, wie man Urin-, Haar- und Speicheltests manipulieren konnte und eine Email-Adresse für die Kontaktaufnahme.

Der Brief, der daneben gelegen hatte, kam aus der Schweiz, von einem Franz Turban, einem bekannten deutschen Radrennfahrer. Soweit sie sich erinnerte, war er mal zusammen mit einigen anderen Radrennfahrern zu einem Leistungstest im IfL in Marburg gewesen. Offenbar unterhielt Nick weiter Kontakt zu den Sportlern, die er bei den Funktionstests kennenlernte. Gar zu gern hätte sie den Brief gelesen. Aber das hätte zu sehr geraschelt. Das Merkblatt war aufschlussreich genug.

Der Zug wurde deutlich langsamer. Höchste Zeit, Nick zu wecken.

"Nick! Wir sind gleich da."

Der Angerufene war sofort wach. Ob er sie schon vorher beobachtet hatte?

"Übrigens", meinte sie beiläufig, "das ist dir im Schlaf aus der Tasche gerutscht."

Sie tat ganz unbefangen, als sie ihm die beiden Papiere überreichte, die sie vom Boden aufgelesen hatte.

Er schien kein Misstrauen geschöpft zu haben und steckte die Papiere ein: "Danke."

Am Anfang war Julia noch etwas angespannt. Aber als Nick kurz für kleine Jungs verschwand, beruhigte sie sich, knipste die Leseleuchte über ihrem Sitz an und widmete sich der Lektüre von Eckart von Hirschhausens 'Die Leber wächst mit ihren Aufgaben'.

Nick war durch die Minderung der Zuggeschwindigkeit vor Kassel wach geworden und hatte sehr wohl mitbekommen, dass Julia im Merkblatt gelesen hatte und Interesse am Absender auf dem Briefumschlag gezeigt hatte. Er nutzte seinen kurzen Ausflug, um sich von seinem Boss Anweisungen geben zu lassen.

Als er ins Abteil zurückkehrte, war Julia ganz in ihr Buch vertieft und schien sich köstlich zu amüsieren. Sie blickte nicht einmal auf, als er zu seinem Metallkoffer griff.

Kapitel 23

Als Jochen Haller seinen Mitarbeiter mit den Fotos aus Göttingen konfrontierte, hatte der gar nicht erst den Versuch zu leugnen. Sie kamen überein, dass Bols sofort seine Sachen packen und seinen Resturlaub antreten würde. Unterdessen konnte die Auflösung des Arbeitsvertrags in die Wege geleitet werden. Das war bei gegenseitigem Einverständnis auch kurzfristig möglich.

Das war wieder ein Grund zum Feiern. Jochen versuchte, Tom zu erreichen, um ihn zum Abendessen einzuladen, da er ja maßgeblich an diesem Erfolg beteiligt gewesen war. Aber auf seinem Handy meldete sich nur die Mailbox. Der war unterwegs, wahrscheinlich bei der alten Dame im Einsatz, bei der er – wie er gehört hatte – Bodyguard spielte.

Dann würde er eben allein essen gehen und es sich später bei dem obligatorischen Rotwein und interessanter Lektüre gemütlich machen.

Seinen Wagen ließ er auf dem Parkplatz am Institut stehen, eines der wenigen Privilegien, die er für sich in Anspruch nahm. Er ging die Barfüßerstraße hinauf bis zum Marktplatz und wollte gerade am Brunnen nach oben zu seinem Stammlokal abbiegen, wo man einen guten Wein trinken und auch ordentlich essen konnte, da traf er auf die hübsche Bettina, eine seiner MTAs.

"Haben Sie schon die Zeitung gelesen?" fragte sie ganz aufgeregt.

"Nein, noch nicht", antwortete er und deutete auf die 'Oberhessische Presse', die er unter dem Arm zusammengefaltet trug.

"Wollte ich mir gerade zum Aperitif vor dem Abendessen zu Gemüte führen."

"Hoffentlich vergeht Ihnen dabei nicht der Appetit."

"Wieso?"

"Man hat zwischen Kassel und Marburg eine weibliche Leiche und ihr Gepäck gefunden, die über mehrere Kilometer verstreut waren. Scheint so, als sei sie und ihr Zeug aus dem fahrenden Zug geworfen worden."

"Das ist ja schrecklich. Aber von Gewalttaten liest man doch täglich. Davon lass ich mir das Essen nicht verderben."

"Wir haben gedacht, nach dem Foto könnte es unsere Doktorandin, die Julia Hohmann sein. Aber Marlies wollte erst mit Ihnen darüber reden, bevor sie die Polizei informiert. Wir können uns ja auch irren."

"Um Himmels willen. Das wäre ja furchtbar. Heute war ich den ganzen Tag unterwegs. Ich habe niemanden mehr im Labor angetroffen, als ich am Abend meinen Rundgang gemacht habe."

Er trat etwas zurück und schaute sich im Schein des Laternenlichts das Bild in der Marburger Tageszeitung an. Tatsächlich: Das war zweifellos das aparte Gesicht von Julia Hohmann, wenn auch durch einige Abschürfungen verunstaltet. Es sah ganz so aus, als habe Julia seine Warnung in den Wind geschlagen.

Er rief sofort bei Jens Rückert an, der sich zum Glück gleich selbst meldete, weil um diese späte Stunde das Sekretariat längst verwaist war, und teilte ihm seine Vermutung mit.

"Am besten kommst du gleich her und schaust dir die Sachen an, die wir gefunden haben." schlug Jens seinem Freund vor. "Die Leiche ist schon in der Rechtsmedizin in Gießen."

"Bin schon unterwegs."

Auf dem Weg ins Polizeipräsidium, dachte er an Julia. Musste er sich Vorwürfe machen?

Er sah sie vor sich, wie sie sich um die Doktorarbeit beworben hatte: Ihr markantes schmales Gesicht, das große Willensstärke verriet, und ihre Zielstrebigkeit hatte ihn bewogen, sie als Doktorandin anzunehmen. Die zwei Wochen Probezeit, die sie vereinbart hatten, bestand sie mit Bravour. Sie wusste, was sie wollte. Er hätte sie höchstens mit Gewalt von ihrem Vorhaben abbringen können, und dazu fehlten ihm die Möglichkeiten.

Jochen identifizierte Julia anhand weiterer Bilder, die zum Teil entsetzliche Verletzungen zeigten, eindeutig. Er erkannte auf Anhieb Julias flotte Jacke und die Reisetasche mit der kleinen Kühlbox, aus dem das Trockeneis inzwischen verdampft war. Die Becher mit den Ejakulaten sahen etwas ramponiert aus. Die Deckel saßen allerdings noch fest. Trotzdem, wahrscheinlich waren die Samenproben nicht mehr zu gebrauchen. Aber man konnte nie wissen. Er bat Jens Rückert um die Erlaubnis, sie mitnehmen zu können.

"Eigentlich geht das nicht. Wir brauchen das Zeug noch für die DNS-Analyse. Vielleicht ist ja einer dieser Kerle schon in unserer Datenbank erfasst."

"Es wäre wirklich wichtig. Wenn wir Glück haben, sind die Spermien doch noch zu verwenden."

Jochen Haller informierte ihn kurz über die Zielsetzung der Doktorarbeit.

"Wenn die Spermienanalyse noch möglich wäre, wäre Frau Hohmanns Tod nicht ganz umsonst gewesen. Ich versprech dir, ich lass' dir gleich morgen früh nach Aufbereitung des Material Proben davon zum DNS-Abgleich bringen."

"Also gut", willigte Jens Rückert ein. "Heute Abend kriege ich doch niemanden mehr dazu, die Analyse zu machen."

Plötzlich fiel Jochen Haller das Notebook seiner Doktorandin ein, in das sie alles eingetragen hatte.

"Sag mal. War unter Frau Hohmanns Sachen eigentlich kein Notebook?"

"Nee, zumindest haben wir bisher noch keins gefunden."

"Kann ja auch sein, dass es der Mörder hat", vermutete Jochen. "Vielleicht war es ihm zu schade zum Wegwerfen, oder er hatte Angst, dass es wichtige Informationen enthält, und hat es sicherheitshalber mitgenommen."

"Die Spusi ist noch bei der Arbeit. Ich hoffe, sie finden noch Fingerabdrücke, mit denen wir den Täter überführen können. Aber in einem Zugabteil ist das natürlich keine einfache Sache. Fingerabdrücke gibt es da, wie Sand am Meer."

"Und kennt man schon die Todesursache?"

"Ja, Max Arnulf meint, schon der erste Schlag gegen die Schläfe sei tödlich gewesen. Siehst du hier auf dem Foto die starke Eindellung?"

"Ja, 'Impressionsfraktur'. Das ist das einzig Tröstliche. Sie war sicher gleich tot und hat nichts mehr mitgekriegt."

"Das meint Arnulf auch. Übrigens waren an der Schläfe Spuren eines silbrig glänzenden Metalls nachzuweisen. Schätze Aluminium, die Materialanalyse ist aber noch nicht abgeschlossen."

"Hältst du mich auf dem Laufenden, wenn ihr mehr wisst."

"Na klar, wie in alten Zeiten."

Jochen beeilte sich, die Becher mit den Ejakulaten in den Kühlschrank zu stellen. Er verbrachte eine unruhige Nacht mit wirren Träumen von Julia, wie sie trotz aller Gegenwehr aus dem Fenster eines Zuges gestoßen wurde. Der Mörder war – er selbst.

Am nächsten Vormittag gab es eine überraschende Nachricht aus dem andrologischen Labor. Der größte Teil der Spermien war noch vital, sodass die Proben in die Auswertung einbezogen werden konnten. Allerdings fehlten die wichtigen Informationen, die Julia auf ihrem Notebook eingetragen hatte. Ohne diese würden sich die Ergebnisse nicht zuordnen und interpretieren lassen.

Kapitel 24

Es war schon später Nachmittag, als Jochen Haller nach einer langen Sitzung beim Studiendekan über Innovationen in der Lehre, ein unerschöpfliches Thema, in sein Institut zurückkehrte, um nach der vergeudeten Zeit noch etwas Vernünftiges auf die Beine zu stellen. Wenn er sich dran hielt, konnte er heute das Manuskript über den EPO-Nachweis zu Ende bringen.

Als nächstes wollte er den Antrag beim Patentamt über die neue Nachweismethode des Erythropoietin fertig machen. Dann würde sich zeigen, ob ihm jemand zuvorgekommen war.

Im schlimmsten Fall gab es dann wenigstens einen Hinweis auf die Hintermänner.

Klaus Brand hatte ihm schon das Formular ausgedruckt und auf seinen Schreibtisch gelegt.

Haller verfluchte die lästige Putzkolonne, die gerade sein Sekretariat und sein Arbeitszimmer blockierte, und nutzte die Zeit, durch die Labors zu gehen, um nach dem Rechten zu sehen. Vielleicht war irgendwo auch noch ein Schluck Kaffee übrig. Zum Glück fand er noch welchen in der Thermoskanne des andrologischen Labors. Mit viel Zucker war er ganz passabel. Er nutzte die Zeit, sich im Labor-PC die letzten Ergebnisse anzuschauen, die Julia Hohmann noch eingetragen hatte. Das würde für eine vorläufige Mitteilung und ein Poster ausreichen. Für eine Publikation brauchte er unbedingt Julias Notebook. Andernfalls musste er sich auf die Suche nach einem neuen Doktoranden machen, der die Arbeit fortsetzte.

Als Jochen Haller zu seinen Räumen zurückkehrte, war das Gros der Putzkolonne schon in den nächsten Räumen verschwunden. Nur vorn im Flur hantierte noch ein großer muskulöser Mann an einer großen Bohnermaschine herum, die offenbar einen Defekt hatte.

Sein Arbeitszimmer war zum Glück inzwischen fertig. Er liebte diesen Geruch, den die Putzkolonne hinterließ: eine Mischung aus Reinigungsmitteln, Desinfektionsmittel und Bohnerwachs. Er signalisierte, dass alles auf Vordermann gebracht worden war.

Danach vertieft Haller sich in seinen Text und vergaß alles um sich herum. Diese Konzentrationsfähigkeit, arbeiten zu können, wo immer sich eine freie Minute ergab, gehörte zu seinen Stärken. Das Stimmengewirr der Reinigungskräfte, der Lärm der Staubsauger und der Bohnermaschine, alles war zu unwichtigen Hintergrundgeräuschen degradiert.

So bekam er gar nicht mit, dass jemand vorsichtig die Tür öffnete, und sich ihm mit leisen Schritten von hinten näherte.

Haller spürte nur kurz einen festen Druck an beiden Seiten des Halses genau dort, wo die Halsschlagadern verliefen. Er war gerade noch zu einer müden Strampelbewegung fähig, dann verlor er schon das Bewusstsein.

*

Tom hatte an diesem Tag schon mehrmals vergeblich versucht, Jochen Haller zu erreichen. Er wollte zu gern wissen, ob sich das Ergebnis seiner Samenanalyse bestätigt habe. Jedes Mal wurde er von Klaus Brand mit dem Hinweis vertröstet, dass sein Chef in einer Besprechung sei. Den Nachmittag verbrachte Tom im Architekturbüro in der Biegenstraße, um seine Post durchzusehen. Kleinigkeiten erledigte er gleich per Email. Einige Anfragen waren anspruchsvoller. Die konnte er erledigen, wenn er wieder bei Marie Döbus war. Er durfte sie nicht zu lange unbeaufsichtigt lassen. Trotzdem wollte er schnell auf dem Rückweg bei Jochen Haller im Institut vorbeizuschauen. Das war kaum ein Umweg. Er nahm mit flotten Schritten den steilen Anstieg zur Dominikaner Pforte, ging durch ein paar Gässchen zum Schuhmarkt, überquerte den Hirschberg unterhalb des Rathauses, um dem Tross der allgegenwärtigen Touristen zu entgehen, und erreichte über einen schmalen Treppenweg, den meist nur die Einheimischen benutzten, den Heumarkt. Durch einen kleinen Schlenker über die Untergasse umging er den Haupttrampelpfad der Touristen, die Barfüßerstraße. Als er das Gehrensgäßchen erreichte, sah er noch Licht im Jochens Arbeitszimmer. Das erfüllte ihn mit Hoffnung. Er öffnete die schwere Tür am Eingang des Kugelhauses und hörte den Lärm der Putzkolonne. Enttäuscht wollte er schon kehrt machen. Aber in der schwachen Hoffnung, dass ein guter Kapitän bis zuletzt ausharrte, ging er doch den Flur entlang bis zu Hallers Sekretariat. Er drückte automatisch die Türklinke herunter, als sich auf sein Klopfen niemand meldete. Die Tür war offen, die Zwischentür zu Jochens Zimmer nur angelehnt. Er hörte undefinierbare Geräusche, als rücke jemand Möbel herum, und wollte schon kehrt machen, weil er dachte, dass noch jemand beim Saubermachen sei. Aber dann war da noch ein eigenartiges Plätschern, das ihn neugierig machte. Als er die Tür aufdrückte, stieg ihm intensiver Benzingeruch in die Nase.

Mit einem Blick erfasste er die Situation. Jochen Haller saß, den Mund mit braunem Verpackungsband zugeklebt, an Händen und Füßen an seinen Schreibtischstuhl gefesselt, den er gerade zu drehen versuchte, und schaute gebannt Richtung Fenster.

Auf der Fensterbank saß vor dem geöffneten Fenster ein maskierter Mann in einem grauen Overall. Er hatte den letzten Rest Benzin aus einem Plastikkanister entleert und einen der klobigen Handschuhe ausgezogen. Im nächsten Moment hielt er ein brennendes Feuerzeug in der Hand und warf es mit einer lässigen Bewegung in die Mitte des Raums, wo sich eine Benzinlache ausgebreitet hatte. Er schwang schon die Beine über die Fensterbrüstung und war im Begriff nach draußen zu springen. Jetzt erst bemerkte er, dass jemand ins Zimmer gekommen war. Aber der konnte nichts mehr ausrichten. In Sekundenschnelle würde bei dem vielen Papier das ganze Büro in Flammen aufgehen. Er brachte sich schleunigst in Sicherheit und sprang in den Hof. Rasch entledigte er sich des Overalls, den er sich zur Tarnung übergestreift hatte, und stieg auf sein Motorrad.

Tom sah das brennende Feuerzeug durch die Luft segeln. Zeit, lange zu überlegen, gab es nicht. Er machte zwei schnelle Schritte, hechtete weit nach vorn und führte die tausendmal geübte Bewegung des Baggerns aus, mit der man beim Volleyball einen Ball noch knapp über dem Boden erwischen konnte. In diesem Moment war ihm gleichgültig, ob Gipsverband und Biomaterial der Belastung standhielten. Mit dem flachen Handrücken kickte er das Feuerzeug wie einen Ball nach oben und rollte über die Brust ab. In der Benzinlache schlidderte er noch ein Stück weiter und schaute dem Feuerzeug hinterher. In einem eleganten Bogen verschwand es durchs Fenster, während die kleine Flamme durch den Windzug erlosch. Ihm fiel ein Stein vom Herzen. Das Schlimmste war verhindert! Er rappelte sich auf, so schnell er konnte, rutschte im Benzin aus, fing sich aber wieder und stürzte ans Fenster. Unten sah er nur noch, wie der ungebetene Besucher jenseits der Schranke ein schwarzes Motorrad bestieg und Richtung Kugelgasse davonpreschte.

Tom löste mit ein paar raschen Scherenschnitten Jochens Fesseln und überließ es ihm selbst, seinen Mund vom Klebeband zu befreien.

Jochen Haller verzog schmerzhaft das Gesicht, als er mit einem Ruck das Klebeband abriss: "Das war knapp! Danke."

"Fast hätte ich mich von der Putzkolonne vertreiben lassen. Und: Hat er gesagt, was er wollte?"

"Kein Wort. Aber er ist ganz gezielt vorgegangen, wollte anscheinend einfach alles abfackeln. Wenn ich dabei drauf gegangen wäre, hätte ihn das auch nicht gestört. Das war ein Profi"

"Und warum?"

"Wahrscheinlich sollten die neusten Forschungsergebnisse sabotiert werden."

"Hast du das Nummernschild erkannt?"

"Nee, ich hab' das Motorrad ja nur von der Seite gesehen. Mir fielen von hinten nur seine langen Arme auf. Wie bei einem Gorilla. Er hat mich an den Typen erinnert, den ich bei euch im Labor gesehen habe und dem ich in der Kugelgasse begegnet bin. Ich habe dir doch von ihm erzählt."

"Richtig, und ich habe bei dem Trubel der letzten Tage ganz vergessen nachzufragen, ob ein Verbindungsgang zur Kugelkirche existiert. Wenn es wirklich der Bursche aus dem Labor war, müsste Maurer ihn kennen. Mir ist er kein Begriff. – Als erstes hole ich ein paar Leute von der Putzkolonne zurück, die alles in Ordnung bringen sollen. Die brauchen aber nicht zu wissen, was hier passiert ist. Wir sagen einfach, dass mir ein Benzinkanister umgefallen ist."

"Ich schaue derweil mal nach dem Feuerzeug. Da hätte man vielleicht die Chance, Fingerabdrücke zu finden. Vom Fenster aus konnte ich es allerdings nicht sehen."

"Warte noch. Sonst zertrampelst du die Fußspuren. Die Leute von der Spurensicherung machen uns sonst die Hölle heiß."

"Ja, hast recht. Ich sperre am besten den Teil des Hofs ab, den der Eindringling bei der Flucht benutzt hat", sagte Tom. "Hast du so rot-weißes Flatterband, wie die Polizei es benutzt?"

"Nee, leider nicht."

"Dann gehe ich so lange raus und warte, bis die Spurensicherung kommt."

"Und ich informiere gleich Jens Rückert."

Rückert war auf dem Weg in den Sandweg, um bei Marie Döbus nach dem Rechten zu sehen, versprach aber, erst noch bei Jochen Haller vorbeizuschauen.

Kurz darauf war er da.

"Bist du geflogen?", begrüßte ihn Jochen Haller erstaunt über sein schnelles Auftauchen.

"So ähnlich, ich war gerade in der Kurve am 'Turnergarten', als du mich erreicht hast. Da war es nur noch ein Katzensprung hierher."

Rückert hörte aufmerksam zu, als Jochen ihm berichtete.

"Da hast du ja wirklich einen Schutzengel gehabt."

Später ließ er sich von Tom das Motorrad näher beschreiben. Der schloss mit der Bemerkung:

"Könnte eine BMW gewesen sein."

"Konntest du sehen, wie groß der Mann war?"

"Nee, nicht wirklich. Ich habe ihn auf dem Fensterbrett und auf dem Motorrad in sitzender Position gesehen. Aber, ich hatte es gerade Jochen erzählt: Als er zum Motorrad lief, fielen mir seine langen Arme auf. Er hat mich an einen Typen erinnert, den ich mal im Gespräch mit Dr. Maurer gesehen habe. Der scheint öfter mit ihm zu tun zu haben."

"Lange Arme, sagst du?" Jens Rückert hatte den großen Kerl mit ungewöhnlich langen Armen, der ihn mit einem Messer verletzt hatte, noch in schmerzhafter Erinnerung. Und eine BMW hatte er auch gefahren. "Vielleicht helfen uns die Fußspuren und der Overall weiter, den er zurückgelassen hat. Und was ist mit dem Feuerzeug?"

"Wir wollten keine Spuren verwischen. Tom hat bis eben draußen Wache gehalten."

"Vorbildlich, geradezu professionell."

"Ich hatte ja einen guten Lehrmeister."

Der Rest war Routine. Das Feuerzeug fand sich hinter einem großen Stein. Ein Teil des Zeigefingers war für die Spusi gut erkennbar, so dass sein Besitzer schnell ermittelt werden konnte. Es handelte sich um Ben Ehlert, einen ehemaligen Kampfsportler aus Frankfurt, der im Zusammenhange mit mehreren Tötungsdelikten gesucht wurde. Nach den Fußspuren zu urteilen, war es derselbe Mann, der am Dammelsberg gewesen war und auch Marie Döbus überfallen hatte.

"Wenn uns Doktor Maurer tatsächlich weiterhelfen könnte, hätten wir eine gute Chance, ihn zu schnappen."

*

Ben Ehlert jagte auf seiner BMW die Schwanallee hinunter und stellte es in der Tiefgarage des Affenfelsens ab, wo er sein Appartement hatte. Dann rief er Casco an.

"Boss: Ich bin nicht sicher, ob der Brandanschlag geklappt hat."

"Wieso denn das? Da konnte doch eigentlich nichts schief gehen."

"Da ist jemand rein gekommen, als ich dabei war, das Benzin in Brand zu setzen."

"Macht doch nichts. Der ist dann gleich mit draufgegangen."

"Ich habe aber kein Rauch aus dem Fenster dringen sehen. Vielleicht hat er das Feuer löschen können. Allerdings konnte ich mich nicht lange aufhalten. Ich musste mich ja schleunigst aus dem Staub machen."

"Na also. Warten wir erst einmal ab. Hat dich jemand erkannt?"

"Glaube ich nicht. Ich hatte meine Motorradmontur an."

"Morgen wissen wir mehr. Aber sicher ist sicher. Wir nehmen dich erst mal aus der Schusslinie. Du schnappst dir heute noch den Transporter von der Blutbank und schaffst die restlichen Blutkonserven, die fürs Blutdoping vorgesehen sind, zu unseren Freunden nach Göttingen. Dann räumst du dein Appartement und meldest dich bei meinem Bruder. Ich instruiere ihn inzwischen, wo er dich verstecken soll, bis Gras über die Sache gewachsen ist. Es gibt da am Rande von Ockershausen einen alten Bauernhof, den ich schon vor einiger Zeit gekauft habe. Und lass dein Motorrad auf jeden Fall in der Tiefgarage im Affenfelsen stehen. Nach dem wird vielleicht schon gefahndet. Wir besorgen dir ein neues."

"Okay, und was mach ich mit dem Z4?"

"Den kannst du meinetwegen mitnehmen. Wir kümmern uns so schnell wie möglich um ein neues Nummernschild. Ach, und vergiss nicht, dein Handy zu entsorgen."

"Klar Boss! Wie immer." Cascos übertriebene Vorsicht nervte ihn. Aber noch ärgerlicher war, dass er sich auf einem alten Bauernhof verstecken sollte. Er hatte sich in Marburg prima eingelebt, nicht zuletzt dank seiner Nebeneinkünfte. Jetzt würde er fürs Erste ganz von Cascos Wohlwollen abhängen. Das war ihm gar nicht recht.

Kapitel 25

Nach Toms Hinweis setzten Jens Rückert und Olli Berner alle Hebel in Bewegung, Doktor Maurer aufzustöbern. Vielleicht konnte er ihnen bei der Suche nach dem Fahrer der Blutbank weiterhelfen. Bei Maurer zu Hause war nur das Kindermädchen zu erreichen, das zum Glück wenigstens wusste, wo ihre Brötchengeberin zu finden war: Sie sich ließ gerade sich in einem Wellness-Institut in Cappel verwöhnen.

Der ganz in Weiß gekleidete Mann am Empfangstresen des Instituts ließ die Kommissare wissen, dass Frau 'Doktor' Maurer, wie sie sich hier nennen ließ, gerade einen Teil einer Ayurveda-Kur absolviere und nicht gestört werden dürfe.

"Sie ist beim 'Shirodhara' ", sagte er salbungsvoll, als verkünde er die frohe Botschaft schlechthin.

"Kenne ich nicht, habe ich noch nicht gegessen", sagte Berner. Es machte ihm nichts aus, sich als Banause in Wellness-Angelegenheiten zu outen.

Der Zerberus musterte ihn verächtlich: "Das ist nichts zum Essen, sondern ein Stirnguss, bei dem über längere Zeit warmes Öl auf die Stirn geträufelt wird. Das ist eine wunderbare Anwendung, die seelische Blockaden löst und eine tiefe Entspannung fördert. Eine wichtige Voraussetzung, dass Körper, Geist und Seele in eine harmonische Balance kommen", belehrte er Berner.

"Wir sind auf der Suche nach einem Mörder, nicht nach Lebensweisheiten", herrschte Rückert den ganz in Weiß gekleideten Ayurveda-Jünger ganz gegen seine sonstige Art an. Solche selbst ernannten Heilsbringer waren ihm ein Gräuel. Widerwillig geleitete sie der Mann zu den heiligen Stätten. Von Maurers Frau erfuhren sie, dass ihr Mann zum Training im Tanzclub war.

Die Kinder wurden von einer Fremden betreut, die Eltern gingen getrennt ihren Freizeitvergnügen nach. Was für eine Familie!

Maurer erschrak, als sich die Kripo bei ihm im Tanzclub meldete. Er war gerade dabei, mit einer attraktiven Partnerin und mehreren anderen Paaren einen neuen Formationstanz für einen Showtanz-Wettbewerb einzustudieren. Er wischte sich mit einem Handtuch den Schweiß aus dem Gesicht, während er Rückert und Berner in einen Nebenraum zog, wo sie ungestört waren. Wenn er verhaftet würde, mussten das ja nicht alle mitkriegen.

"Wir haben von einem Sportstudenten die Information erhalten, dass sie regelmäßig Besuch von einem großen kräftigen Mann bekommen, der das gespendete Blut zur Blutbank bringt", formulierte Rückert ganz neutral. "Könnten Sie uns bitte Namen und Adresse geben?"

Maurer war erleichtert. Er hatte schon befürchtet, dass die Kripo hinter ihm selbst her sei.

"Der meint sicher Nick Wenzel", antwortete er bereitwillig. "Seine Adresse weiß ich allerdings nicht. Die erfahren Sie sicher in der Blutbank oder von der Uni-Verwaltung."

Zum Glück gab es in der Blutbank einen Nachtdienst, der ihnen weiterhelfen konnte.

Nick Wenzel, diesen Namen hatte Ben Ehlert sich offensichtlich in Marburg zugelegt, wohnte im 'Affenfelsen', einem Wohnsilo an der Konrad-Adenauer-Brücke, in der Nähe der Lahn.

"Momentan ist er aber nicht zu Hause. Der musste zu einer Sonderfahrt nach Göttingen. Die brauchten dort dringend spezielle Blutkonserven", informierte sie der Dienst habende Pfleger.

"Wann erwarten Sie ihn denn zurück?", erkundigte sich Rückert.

"Frühestens in zwei Stunden. Soll ich ihm etwas ausrichten, falls er hier noch vorbeikommt?" Dem jungen Mann war die Neugier an der Nasenspitze anzusehen.

"Nein, sagen Sie ihm bitte nichts. Es handelt sich zwar nur um eine Zeugenaussage, aber wir möchten gern, dass er ganz unbefangen ist, wenn wir ihn befragen. Sie wissen sicher auch, wie leicht sich Zeugen beeinflussen lassen."

Jetzt war Eile geboten. Rückert alarmierte die Kollegen von der Spurensicherung, während sie zum Affenfelsen fuhren.

Der Hausmeister murrte zwar, als sie ihn in seiner Feierabendruhe bei Bier und Fernsehen störten. Aber als er hörte, dass er eventuell mit einem Verbrecher unter einem Dach wohne, wurde er ganz diensteifrig und zögerte keinen Moment, ihnen die Tür zu Wenzels Appartement zu öffnen.

"Beeilt euch, Philipp. Ihr habt maximal neunzig Minuten Zeit", drängte Rückert.

"Brauchen wir nicht einen Durchsuchungsbefehl?", wandte Olli Berner ein, der sich gerne absicherte.

"Ach was! Für solche Mätzchen bleibt uns keine Zeit. Wir machen 'Gefahr im Verzug' geltend. Wenn Ehlert zu früh zurückkommt, entgehen uns unter Umständen wichtige Beweismittel, und er entwischt uns. Willst du den nächsten Mord auf deine Kappe nehmen?" Rückert wollte Ehlert endlich zur Strecke bringen.

"Ist ja gut, ich wollte nur verhindern, dass wir einen Fehler machen", verteidigte sich Olli.

"Zur Wohnung gehört auch ein Stellplatz in der Tiefgarage. Interessiert Sie der auch?" meldete sich der Hausmeister.

"Natürlich. Gut, dass Sie daran erinnern", lobte Rückert. "Das hilft uns vielleicht auch schon weiter."

Und das tat es. Untern stand neben einem Z4-Cabrio die BMW, die er im Sandweg gesehen hatte und die Tom beim Kugelhaus aufgefallen war.

Das kleine Appartement bestand nur aus einem kombinierten Wohn- und Schlafzimmer, Küche und Bad. Eine Stunde später hatte es die Beamten der Spurensicherung durchsucht. Viel fanden sie nicht. Immerhin konnten sie anhand der Fingerabdrücke Ehlert als Bewohner eindeutig identifizieren. Im Einbauschrank der Küche gab es eine Schublade mit einer ansehnlichen Sammlung verschiedener Prepaid-Handys, die noch nicht benutzt waren.

Am interessantesten war ein Laptop, der unter der Wäsche versteckt war. Er war zwar durch ein Passwort geschützt, der Computer-Spezialist der Spusi hatte aber keine große Mühe, sich mit Hilfe eines bootfähigen USB-Sticks Zugang zu den Dateien der Festplatte zu verschaffen. Rückert hoffte, darauf wichtige Informationen über Ehlerts Tätigkeit zu finden. Aber er wurde enttäuscht. Es gab nur mehrere Dateien über Sportanamnese, Spermiogramme und eine Liste mit persönlichen Angaben von Probanden, die in Sportler und Nicht-Sportler getrennt waren.

"Was fängt denn der Ehlert mit Spermiogrammen an?" wunderte sich Rückert, der durch Jochen Haller mit den Grundbegriffen der Andrologie vertraut war.

"Ist vielleicht sein Hobby", meinte Berner. "So wie andere Briefmarken sammeln."

"Kann ich mir nicht vorstellen: In einer Blutbank interessiert doch höchstens das Blutbild."

In Rückert, der dem Computer-Experten gespannt über die Schultern schaute, keimte ein erster Verdacht, als er auf dem Desktop einen Ordner "Dissertation" entdeckte.

"Klick mal an!", sagte er aufgeregt und zeigte darauf.

Als der Kollege seiner Aufforderung Folge leistete, erschienen die Dateien 'Einleitung', 'Methodik', 'Literatur' und 'Lebenslauf'.

"Lass mich mal", sagte Rückert ungeduldig und schob den Mitarbeiter zur Seite, als der begann, die Dateien, eine nach der anderen systematisch zu öffnen. Er stürzte sich zielbewusst auf den Lebenslauf, der tabellarisch angelegt war und mit Namen und Adresse begann.

Seine Vermutung wurde bestätigt. Sie hatten Julia Hohmanns Laptop gefunden.

Sie hatte schon alles sehr zielstrebig für die Fertigstellung der Dissertation vorbereitet. Fehlte nur noch die Einarbeitung der Ergebnisse und ihre Interpretation.

Das i-Tüpfelchen war die Probandenliste, die an Julia Hohmanns Todestag um 17.35 Uhr geschlossen worden war. Der Name 'Nick Wenzel' tauchte ganz am Schluss der Liste auf. Er war unter den Sportlern aufgeführt. Als Schwerpunkte waren Schwimmen und Kampfsport angegeben. Das erschien durchaus glaubhaft. Ob die anderen Angaben zur Person stimmten, ließ sich im Augenblick schlecht beurteilen. Das würden sie später nachprüfen.

Ben Ehlert hatte sich selbst ans Messer geliefert.

"Damit kennen wir den Todeszeitpunkt von Frau Hohmann ziemlich genau. Kurz nach dem Eintrag hat Ehlert sie ermordet", war sich Rückert sicher.

Jetzt galt es, dem Mörder eine Falle zu stellen, aus der er nicht entkommen konnte. Sie wussten, wie gefährlich Ehlert war. Keinesfalls durften sie in dem engen Appartement ein Handgemenge riskieren. Und sie durften es nicht so weit kommen lassen, dass sich Ehlert verbarrikadieren konnte. Rückert überlegte noch, ob er ein Sonderkommando anfordern sollen. Aber dazu war es zu spät. Sie mussten selbst mit der Situation fertig werden.

Glücklicherweise gab es auf dem gleichen Flur ein leer stehendes Appartement, in dem Rückert und die Kollegen der Spusi warten konnten, während Berner sich in der kleinen Küche in Ehlerts Appartement verstecken sollte, bis dieser Licht im Wohnzimmer anmachte.

"Geh kein Risiko ein", schärfte ihm Rückert ein. "Du erwartest ihn mit entsicherter Waffe. Wenn er das Licht einschaltet, forderst du ihn auf die Hände zu heben. Wir kommen so schnell wir können hinter ihm her. Du hast die Schrecksekunde auf deiner Seite. Und halte mindestens drei Meter Abstand. Falls er dich angreift, schieß sofort, am besten in Oberschenkel oder Schulter."

"Keine Sorge. Du weißt, ich war im letzten Jahr Schützenkönig."

"Du bist sicher unser bester Schütze. Aber es ist etwas anderes, auf einen Menschen zu schießen als auf eine fest stehende Zielscheibe oder den 'laufenden Keiler'", warnte Rüchert noch einmal.

Zwanzig Minuten später informierte sie der Hausmeister: Ehlert war gerade mit dem Transporter der Blutbank auf dem Weg in die Tiefgarage. Kurz darauf hörten sie den Fahrstuhl. Während er aus der Tür des Fahrstuhls in den Flur trat und – einen Metallkoffer in der Hand – seiner Wohnung zustrebte, beobachteten sie ihn durch einen schmalen Türspalt und huschten hinter ihm her, sobald er in seinem Appartement verschwunden war.

Alles klappte wie am Schnürchen. Ehlert war völlig überrascht, als er von Berner mit der Pistole im Anschlag erwartet wurde, und ließ sich widerstandslos die Hände mit Kabelbinder auf dem Rücken fesseln. Rückert atmete erleichtert auf.

"Wo haben Sie Ihr Handy?"

Ehlert deutete mit dem Kopf auf die Brusttasche seines Sakkos und grinste höhnisch. Es war zwar eingeschaltet, zeigte aber nur unverfängliche Adressen: Blutbank, Funktionslabor des Sportwissenschaftlichen Instituts, Cineplex-Kino und ein Marburger Pizzadienst. Jens hatte auch nichts anderes erwartet. Das wäre auch zu schön gewesen! Aber er durfte nichts unversucht lassen, an Ehlerts Hintermann heranzukommen.

"Das Grinsen wird Ihnen noch vergehen, Herr Ehlert, oder soll ich Sie besser mit Nick Wenzel anreden?"

Ehlert war sichtlich geschockt, dass er aufgeflogen war.

"Woher wissen Sie ... ?"

"Wir haben Ihr Feuerzeug gefunden. Sie dachten wohl, es sei verkohlt. Aber ein Sportstudent hat das verhindert." Rückert wollte Tom Wieland lieber aus der ganzen Sache heraushalten. Man konnte nie wissen.

"Da waren wunderbare Fingerabdrücke drauf. Im Übrigen gibt es bei der Polizei eine sorgfältig geführte Datenbank. Und die Angaben auf Frau Hohmanns Laptop waren höchst aufschlussreich. – Sie hatten doch Ihren Spaß gehabt. Wozu der Mord?"

"Das war nicht geplant. Woher haben Sie überhaupt diese Informationen?"

"Hat Julia Hohmann alles auf ihrem Laptop notiert."

"Ich hab's doch geahnt. Deshalb hab' ich das Ding ja mitgenommen. Ich habe es nur nicht geschafft, an die Dateien zu kommen. Sonst hätte ich es längst entsorgt. Am Wochenende wollte ich einen Bekannten bitten, mir dabei behilflich zu sein."

"Das hat inzwischen unser Computer-Spezialist für Sie erledigt."

"Scheißspiel."

"Und: warum haben Sie das Mädchen getötet", wiederholte Rückert seine Frage.

Ehlert sah keinen Grund zu schweigen. Er hatte so viel auf dem Kerbholz. Da kam es auf ein paar unwichtige Einzelheiten nicht mehr an.

"Sie hatte etwas gesehen, was sie nicht sehen durfte. Doping-Unterlagen. Finden sie alles in meinem Koffer. Der Boss hat darauf bestanden, dass ich sie ausschalte."

"Wer ist denn Ihr Boss?"

"Wenn ich Ihnen das verrate, bin ich so gut wie tot." Das klang sehr endgültig.

Jens Rückert wechselte das Thema, als er sah, dass er hier nicht weiter kam.

"Und wie haben Sie Julia Hohmann getötet?"

"Ganz einfach: mit meinem Koffer. Sie hat gar nichts davon mitgekriegt, hat gerade in einem lustigen Buch gelesen. Und Peng! Weg war sie." Ehlert schilderte die Einzelheiten ohne eine Spur des Bedauerns: Er hatte so getan, als wolle er etwas aus seinem Koffer holen. Stattdessen hatte er ihn am Griff gepackt, sorgfältig gezielt und aus der Drehung heraus mit voller Wucht zugeschlagen. Er hatte sie mit der Ecke des Koffers genau an der Schläfe getroffen. Das passte zu den Spuren von Aluminiumoxid, die man im Institut für Rechtsmedizin an Julia Hohmanns Kopf gefunden hatte. Dann hatte er sich Latexhandschuhe übergestreift und alle Spuren beseitigt.

"Nur dieser Laptop hat mir zu schaffen gemacht. Den habe ich sicherheitshalber mitgenommen. Und ausgerechnet der ist mir zum Verhängnis geworden."

"Sie haben Ihre Sperma-Probe ganz vergessen. Damit hatten wir Ihre DNS sowieso", erinnerte ihn Rückert. "Die stimmte übrigens mit der überein, die wir aus den Hautzellen vom Schlapphut des Scherenschleifers isolieren konnten."

"Hätte ich nie gedacht, dass Ihre Leute das Zeug finden. Hatte ich doch aus dem Zug geworfen. Aber ist jetzt auch egal."

Unterdessen hatte sich Philipp Körner Ehlerts Koffer vorgenommen. Neben einem weiteren nagelneuen Prepaid-Handy und einer Schachtel mit Latexhandschuhen enthielt er einige aufschlussreiche Papiere über Doping mit Angaben zu einschlägigen Internet-Adressen und ein Laptop. Vor allem aber eine Kundenliste, auf der einige bekannte Sportlernamen standen.

"Sind alles Blutspender", antwortete Ehlert lapidar, als Rückert ihn fragte, was es mit dieser Liste auf sich habe.

"Wollen Sie uns wirklich weis machen, diese Leute würden den langen Weg aus ganz Deutschland nach Marburg auf sich nehmen, nur um Blut zu spenden?"

"Klar! Andere Leute lassen sich Blut abzapfen, damit sie später bei einer Operation davon profitieren. Die Sportler lassen sich später ihr eigenes Blut vor einem Wettkampf transfundieren. Was ist dabei? Damit kann man viel Geld machen." Es klang fast so, als wollte Ehlert sie anwerben.

"Diese so genannten Sportler betrügen ihre Konkurrenten, das nennt man Blutdoping", hielt ihm Rückert vor.

"Ist mir doch egal."

Das Blutdoping war angesichts der Verbrechen, die er begangen hatte, für ihn nur eine Lappalie, allerdings eine sehr einträgliche. Er hatte keine Probleme damit, die Geschäftspartner in Göttingen und die beteiligten Sportler ans Messer zu liefern.

"Und wie war das mit Pit Brauner", fragte Rückert schließlich.

"Das können Sie mir nicht anhängen. Den hat der Boss selbst erledigt, weiß nicht genau wie. Er hat mich informiert, als er fertig war. Ich habe dann nur den Holzstoß gelockert und nach unten gestoßen, damit es wie ein Unfall aussah."

Mit der Identität seines Bosses rückte er allerdings nicht heraus. "Ich bin doch nicht lebensmüde", wiederholte er stereotyp, wenn Rückert oder Berner wieder darauf zurückkamen. Schließlich gaben sie auf.

"Wer hat mich eigentlich verpfiffen?" wollte Ehlert nun wissen, als er merkte, dass sie die Befragung beenden wollten.

"Von Dr. Maurer wussten wir, dass Sie unter dem Namen Nick Wenzel bei der Blutbank arbeiteten. Alles andere war polizeiliche Routinearbeit."

"Der Maurer hat doch selbst Dreck am Stecken."

"Woher wissen Sie das?", setzte Rückert nach.

"Na, von meinem Boss. Damit hat er Maurer rumgekriegt, eine Blutspendestelle in seinem Labor einzurichten."

"Wissen Sie, womit er erpresst wurde."

"Irgendetwas mit Medikamenten, die er Sportlern unerlaubterweise rezeptiert hat. Genaueres weiß ich nicht. War ja nicht mein Bier. Ich war nur für den Transport des Blutes zuständig."

Allerdings würde sich Jochen Haller brennend für Einzelheiten interessieren.

In diesem Moment meldete sich der Vibrationsalarm, und gleich danach ertönte der Rufton seines Handys. Tom hatte die Alarmtaste gedrückt. Was mochte da los sein? Die Gefahr durch Ehlert war doch beseitigt. Er versuchte, Tom zu erreichen, bekam aber nur die Mailbox.

"Mit Ehlert sind wir ja so weit fertig. Ich glaube nicht, dass wir heute mehr aus ihm herauskriegen. Übernimmst du hier alles Weitere, Olli", bat Rückert seinen Kollegen. "Ich muss dringend zu Marie Döbus. Da ist was passiert."

Kapitel 26

Jetzt hielten sie schon über eine Woche Nachtwache. Sie spürten, dass hier und da ihre Aufmerksamkeit schon etwas nachließ. Tagsüber hatte sich Frau Döbus sowieso nicht mehr bremsen lassen, und Rückert hatte schließlich ihrem Drängen nachgegeben, sich freier bewegen zu dürfen.

"Ich glaube ja auch nicht, dass du in Gefahr bist, wenn du in der Stadt unterwegs bist. Aber bevor es dunkel wird, solltest du zu Hause sein, damit mindestens einer von uns auf dich aufpassen kann."

Abends vertrieben sie sich die Zeit mit Fernsehen, Dart-Training und Doppelkopf im internen Netzwerk. Rückert schaute meist nur nach Feierabend für ein Stündchen vorbei, um alle zu motivieren, bei der Stange zu bleiben.

Am Abend nach dem Überfall auf Jochen Haller saßen sie etwas länger als sonst zusammen. Jens Rückert hatte sie kurz auf den neusten Stand der Dinge gebracht. Die Fußspuren von Ben Ehlert, der den Brandanschlag im Sportwissenschaftlichen Institut versucht hatte, waren tatsächlich identisch mit denen des Angreifers im Sandweg. Nachdem Rückert wieder abgezogen war, um die Fahndung nach Ehlert voranzutreiben, tranken sie ganz entspannt ein Weinchen. Es schien ja nur eine Frage der Zeit, wann Ben Ehlert gefasst würde. Entsprechend müde waren sie zu Bett gegangen.

Tom hatte es sich auf seiner Matratze in Maries kleinem Sportmuseum im Wohnzimmer gemütlich gemacht. Er wachte auf, als Poldi, der sich von dem Überfall inzwischen gut erholt hatte, nebenan knurrte. Sein Frauchen hatte ihm mit Mühe beigebracht, im Haus aufs Bellen zu verzichten. Stattdessen machte er sich auf den Weg nach oben, um sich durch Kratzen an der Tür bemerkbar zu machen. Tom brauchte ein paar Sekunden, um zu sich zu kommen. Er alarmierte seine Mitstreiter – Kati, Marie und Rückert – alle gleichzeitig durch Betätigung einer Taste auf seinem Handy. Dann schlüpfte er in den bereit liegenden Trainingsanzug und seine Turnschuhe. Er schaltete die Stirnleuchte ein, die gerade so viel Licht wie nötig spendete, dass er sich im Raum bewegen konnte und nahm das Kleinkalibergewehr in die Linke.

Als Poldi sicher war, dass sein Frauchen ihm folgte, sauste er wieder zur Küchentür, wo er sehnlichst darauf wartete, dass ihm jemand die Tür öffnete. Es war also anzunehmen, dass der Angriff von der Gartenseite aus erfolgen würde.

Als nichts geschah, sah er erwartungsvoll zu Tom hinauf, der versuchte, ihn zu beruhigen, während er auf die anderen wartete. Sie kamen kurz darauf die Treppe herunter, ebenfalls in Trainingssachen gekleidet. Kati hatte den Elektroschocker in der Hand, während Frau Döbus links das Pfefferspray und rechts den Schleuderball bereit hielt. So warteten sie angespannt einen Moment und horchten nach draußen.

Zuerst war kein Laut zu hören. Offenbar hatte der unliebsame Besucher seinerseits etwas gehört und lauschte. Nach einer Weile, als nichts weiter passierte, wurde es im Garten lebhaft. Man hörte unterdrücktes Rufen und schnelle Schritte, die sich entfernten. Dann nochmals Trappeln. Das konnte unmöglich der erwartete Angreifer sein. Tom schaltete das Licht am Haus ein und öffnete vorsichtig die Tür. Er sah gerade noch, wie eine schmale Gestalt um die Ecke verschwand, einen größeren rundlichen Behälter in der Hand.

"Schnell nach vorn zur Haustür", rief er, während er selbst dem Flüchtigen hinterher eilte, um ihn vielleicht noch einzuholen. Poldi fegte laut bellend an Tom vorbei.

Kati und Marie Döbus waren schon vorn an der Tür, als er um die Ecke bog.

Es bot sich ihm ein groteskes Bild. Vorn an der Gartentür sprang Poldi wütend hoch, empört, dass er in seinem Tatendrang durch die geschlossene Tür gestört wurde. Während Kati zu ihm eilte, um ihm freie Bahn zu verschaffen, besann sich sein Frauchen auf ihre alten Wurfqualitäten. Sie schwang ihren Schleuderball fast horizontal um sich herum und ließ ihn gerade im richtigen Moment los. Sie traf den Flüchtenden mit dem Eineinhalbkiloball voll in den Rücken, sodass er niederstürzte und seine Beute fallen ließ. Er japste kurz nach Luft, war dann aber schnell wieder auf den Beinen und verschwand um die nächste Kurve, verfolgt von Poldi und, mit größerem Abstand von Kati.

Die sah im Dunkeln nur noch schemenhaft einen Jeep, der mit laufendem Motor gewartet hatte, bis der verfolgte Kumpan eingetroffen war. Dann jagte er mit quietschenden Reifen davon, bevor sie nahe genug war, das Nummernschild zu erkennen.

"Meine Bienen, meine armen Bienen. Diese Schweine!", jammerte Marie Döbus, als sie erkannte, was der Dieb hatte fallen lassen und hob den Transportbehälter vorsichtig hoch, um ihre Bienen wieder zurückzutragen.

Als sie in ihrem Bienenhaus Bestandsaufnahme machte, fehlten vier Bienenkörbe.

"Ausgerechnet meine besten Völker!" klagte sie.

"Das hat jemand von langer Hand vorbereitet und dich und deinen Garten sorgfältig beobachtet. Vielleicht haben die Nachbarn was davon mitgekriegt. Aber große Hoffnungen darfst du dir nicht machen. Die verscherbeln die Bienen jetzt sicher irgendwo in der Umgebung. Was bekommt man denn dafür?" erkundigte sich Tom.

"Ich schätze, fünfhundert bis tausend Euro sind schon drin. Ein gutes Bienenvolk bringt sicher fünfzig Kilo Honig. Die gehen mir jetzt verloren. Aber es geht ja nicht so sehr um's Geld, sondern vor allem um den Spaß bei der Betreuung der Tiere und beim Schleudern des Honigs. Ich bin sowieso mein bester Kunde. Jetzt habe ich die Bienen gut über den Winter gebracht und nun genießen die anderen die Früchte. Unverschämtheit! Die sollte man alle ins Gefängnis stecken."

"Ach, sieh doch mal das Gute. Besser, als wenn der Ehlert wieder aufgetaucht wäre. Das hätte unter Umständen richtig gefährlich werden können", meinte Kati pragmatisch.

"Da hast du auch wieder recht", gestand Marie und beruhigte sich allmählich.

"Für eine Generalprobe gar nicht schlecht", zog Tom Resümee, "und dein Wurf war allererste Sahne. Den macht dir so schnell keiner nach."

Sie klönten noch ein bisschen und nahmen gerade in der Küche einen Absacker, als Jens Rückert begleitet von lautem Sirenengeheul mit quietschenden Bremsen vor Maries Haus stoppte.

"Ist schon alles vorbei, Jens", begrüßte Marie den Kommissar, der kurz darauf vom Garten aus an der Küchentür erschien. "Falscher Alarm. Waren nur ein paar Bienendiebe." Sie erstattete ihm einen kurzen Bericht.

"Gut gemacht. Die Bienen musst du sicher abschreiben, Marie. Die Polizei leidet unter chronischem Personalmangel. Mit der Verfolgung solcher Delikte ist sie hoffnungslos überfordert. So was passiert hier in der Umgebung alle naselang. Aber dafür habe ich eine gute Nachricht für euch. Der Belagerungszustand ist zu Ende. Wir haben gerade in einer

Nacht- und Nebelaktion den Mann erwischt, der dich bedroht hat. Deshalb komme ich auch erst so spät."

"Wie habt ihr denn das so schnell geschafft?", fragte Tom neugierig.

"Eigentlich war es am Schluss ganz einfach. Dein Tipp war Gold wert, Tom. Maurer haben wir noch am Abend in seinem Tanzclub aufgetrieben, und er hat uns ganz bereitwillig Auskunft gegeben. Er hat den Mann, den du gesehen hast, als Nick Wenzel kennen gelernt. Als klar war, dass Nick Wenzel und Ben Ehlert ein und dieselbe Person sind, ging's ruck, zuck. Wenzel war ganz offiziell für die Blutbank als Fahrer tätig. Als wir bei ihm in der Wohnung das Laptop von Professor Hallers Doktorandin fanden, war er geliefert.

Den Mord an der Doktorandin und den Überfall auf Professor Haller hat er schon gestanden. Die Fingerabdrücke auf dem Feuerzeug konnte er schließlich nicht abstreiten.

Sein Motorrad haben wir übrigens auch gefunden. Stand auf einem Stellplatz in der Tiefgarage des Affenfelsens, wo er ein Appartement hatte."

"Gibt es denn einen Zoo in Marburg", wunderte sich Marie Döbus.

"Nee, außer deinem nicht. Hast du noch nicht vom 'Affenfelsen' gehört? Das ist dieses riesige Gebäude, das sie an der Stelle gebaut haben, wo früher das 'Wirtshaus an der Lahn' stand."

"Wirklich eine Schande!" empörte sich Marie. "Das war so ein schöner alter Gasthof mit einer urigen Kneipe. Andere Städte hätten sich nach so was die Finger geleckt."

"Jedenfalls ist der Affenfelsen inzwischen so etwas wie das Wahrzeichen des modernen Marburg geworden. Auch die Attacke auf dich hat Ehlert übrigens zugegeben, Marie. Angeblich wollte er dir nur Angst machen und hören, ob du am

Dammelsberg auf irgendetwas gestoßen bist, was dem Toten gehört hat. Das Versteck im Taubenschlag hatten sie ja nicht gefunden. Deshalb hatten sie dich im Verdacht."

"Und was ist mit dem Toten am Dammelsberg?"

"Den Mord an Pit Brauner streitet er ab. Er behauptet, das sei sein Boss gewesen. Und ich glaube ihm. Das war nicht seine Handschrift. Leider rückt er nicht mit der Sprache heraus, wer dahinter steckt. Vor dem Drahtzieher scheint er großen Bammel zu haben. Er behauptet, er könne sich selbst im Gefängnis nicht sicher vor ihm fühlen. Aber er wollte sich noch einen Bonus bei mir verschaffen und hat mir noch etwas Wichtiges verraten, was Professor Haller sehr interessieren wird. Der weiß noch gar nichts davon."

"Spann' uns nicht auf die Folter", drängte Tom, der sich durch die Ereignisse der letzten Tage Jochen besonders verbunden fühlte.

"Er hat durchblicken lassen, dass Maurer selbst auch Dreck am Stecken hat. Muss irgendwas mit Medikamenten zu tun haben, habe sein Boss angedeutet. So genau wusste er das nicht."

*

Am nächsten Abend feierte Marie Döbus das Ende ihrer Belagerungszeit. Sie bedankte sich bei ihrer 'Schweizer Garde' mit einem großartigen französischen Menü, das sich über drei Stunden hinzog. Diesmal hatte sie einen Partyservice engagiert, der ihr die Arbeit abnahm und diskret im Hintergrund arbeitete. Erst als sich die hilfreichen Geister verzogen hatten, verschwand sie in der Küche, um ihre viel gerühmten knusprigen Crêpes zuzubereiten.

Ihre Freunde nutzten die Gelegenheit, die Gaben aufzustellen, die sie ihrer Gastgeberin mitgebracht hatten.

Jens Rückert hatte eine kleine Lochband-Spieluhr mitgebracht, für die er eigenhändig einen Leerstreifen mit einem Locher bearbeitet hatte, um seine Melodie aufzuprägen. Als Marie mit den Crêpes aus der Küche zurückkam, sagte er: "So leid es mir tut. Heute müssen deine köstlichen Crêpes einen Moment warten."

Er drehte an der kleinen Kurbel des Instrumentes, so dass die Melodie erklang, die er mit seinem wohl klingenden Bass begleitete:

"Mariechen saß weinend im Garten.
Im Grase lag schlummernd ihr Kind.
In ihren blonden Locken
Spielt leise der Abendwind ... .

Ich glaube, das reicht. Den ganzen Text kenne ich sowieso nicht mehr. Ich weiß nur noch, dass es ein trauriges Ende mit den beiden nahm. "

"Ja, ich erinnere mich daran: eine echte Moritat. Habe ich ewig nicht mehr gehört. Und selbst von dir produziert. Wie wunderbar!" Marie war begeistert.

Auch Tom, der am häufigsten als Stallwache eingesetzt worden war, hatte sich zum Abschied etwas Besonderes ausgedacht. Er hatte eine zylindrische Holzkiste mitgebracht, deren Deckel mit einem Fußball verziert war. Der Mantel hatte eine leuchtend rote Farbe und trug das Logo des 1. FC Köln. Der Ball, der auf einer kleinen Konsole platziert war, war ebenfalls rot.

Als Marie den Deckel öffnete, griff Tom ein: "Überlass das lieber mir, der ist zu schwer für dich", warnte er. Er hob den mit Füllmaterial gepolsterten Inhalt heraus. Sie befreite ihn von der schützenden Verpackung – und hatte ein eigenartiges Männchen in rotem Trikot vor sich, das auf dem Rücken eine große weiße Zehn und in kursiver Schrift darüber den Namen POLDI trug.

"Eine Poldi-Figur, wie süß!" rief Marie Döbus begeistert. Die Freude wandelte sich in ein fassungsloses Staunen, als Tom den Ball in etwa einen Meter Entfernung auf den Fußboden legte und leise in die Trillerpfeife blies. POLDI steuerte mit kleinen Schritten zielbewusst auf den Ball zu, drehte seinen Kopf mit den bunten Knopfaugen unter leisem Surren nach oben, zur Seite, dann wieder zum Ball, tänzelte ein wenig unschlüssig herum, stockte. Dann ging er leicht in die Knie, holte aus und schoss mit der abgestumpften Spitze erstaunlich fest auf ein imaginäres Tor."

Poldi, der Namensvetter auf vier Beinen, wetzte aufgeregt hinterher:

"Großartig! Wenn ich mal nicht gut in Form bin, kann ich POLDI mit Poldi spielen lassen", freute sich Marie.

"Dieser Prototyp ist noch ein bisschen langsam", dämpfte Tom ihre Erwartungen. "Aber da arbeite ich dran. Im Moment waren mir für das nächste Turnier die Schussvariationen wichtiger: Innenriss, Außenriss und Vollspann. Spitze und Hacke reichen natürlich nicht."

"Wahnsinn. Und der agiert ganz selbstständig?"

"Ja, klar. Das ist ja der Sinn der Sache. Eine vollständige Mannschaft besteht aus drei Spielern, die sich untereinander über ein drahtloses Netzwerk verständigen. Du solltest das mal sehen: Dribbeln, Pässe schlagen, hinter Steilvorlagen herlaufen."

"Du bist ein Genie. Das ist ja unbezahlbar!"

"Ist ja mein Hobby. Und mach' dir keine Gedanken wegen der Kosten. Der POLDI ist schon aussortiert. Die neue Generation ist bereits auf dem Weg nach Singapur zu den Roboter-Fußball-Weltmeisterschaften. Ich fliege demnächst auch hin."

"Ich sehe es schon kommen: Eines Tages gibt es Fußballspiele: Mensch gegen Roboter."

"Vorher müssten wir die Roboter aber noch auf Fouls programmieren. Sonst haben sie gegen die hinterlistigen Menschen keine Chance", lachte Tom.

"Mir ist der POLDI ohne Foulspiel lieber. Jedenfalls bekommt er einen Ehrenplatz hier in meinem Museum beim 1. FC Köln."

Tom dirigierte POLDI in die ihm zugewiesene Ecke.

Währenddessen suchte Marie Döbus in der Schublade mit den Souvenirs des 1. FC Köln nach einem Geschenk für Tom. Nach langem Kampf mit sich selbst entschied sie sich für den Köln-Wimpel.

"Den hast du dir redlich verdient", sagte sie feierlich und übergab ihn Tom.

Tom sah ihr an, wie schwer ihr das fiel.

"Und du kannst dich wirklich davon trennen?"

"Ja, ja. Geht schon. Ich bestell' mir einen neuen direkt bei der Geschäftsstelle in Köln."

Begeistert kramte Kati anschließend in der Schublade und holte ein Souvenir nach dem anderen hervor.

"Was es hier noch alles gibt. Das ist ja eine wahre Goldgrube. Willst du das nicht mal überziehen?" Sie hielt Marie ein rotweiß gestreiftes T-Shirt an. "Würde dir bestimmt noch gut passen. Ich hab' dich noch nie darin rumlaufen sehen. – Und das wäre etwas für dich Jens." Sie reichte Rückert eine Kappe mit Irokesenfrisur in den Kölner Farben."

Kati wühlte weiter: Da gab es Fähnchen für's Auto, Schlüsselanhänger, Halstücher, ein Handtuch. Ganz unten geriet ihr ein verziertes Döschen mit rotem Deckel und weißem Boden in die Hände. Sie hob es zwischen Daumen und Zeigefinger in die Höhe:

"Was ist denn das? Sieht fast aus wie Schnupftabak."

"Das gibt's doch gar nicht" freute sich Marie wie ein Schneekönig. "Das alte Kölner Zauberpulver! Ist Ascorbinsäure, also Vitamin C! Hat mir der Trainer vom FC Köln zum Abschied mitgegeben. Sollte ich nehmen, wenn ich mal schlecht drauf bin. Das hat er immer in der zweiten Halbzeit an die Mannschaft ausgeteilt, wenn es brenzlig wurde. Die gingen dann los wie die Raketen und haben manches Spiel noch umgedreht. Ein ordentlicher Stoß Vitamin C kann Wunder wirken, sagte er immer. Mach' mal so."

Sie streckte ihre Hand aus, Handrücken nach oben und spreizte den Daumen ab, so dass eine kleine Kuhle im Handrücken zwischen Daumen- und Zeigefingersehne entstand. "Das nennt man Tabatière. Früher hat man den Tabak daraus geschnupft." Sie schüttete Kati eine kleine Prise in die Vertiefung. Auch Tom bekam einen Teil ab. Sie bediente sich selbst ebenfalls großzügig.

"Kann man einfach abschlecken." Sie machte ihnen das vor.

Tom wunderte sich, dass das Pulver gar nicht so säuerlich schmeckte, wie er erwartet hatte. Er hatte sich während des Sportstudiums gelegentlich Ascorbinsäure in Pulverform gekauft. Die war wesentlich billiger als das in Tablettenform gepresste Vitamin C. Aber vielleicht war das Zeug schon so alt, dass sich die Säure verflüchtigt hatte.

Marie Döbus schaute sich nach Rückert um, der es sich auf der Couch gemütlich gemacht hatte und seinen Gedanken nachhing.

"Du auch?"

"Nein danke. Ich schlaffe nur gerade ein bisschen ab."

"Nimm doch auch etwas vom Vitamin C-Pulver."

"Nee, nee. Ich brauche nur mal eine kleine Verschnaufpause."

Die anderen bekamen trotz der späten Stunde plötzlich wieder neuen Schwung. Besonders Kati war regelrecht aufgedreht und ganz anders als vorher. Tom merkte das als erster. Sie riss zweideutige Witzchen und schien ihn plötzlich mit anderen Augen zu sehen. Er wusste gar nicht, wie ihm geschah. Aber er hatte nichts dagegen einzuwenden, im Gegenteil. Er fühlte sich selbst auch ganz angeregt.

Es klingelte an der Tür.

"Um die Zeit?" sagte Marie Döbus. "Ich erwarte eigentlich niemanden."

"Aber ich! Unser 'Special Guest', wie man heute sagt", schaltete sich Jens Rückert ein.

"Ich weiß doch, du liebst Überraschungen. Das muss Professor Haller sein. Der hat ja alles hautnah mitgekriegt und wesentlich zur Aufklärung beigetragen. Sonst könnten wir heute gar nicht feiern. Ich war nur nicht sicher, ob er kommen würde." Er stand auf, um den Besucher hereinzulassen.

"Ach toll, lass mich." Marie stürmte an die Tür und riss sie auf, ohne den Spion zu benutzen. Sie fiel Haller um den Hals und schmatzte ihn ungeniert ab: "Professorchen! Wie schön, dass du alles gut überstanden hast. Tom hat mir schon so viel von dir erzählt. Ich bin die Marie."

Jochen Haller reagierte mit hilflosem Lachen und stellte sich vor. "Jochen. – Das ist ja ein Empfang. Davon habe ich immer geträumt. Ich habe von Tom auch schon viel über dich gehört. Wenn ich das gewusst hätte, dass ich hier so willkommen bin, wäre ich schon früher gekommen!"

"Ja. Leider hast du unser Festessen verpasst."

"Macht nichts. Es gab noch so viel zu erledigen."

Er drückte ihr eine Flasche seines spanischen Rotweins in die Hand.

"Der macht schnell gute Laune, wenn man mal schlecht drauf ist. Aber im Moment hast du das ja nicht nötig."

"Das stimmt. Wir haben uns gerade einen Muntermacher genehmigt. Eine Prise Ascorbinsäure. Hat wunderbar gewirkt."

"Ich hab's gemerkt."

"Möchtest du auch?"

"Warum nicht. Ich hatte heute noch gar kein Obst."

Sie schüttete ihrem neuen Gast eine tüchtige Portion in die Tabatière.

Er tupfte – von Berufs wegen misstrauisch – mit dem angefeuchteten Zeigefinger der anderen Hand eine Spur Pulver auf die Zunge und testete den Geschmack. Er zuckte zusammen: Diesen Geschmack kannte er doch.

"Bist du sicher, dass das Ascorbinsäure ist?"

"Jedenfalls ist das das 'Zauberpulver', das man mir in Köln zum Abschied überreicht hat. Es hieß immer, das ist Vitamin C", erwiderte Marie.

"'Zauberpulver' trifft es besser: Das ist Coke, Koks, Schnee – mit einem Wort Kokain."

Marie fiel aus allen Wolken.

"Was? Das kann doch gar nicht sein. Ich hab doch im Auftrag des Trainers selbst ein paar Mal das Zeug in Amsterdam abgeholt. Das gab's in so großen Dosen." Marie zeigte mit den Handflächen die Höhe der Dosen an. Das waren gut und gerne fünfzehn Zentimeter.

"Obwohl – wenn ich Tom und Kati jetzt so turteln sehe, will das nicht völlig ausschließen. Das kann nicht nur Ascorbinsäure gewesen sein. Die sind in den letzten Tagen so umeinander herumgeschlichen, dass es nicht mehr auszuhalten war."

Sie zeigte auf Tom und Kati, die eng umschlungen in einer Ecke saßen und die Welt um sich herum vergessen hatten.

"Da wollen wir nicht weiter stören. Kommst du mit in die Küche?"

Marie Döbus bereitete für Jochen Haller ein paar leckere Käsehäppchen zu und legte ein Stück Baguette auf die dafür vorgesehene Vorrichtung des Toasters.

"Hast du was dagegen, wenn wir deinen Wein gleich zum Einsatz bringen?"

"Nee, gar nicht. Man darf ihn nur nicht unterschätzen. Er ist recht gehaltvoll."

Jens Rückert hatte die Bemerkung seines Freundes und Maries Erklärungen mitbekommen. Mit einem Schlag hellwach geworden folgte er den beiden, zumal er gegen einen Happen Käse auch nichts einzuwenden hatte. Die Crêpes konnte man sich später – mit hausgemachter Marmelade bestrichen und zusammen gerollt – immer noch zu Gemüte führen.

"Das muss ich erst einmal verkraften. Das muss man sich mal vorstellen: Ich als Kriminalbeamter gehe im Hause einer Kokain-Dealerin aus und ein. Und Kurier bist du offenbar auch gewesen!"

"Ich hab' ja nichts davon gewusst. Das war ja nur eine Gefälligkeit für den Verein. Amsterdam ist eine wunderschöne Stadt mit seinen Grachten und alten Häusern. Da bin ich schon öfter gewesen. Außerdem mache ich Eigenbedarf geltend, und den beanspruche ich auch für meine Freunde. Dass diese beiden Turteltäubchen mit Hilfe einer winzigen Prise Kokain endlich zueinander gefunden haben, ist gar nicht mit Geld zu bezahlen."

Tom und Kati kamen gerade Arm in Arm zur Küchentür herein und lächelten verschämt.

Die Männer taten, als hätten sie gar nichts davon mitbekommen. Aber Marie konnte natürlich nicht an sich halten:

"Ich dachte schon, dass wird nie mehr was mit euch beiden."

Jens Rückert rettete die beiden aus ihrer Verlegenheit, indem er Jochen Haller von Ehlerts Ergreifung und von seinem Tipp berichtete, dass Maurer in irgendwelche unsauberen Geschäfte verwickelt war, auch wenn er die 'Eigenblutspende' der Sportler wohl nicht zu verantworten hatte.

"Kannst du dir vorstellen, was er damit meint?"

Jochen Haller brauchte nicht lange zu überlegen: "Der Maurer ist Asthma-Spezialist und weiß genau, welche Möglichkeiten es gibt. Er gehört ja sogar zum Antidoping-Team. Wenn das stimmt, haben wir den Bock zum Gärtner gemacht!"

Dann berieten sie eine Zeit lang, wie sie Maurer auf die Schliche kommen könnten, bis Marie immer häufiger gähnte und schließlich bekannte:

"Ich bin ja nicht mehr die Jüngste. Darf ich euch schon allein lassen? Bei eurer Beratung braucht ihr mich ja nicht. Jedenfalls war dies ein wunderschöner Abend für mich. Da wünscht man sich fast, öfter überfallen zu werden."

Als nächster verabschiedete sich Jochen Haller.

"Ich denke, wir wissen jetzt, wie wir Maurer das Handwerk legen können. Tut mir leid. Ich muss morgen früh raus. Die Pflicht ruft."

"Und ich dachte immer, ein Professor kann kommen und gehen, wann es ihm passt", spottete Kati, wieder ganz die alte.

"Schön wär's. Wobei das bei unserem kümmerlichen Gehalt nur gerecht wäre. Aber da gibt es leider noch die Dopingszene, wie ihr wisst: Morgen findet ein Treffen in Paris wegen der Vorbereitungen für die Tour de France statt."

"Nach Paris muss ich auch unbedingt mal wieder", meinte Kati voller Neid.

"Na ja, von der Stadt werden wir kaum etwas haben. Es geht um Doping-Kontrollen und – was nicht weniger wichtiger ist – erstmals um Kontrollen der Tester. Ihr habt ja jetzt mitgekriegt, was da alles passieren kann. Im letzten Jahr ist bei der Tour kein ernsthafter Doping-Fall aufgedeckt worden. Das hat sicher seine Gründe gehabt. Überall kann es Maulwürfe geben, die für viel Geld wichtige Informationen verraten."

"Du meinst, da halten Leute die Hand auf, die bei euch mitarbeiten?"

"Da kannst du Gift drauf nehmen. Der eine kommt nach Vorankündigung zum Testen, der andere guckt weg. Ganz abgesehen von den Organisationen, die unsere Arbeit mit ihren Tricks systematisch sabotieren", schilderte Jochen Haller das Dilemma beim Kampf gegen die Doping-Szene.

"Ich sehe schon, du bist ständig den Verbrechern auf der Spur", zog Jens Rückert ihn auf. "Dagegen bin ich ja ein Waisenknabe."

Kapitel 27

Die meisten Jungs begeisterten sich für Fußball, Basketball, Surfen und andere Sportarten. Bastian Maurer dagegen hatte Spaß am Tanzen gehabt und ließ sich nach der Tanzschule sogar dazu überreden, aktiv Tanzsport zu betreiben. Sein Talent reichte zwar nicht zu höheren Weihen, aber es genügte, bei Formationstänzen ganz erfolgreich mitzumachen. Auf diese Weise bekam er Zugang zu gesellschaftlichen Kreisen, die ihm bis dahin verwehrt waren.

Mit dem Bonus des Zivildienstes und nach einigen Semestern Parkzeit in der Biologie sicherte er sich die Zulassung zum Medizinstudium. Später ergatterte er durch die Protektion des Vorsitzenden seines Tanzclubs, der ärztlicher Direktor in der Inneren Medizin war, eine Assistenzarztstelle. Er promovierte über ein neu eingeführtes Medikament zur Senkung des Blutzuckers und avancierte als Dr. med. zu einem begehrten Junggesellen in Marburger Gesellschaftskreisen, die vor allem von Geschäftsleuten bestimmt wurden.

Durch seine gepflegte männliche Erscheinung war er vor allem für Frauen vom Typ 'Höhere-Töchter' attraktiv. Er heiratete schließlich in eine alt eingesessene Marburger Familie ein, die in Marburg und Umgebung mehrere gut gehende Lebensmittelgeschäfte besaß. Standesgemäßes Hochzeitsgeschenk seiner Schwiegereltern war ein schönes Einfamilienhaus in der Nähe des Südbahnhofs, wo er mit seiner Frau und zwei Kindern wohnte.

Er hätte ganz zufrieden sein können. Wenn da nicht das Problem des chronischen Geldmangels gewesen wäre. Er selbst hatte keine großen Ansprüche. Aber seine Frau war ein verwöhntes Einzelkind. Sie hatte nach der ersten Schwangerschaft sofort ihren Job bei der Bank, der sie sowieso gelangweilt hatte, hingeschmissen. Sie gab lieber selbst das Geld aus, als es für andere zu verwalten, und genoss es, für ihre Kinder dazu sein, soweit das Kindermädchen ihre Hilfe brauchte. Im Übrigen verbrachte sie den Tag mit teuren Hobbies wie Golfspielen, Wellness-Programmen und Tauchkursen in den warmen Gewässern der Südsee oder anderswo. Sie war immer nach der neusten Mode gekleidet und trug zu jedem Kleid die passenden Schuhe: ein Luxusweibchen, wie es im Buche stand.

Da reichte Maurers kleines Gehalt als Assistenzarzt nicht vorne und nicht hinten. Er verfluchte längst den Tag, als er auf ihr hübsches Lärvchen und die gesellschaftliche Position ihrer Eltern hereingefallen war.

Immer war er auf der Suche nach einem Nebenjob. In der Anfangszeit hatte er als Notarzt in der Stadt zusätzliche Wochenenddienste übernommen. Das war ganz einträglich, aber auf die Dauer zu anstrengend.

Dann hatte er Nebenjobs als Theaterarzt, als ärztlicher Betreuer des Tennis-Clubs und des Golf-Clubs übernommen, in denen sein Schwiegervater Mitglied war. Das brachte ihm zwar eine Menge Ansehen, aber zu wenig Geld ein.

Durch einen glücklichen Zufall landete er als Assistenzarzt während der internistischen Facharztausbildung im Lungenfunktionslabor. In dieser Phase lernte er einige Sportstudenten und Leistungssportler kennen, die unter Asthma litten, aber bis dahin nie richtig behandelt worden waren. Es war für ihn ein Leichtes, sie durch eine angemessene Therapie sportlich wieder voll leistungsfähig zu machen. Daraus entwickelte sich allmählich eine große Asthma-Sprechstunde. Er galt in Marburg und Umgebung bald als der 'Medizinmann' der Sportler. Das machte zusätzliche Arbeit, zahlte sich aber aus, weil ihm sein Chef auch eine ganze Reihe von Privatpatienten anvertraute und ihn am Gewinn beteiligte.

Vor allem aber brachte es ihn in seiner Karriere entscheidend voran, ohne dass er sich wissenschaftlich profilieren musste: Der Chef des Sportwissenschaftlichen Instituts, Professor Lorenz, der ihm einige Sportstudenten und Leistungssportler als Patienten zugewiesen hatte, war von seinen Therapieerfolgen beeindruckt, so dass er ihn mit einer unbefristeten Ratsstelle köderte. Fortan fiel ihm die Aufgabe zu, innerhalb des Sportwissenschaftlichen Instituts ein Labor für Funktionsdiagnostik der Lunge und des Herzens aufzubauen. Daneben durfte er sich um die Sportler mit Asthma kümmern.

Für Bastian Maurer war das die Rettung. Denn es zeigte sich bald, dass ihm seine Patienten die Treue hielten. Sie profitierten nicht nur von der erfolgreichen Behandlung ihrer Krankheit, sondern auch davon, dass der Einsatz von Kortisonpräparaten und atemwegserweiternden Substanzen, die die Muskelbildung steigerten, selbstverständlicher Bestandteil der normalen Asthmatherapie waren. Als sich dies herumsprach, tauchten die ersten gesunden Sportler bei ihm auf, die Interesse an diesen Medikamenten bekundeten.

"'Asthma' bedeutet doch nichts anderes als 'Atemnot' ", erinnerte ihn ein Mittelstreckenläufer, der Sprachwissenschaften studierte. "Und die habe ich bei jedem Wettkampf. Sie bräuchten nur etwas großzügiger mit der Diagnosestellung umzugehen. Muss ja nicht umsonst sein."

Da Maurer die Einkünfte aus der Privatambulanz seines ehemaligen Chefs fehlten, zögerte er nicht lange und griff diese Idee auf. Es war verblüffend, wie rasant sich nun seine Klientel vergrößerte. Als er merkte, welche fantastischen Möglichkeiten ihm eine fingierte Diagnose eröffnete, verordnete er ein paar kleinwüchsigen Sportlern versuchsweise menschliches Wachstumshormon. Auch da gab es keine Probleme, so dass er mit dem Rezeptieren immer großzügiger wurde.

Für die spezielle 'Beratung' erhob er einen Obolus von zehn Prozent, den er sich bar auszahlen ließ. Das war bei einer Kur, die einen Wert von knapp tausend Euro hatte, nicht zu verachten und brachte ihn endgültig aus seinen finanziellen Nöten.

Der eigentliche Durchbruch für ihn kam mit Einführung des Testosteron-Gels auf den pharmazeutischen Markt. Einen Testosteronmangel konnten schließlich viele haben. Er achtete darauf, dass das Gel, welches einfach über die Haut zu verabreichen war, nicht vor großen Wettkämpfen eingesetzt wurde, bei denen man mit Doping-Kontrollen rechnen musste. Dass diese Sportler dann nur schwache Leistungen brachten, wurde ihrer psychischen Labilität angelastet.

Alles lief zu seiner vollen Zufriedenheit, bis er eines Tages eine E-Mail erhielt:

"Hallo 'Medizinmann'. Wie ich höre, sind Sie gut im Geschäft. Glückwunsch! Sie machen das sehr geschickt. Sie werden dafür Verständnis haben, dass ich für mein Stillschweigen ein kleines Entgegenkommen erwarte. Mir liegt nicht daran, Sie in finanzielle Schwierigkeiten zu bringen. Ich möchte Sie lediglich um Mitwirkung bei einem kleinen Projekt bitten, das ich mit Ihrer Hilfe in Gang bringen möchte. Einer meiner Mitarbeiter wird sich in Kürze mit Ihnen in Verbindung setzen.

Wir benötigen dazu lediglich eine ambulante Blutspendestelle in ihrem Labor.

Sollten Sie nicht zur Kooperation bereit sein, werden wir einige interessante Informationen über Ihre Verordnungsgepflogenheiten an Ihren Chef weiterleiten.

Casco"

Wer zum Teufel war dieser Casco, und woher hatte er Kenntnis von seinen speziellen Einkünften?

Er dachte an einen Mitarbeiter des Herstellers oder einen Apotheker, bei dem die Sportler die Medikamente, vor allem das Wachstumshormon und das Testosteron-Gel, bezogen. Vielleicht kam auch einer der Sportler in Frage, obwohl er das nicht für wahrscheinlich hielt. Der würde nicht den Ast absägen, auf dem er saß.

Auf jeden Fall musste er erst einmal nach der Pfeife dieses 'Casco' tanzen. Er musste Zeit gewinnen.

Die Organisation einer Zweigstelle der Blutbank war kein großes Problem. Externe Filialen der Blutbank gab es ja auch anderweitig, wie er wusste.

Die neue Einrichtung wurde schnell angenommen. Sportstudenten konnten immer etwas Geld für Sportgeräte und -kleidung gebrauchen. Nachdem das organisiert war, erhielt Maurer ein bis zwei Mal pro Monat Besuch von einem Pfleger der Blutbank, einem riesigen Kerl, der ohne viele Worte das Blut der Sportler, das vorübergehend in der Tiefkühltruhe gelagert wurde, abholte. Bei dem ersten Besuch hatte er sich ganz offiziell als Leistungssportler zu einem Belastungs-EKG angemeldet und als Nick Wenzel vorgestellt. Sein Auftraggeber war offenbar gut informiert.

Über die Verwendung des Blutes konnte er nur Mutmaßungen anstellen. Aber er war ziemlich sicher, dass einige der Sportler, die zu einem Funktionstest kamen und Blut spendeten, sich dann mit einer 'Eigenblutspende' kurz vor einem wichtigen Wettkampf 'in Form' bringen ließen.

Damit nicht auffiel, dass Wenzel regelmäßig vorbeikam, zeigte Maurer ihm den Gang, der zur Kugelkirche führte. Die Tür zur Kirche war völlig verstellt gewesen, weil der Gang als Abstellkammer genutzt wurde. Maurer hatte ihn bei einem seiner Rundgänge in der Anfangszeit zufällig entdeckt, als er dort herumstöberte. Einen Schlüssel für die normalerweise verschlossene Verbindungstür hatte sich Wenzel anfertigen lassen. Er hatte offenbar gute Verbindungen.

Alles lief reibungslos. Dennoch, eines war Maurer klar: er war erpressbar geworden. Über kurz oder lang musst er sich etwas Neues suchen. Die schönen Zeiten gingen zu Ende.

Am besten würde er sich nach einem Job als Chef in einer Rehaklinik umsehen. Die suchten immer Leute von der Uni als Repräsentanten, auch wenn sie von der eigentlichen Arbeit keine Ahnung hatten. Haller würde froh sein, ihn loszuwerden und ihm ein gutes Zeugnis ausstellen. Nur eine Ausrede für seine Frau musste er sich noch einfallen lassen. Das würde nicht einfach werden. Aber vielleicht würde ihr die Rolle als Frau eines Chefarztes gar nicht so schlecht gefallen.

*

Der Plan, den Jochen Haller und seine Freunde bei der Abschiedsfeier ausgeheckt hatten, war einfach. In der Zeit, in der Maurer gemeinsam mit seinem Chef in Paris war, sollte Tom versuchen, das Passwort von Maurers PC zu knacken, und ihn nach wichtigen Informationen durchforsten, die die Leistungssportler betrafen.

Rückert hatte zwar dafür plädiert, eine offizielle Polizeiaktion in Gang zu setzen, aber Haller hatte ihm das ausgeredet, zumal Ehlerts Äußerungen sehr vage gewesen waren.

Am Abend des darauf folgenden Tages stattete Tom mit Hallers Generalschlüssel dem Funktionslabor einen Besuch ab und startete den PC. Zwei Stunden lang mühte er sich vergeblich ab. Jochen Haller hatte ihm Maurers Lebenslauf und beruflichen Werdegang zur Verfügung gestellt, so dass er eine gute Ausgangsposition hatte. Er probierte alle möglichen Namen und Daten von Maurers Familie aus. Dann setzte er Initialen mit Zahlenkombinationen ein, die ihm plausibel erschienen. Er wechselte die Reihenfolge der Buchstaben, verwendete die amerikanische Reihenfolge bei Geburtsdaten und beruflichen Meilensteinen. Es half nichts. Trotz dieser Angaben gelang es Tom nicht, Zugang zu Maurers Dateien zu erhalten. Offenbar war Maurer cleverer, als Haller es ihm zugetraut hatte.

Tom verfluchte sich selbst. Er war Software-Experte, hatte sich bisher aber nie dafür interessiert, wie man unter Umgehung eines Zugangscodes an die Daten eines fremden PCs gelangte. Seiner Ansicht nach verführte das zum Missbrauch. Heute bedauerte er seine Einstellung. Ein paar Hacker-Kenntnisse wären heute sehr nützlich gewesen.

Er legte eine Pause ein und setzte sich aufs Fahrradergometer, um seine nachlassende geistige Frische etwas aufzupolieren.

Als er – ganz aus der Puste – abstieg, fiel sein Blick, auf die zahlreichen Aktenordner mit der Aufschrift 'Spezialambulanz'. Er nahm einen davon in die Hand und stellte fest, dass darin die Funktionstests der einzelnen Patienten alphabetisch abgeheftet waren, mit Angabe der Diagnose und der verwendeten Medikamente. Im Archiv des Instituts, einem kleinen Nebenraum, waren die zugehörigen Patientenakten untergebracht.

Es würde zwar trotz der Liste, die er von Jochen Haller bekommen hatte, eine Heidenarbeit bedeuten, anhand dieser Unterlagen verdächtige Sportler auszumachen. Aber es war besser als gar nichts. Allerdings stellte er bald fest, dass ihm die nötige Sachkenntnis fehlte. Da musste Jochen selbst ran.

Tom resignierte. Er ergriff seinen Rucksack, zog ihn über die Schulter und war schon dabei, das Funktionslabor zu verlassen, in dem neben dem Ergometer und den Geräten zur Messung der Lungenfunktion auf engstem Raum noch ein Schreibtisch untergebracht war. Bevor er das Licht löschte, warf er noch einen Blick zurück, um sicher zu sein, dass er nichts vergessen hatte.

Dabei sah er unter dem Schreibtisch ein metallisches Glitzern, das seine Neugier erregte. Es war ein Metallaufsatz mit einem Schlitz, der auf einen unscheinbaren grauen Plastikbehälter aufgesetzt war, ein Schredder. Was darin gelandet war, sollte mit Sicherheit den Blicken anderer entzogen werden. Zum Glück war er nicht geleert worden.

Tom holte seinen Laptop aus dem Rucksack und suchte nach dem Programm, das ihm im Architektenbüro vor einiger Zeit schon gute Dienste geleistet hatte. Dann begann er mit der Arbeit. Es würde eine lange Nacht werden. Aber wenn es sich lohnte, machte ihm das nichts aus.

Als Jochen Haller lange nach Mitternacht total erschöpft vom Meeting in Paris zurückkam, fand er auf dem Anrufbeantworter eine Botschaft, die ihn sofort wach rüttelte.

"Geschafft! Ruf mich an, egal zu welcher Zeit. Gruß Tom."

Tom brannte offenbar darauf, ihm seinen Erfolg mitzuteilen.

Als Jochen anrief, meldete sich Tom schon nach dem ersten Klingelton.

"Na endlich! Ich dachte schon, die Fluglotsen streiken wieder. Ich komme gleich mal vorbei."

Er war so schnell da, dass er praktisch in den Startlöchern gestanden haben musste.

Stolz präsentierte er sein Ergebnis.

Jochen Haller konnte gar nicht glauben, was er da sah. Das waren zwar nur zwei DIN-A4-Blätter, aber die hatten es in sich: Aus Hunderten schmaler Papierstreifen, die auf einem Pappkarton untereinander in der richtigen Reihenfolge zusammengeklebt waren, war ein zusammenhängender, gut leserlicher Text entstanden.

Die Überschrift war eben so kurz wie informativ: 'Rp. Testosteron-Gel'. Und dann kamen knapp fünfzig Namen, von Sportlern, die Haller nur zum Teil ein Begriff waren.

Offenbar hatte Maurer eine Liste ausdrucken lassen, nach der er die Rezepte für den Monatsbedarf an Testosteron ausstellte. Nach getaner Arbeit hat er sie im Schredder entsorgt.

"So viele Sportler mit echtem Testosteron-Mangel gibt es in ganz Hessen nicht", meinte er trocken zu Tom. "Deine Mühe hatte sich wirklich gelohnt."

"Dann brauchst du morgen nur noch die Krankenakten raussuchen und nachweisen, dass die Leute gar keinen Testosteron-Mangel haben."

"Gute Idee, ich sehe, du hast dir schon über den nächsten Schritt Gedanken gemacht. Aber es geht zum Glück einfacher. Wir haben eine zentrale Datenerfassung. Ich habe Zugang zu allen Laborwerten, die in unserem Institut erhoben wurden. Das überprüfe ich gleich morgen früh, bevor der Routine-Betrieb losgeht. Hast du Lust, um neun zum Frühstück zu kommen. Bis dahin müsste ich alles geschafft haben."

"Gern, sorgst du für den Kaffee? Ich bringe etwas vom Bäcker mit."

Am nächsten Morgen stand Tom zeitig auf, absolvierte seine Jogging-Runde und machte sich dann auf den Weg ins Sportwissenschaftliche Institut.

Klaus Brand war von seinem Chef schon vorgewarnt und begrüßte ihn freundlich: "Sie gehören ja fast schon zum Inventar. Übrigens vielen Dank, dass Sie meinen Chef gerettet haben. Ich war ja leider schon zu Hause."

Er ließ ihn gleich zu Jochen vor. Kaffee und Teller standen schon bereit. Tom hatte mit Käse und Salat belegte Vollkornbrötchen, zwei Amerikaner und zwei Kiwi mitgebracht.

"Toll von jedem etwas, eine gute Mischung. Sogar an natürliches Vitamin C hast du gedacht. Das ist besser als das Pulver, bei dem man nie weiß, was dahinter steckt", schmunzelte er in Anspielung an die Abschiedsparty bei Marie Döbus.

"Erzähl' schon! Was hast du rausgekriegt?"

"Erfolg auf der ganzen Linie! Maurer hat überhaupt nur zehn Mal Testosteronspiegel im Blut bestimmen lassen. Wahrscheinlich hat er am Anfang gehofft, dass ein paar seiner Patienten eine verminderte Produktion hätten, die er dann als Vorzeigepatienten benutzen wollte. Alles Normalwerte! Da hat er dann wohl enttäuscht aufgegeben und ganz darauf verzichtet. Kurz und gut: Er hätte all diesen Leuten nie und nimmer das Zeug verschreiben dürfen, und schon gar nicht mit dieser Diagnose. Das ist Betrug. Der ist fertig bei mir und im Antidoping-Team. Was habe ich nur für Mitarbeiter!"

"Hast du ihn schon zur Rede gestellt."

"Na klar. Ich hatte so eine Wut auf ihn, dass ich nicht warten konnte. Ich hatte ihm ja weitgehend freie Hand gelassen, weil ich von Funktionstests wenig Ahnung habe. Und dann das!"

"Und was passiert jetzt mit ihm."

"Wenn alles richtig läuft, verliert er seine Approbation als Arzt. Mehr kann ich ihm nicht nachweisen. Mit dem Blutdoping, das über die Blutbank abgewickelt wurde, wie wir von Ehlert wissen, hat er angeblich nichts zu tun gehabt. Er hat nur die Blutspenden organisiert. Er hat irgendetwas von einem Unbekannten namens Casco gefaselt, der ihn erpresst hat."

Kapitel 28

Es waren knapp zwei Wochen nach Toms Besuch in der Klinik vergangen, als Anja bei Tom anrief. Er erschrak, als er ihre Stimme erkannte, die ihm für ihre Verhältnisse außergewöhnlich schwach und brüchig erschien. Schon die Tatsache, dass sie, die nie jemanden mit ihrem Kram belästigen wollte, anrief, verhieß nichts Gutes.

"Hör zu, Tom. Meine Kraft lässt nach. Und die neue Lunge kommt und kommt nicht. Es könnte sein, dass ich den Löffel vorher abgebe", sagte sie bewusst salopp.

"Komm' schon. Lass dich nicht hängen!" munterte Tom sie auf. "Du weißt doch, wie das läuft. Eine kleine Schwächephase bei einer Infektion. Das vergeht wieder. Dann bist du wieder auf dem Damm. Das kennst du doch."

"Diesmal ist es anders. Ich spüre das. Ich hatte zwar noch so viele Pläne, aber es ist, wie es ist. Und wenn ich mich irre, um so besser. Aber sicherheitshalber will ich noch ein paar Dinge erledigen, die mir auf der Seele liegen. Christian tut zwar alles für mich. Aber übers Sterben kann ich nicht mit ihm reden. Ich habe eine Patientenverfügung verfasst und dich darin namentlich aufgeführt. Kannst du mit aufpassen, wenn es darum geht, unnötige lebensverlängernde Maßnahmen zu vermeiden? Und auf keinen Fall will ich reanimiert werden!"

"Natürlich, du kannst dich auf mich verlassen. Muss ich noch unterschreiben?"

"Nee, ich denke, dass das nicht nötig ist. Mit dem Oberarzt verstehe ich mich gut. Der kennt meine Meinung. Ist nur zur Sicherheit."

"Okay."

"Dann wäre da noch etwas."

"Ja?"

"Die Leute aus unserer Muko-Gruppe kommen ganz gut zurecht. Aber einer macht mir Sorgen. Er liegt mir besonders am Herzen, obwohl er kaum etwas für seine Krankheit tut und sein Leben lebt, als wäre er vollkommen gesund. Vielleicht mag ich ihn gerade deswegen. Er heißt Roland Legler. Ich glaube, den kennst du noch nicht, weil er nie zu den Gruppentreffen kommt."

"Und wie hast du ihn kennen gelernt?"

"Er war vor ungefähr zwei Jahren wegen einer schweren Lungenblutung zur gleichen Zeit stationär wie ich. Da ist ihm in der Kardiologie eine Lungenader verödet worden. Seitdem scheint es ihm wieder ganz gut zu gehen. Ist zwar ein schmaler Hänfling, aber immer lustig und auch sportlich ganz aktiv. Treibt sich trotz seines Handicaps in Fitness-Studios herum und macht 'Samba', scheint irgendeine Technik der Selbstverteidigung zu sein."

"Du meinst sicher Sambo."

"Richtig, ich verwechsle das immer. Aber super, dass du dich auskennst. Da wird er begeistert sein."

"Auskennen ist zu viel gesagt. Du weißt ja, ich spiele Volleyball. Ich habe nur gelesen, dass auch der Putin das macht. Das fand ich interessant."

"Na, der wird's auch dringend nötig haben in Russland. Da bringt ja jeder jeden um. – Jedenfalls hatte ich noch nie davon gehört und habe ihn gebeten, mir mal was zu zeigen. Da hat er mich, ehe ich Papp sagen konnte, mit einem Griff aufs Kreuz gelegt, ohne mir weh zu tun."

"Toll. Da lasse ich mir gern ein paar Tricks zeigen. So was kann man immer gebrauchen."

"Das wird ihm sicher Spaß machen. – Jedenfalls steht seine Familie seiner Krankheit hilflos gegenüber. Sie wissen sich nicht anders zu helfen und verwöhnen ihn nach Strich und Faden. Er möchte deswegen unbedingt von zu Hause weg. Demnächst wird er achtzehn. Kannst du ihm bei der Wohnungssuche helfen? Du kennst dich doch in Marburg gut aus."

Trotz ihrer kritischen eigenen Situation machte sich Anja mehr Gedanken um diesen Roland als um sich selbst.

"Und nimm ihn ein bisschen unter Deine Fittiche. Aber gehe es vorsichtig an, damit du ihn nicht verprellst. Ich habe ihm von dir erzählt. Du imponierst ihm mit deinem Beruf und deiner Selbstständigkeit."

"Ich versuch's. Du weißt, ich würde dir jeden Wunsch erfüllen?"

"Ja, ich weiß, dass ich mich auf dich verlassen kann. Mach's gut."

Er kam gar nicht mehr dazu, ihr vom positiven Befund der Spermienanalyse berichten. Das Ergebnis des Schnelltests hatte sich erfreulicherweise bestätigt. Beim nächsten Mal musste er unbedingt daran denken. Vor allem freute er sich auch darauf, ihr zu erzählen, dass er jetzt mit Kati zusammen war.

*

Die Sache mit Roland hatte für Tom höchste Priorität. Er setzte sich unverzüglich mit Roland in Verbindung und verabredete sich mit ihm zur Mittagspause in der Brasserie.

Nach Anjas Beschreibung erkannte er sofort das schmächtige Bürschchen, das vor einem Bier an der Thekenecke saß, so dass er die Eingangstür im Auge hatte. Er flirtete auf Teufel komm raus mit Susi, der hübschen Bedienung, die ihn allerdings nicht ganz ernst nahm, wie ihr Lächeln zeigte. Anjas

Bezeichnung traf den Kern: Roland war wirklich ein Hänfling. Wenn er nicht darauf vorbereitet gewesen wäre, hätte er ihn für zwölf, höchstens dreizehn, gehalten.

"Hallo, Roland", begrüßte er ihn wie einen alten Bekannten.

"Hi, du bist bestimmt Tom. Tu mir einen Gefallen und sag Ronni zu mir. Mit Roland werde ich immer aufgezogen. Du weißt schon von wegen 'Roland, der Riese'. Die einzige, die Roland zu mir sagen darf, ist Anja." Er sah Tom neugierig an.

"Okay. Jedenfalls hast du ihr sehr imponiert. Wahrscheinlich nennt sie dich deshalb Roland."

"Und trotzdem hat sie dich auf mich angesetzt? Sie bräuchte viel dringender Hilfe als ich. Hoffentlich kommt die neue Lunge bald." Ronni ließ keinen Zweifel daran, dass er Anjas Absicht durchschaute, aber er schien sich nicht daran zu stören.

Tom ging nicht weiter darauf ein.

"Du suchst nach einer Wohnung, hat sie mir gesagt!" kam er gleich auf den Anlass ihres Treffens zu sprechen.

"Anja meinte, du kennst dich mit Wohnungen in Marburg aus."

"Na ja, zumindest habe ich schon fast in jeder Ecke Marburgs gewohnt und mehr als zehnmal meine Wohnung gewechselt. Da war alles dabei von Bruchbude ohne Heizung bis zum feudalen Studentenwohnheim. Und jetzt wohne ich in einer WG im Renthof."

Neidisch hörte ihm Ronni zu.

"Cool, Mann. Dann hast du ja voll den Durchblick. Und hast du schon was für mich in Aussicht?"

"So schnell geht's auch wieder nicht. Ich muss doch erst einmal wissen, was dir so vorschwebt."

"Auch wieder richtig. Also, ich brauche zwei Zimmer, Küche, Bad. Sechzig Quadratmeter würden mir reichen. Ich will nicht meine Freizeit mit Putzen verbringen", kam es wie aus der Pistole geschossen. "Die Hauptsache ist: Möglichst weit weg von Wehrda, wo meine Familie wohnt. Sonst hocken die mir zu eng auf der Pelle."

"Das kann ich gut verstehen. Als meine Eltern von meiner Krankheit hörten, taten sie, als sei jeder Tag mein letzter, obwohl es mir super geht. Meine Mutter hockte über mir wie eine Glucke. Da habe ich mich so früh wie möglich abgeseilt. – Wie viel kannst du investieren?"

"Ich komme ganz gut zurecht. Wenn nötig kann ich auch immer auf meine Leute zählen. Möchte ich aber eigentlich nicht. Am liebsten wäre mir ein Altbau mit soliden Wänden. Ich mag gern laute Musik. Zentralheizung wäre wichtig, damit ich nichts mit Kohle oder Holz zu tun habe. Das macht zu viel Arbeit und reizt meine Bronchien."

"Was machst du beruflich, wenn dir die Frage nicht zu indiskret ist."

"Nö, ist schon okay. Ich arbeite in einem Reisebüro. Das ist nicht anstrengend und macht mir Spaß. Jedes Mal wenn ich eine Reise vermittle, stelle ich mir vor, ich würde selbst dorthin reisen und knie mich dementsprechend hinein. Das kommt bei den Leuten gut an. Der große Renner sind Kreuzfahrten. Irgendwann mache ich selbst mal eine mit."

"Weißt du schon wohin?"

"Ich träume von einer Kreuzfahrt in die Arktis. Ich habe mal einen Bericht darüber gelesen. Schroffe, schneebedeckte Berge und Gletscher. Eisberge, die im Fjordwasser treiben, und eine faszinierende Tierwelt. Das muss atemberaubend schön sein."

"Schön ja, aber auch saukalt."

"Das schreckt mich nicht ab. Du weißt ja, uns Mukos ist immer zu warm, weil die Atmung unsere Muskeln auf Trab hält. Und was machst du beruflich."

"Ich habe zuerst Sport studiert. Und dann bin ich durch einen Ferienjob in einem Architekturbüro als Software-Experte hängen geblieben."

"Hört sich spannend an. Entwirfst du auch Spiele? Ich spiele unheimlich gern. Alles, wo man ordentlich herum ballern kann oder Wettkämpfe bestreitet. Manchmal spiele ich ganze Nächte lang, bis mir der Arm weh tut. Dir scheint es auch so zu gehen." Er zeigte auf Toms eingegipsten Arm.

Tom lachte: "Nee, nur ein Unfall: Fahrrad gegen Auto. Da hab' ich den Kürzeren gezogen."

"Könnte man auch ein Spiel draus machen: Fahrradfahrer mit Wumme nietet alle lästigen Autofahrer um", regte Ronni gleich an.

"Keine schlechte Idee! Muss ich mir mal durch den Kopf gehen lassen." Tom lachte bei dem Gedanken daran. "Normalerweise bastle ich lieber an Strategie-Spielen herum."

"Das wäre nichts für mich, bei mir muss es knallen und krachen. Oder schön bunt sein. Wenn es mich überkommt, mache ich auch mal beim Graffitisprayen mit."

"So richtig groß, wie man sie bei den Unterführungen sieht?"

"Na klar. Obwohl: Heutzutage macht das gar nicht mehr so viel Spaß. Als ich mit vierzehn angefangen hab, war das noch verboten. Da hat's richtig gekribbelt. Jetzt wird offiziell bei uns Sprayern angefragt. Da hab' ich gar keinen richtigen Bock mehr drauf."

"Toll, mir fehlt leider die künstlerische Ader für so etwas."

"Dafür scheinst du andere Qualitäten zu haben. Anja spricht jedenfalls in den höchsten Tönen von dir. Hattest du mal was mit ihr?" Tobias grinste frech und wartete gespannt, wie Tom reagieren würde. Offenbar provozierte er gern.

Tom blieb gelassen.

"Nee, nee! Wir sind nur gute Kumpels. Sie hat zwar das Herz auf der Zunge und schäkert gern herum. Aber sie ist glücklich verheiratet."

Beim Essen – Ronni hatte für sich Kaiserschmarren mit Kirschkompott, dazu ein Schälchen Schlagsahne bestellt – warf er mehrere Pillen aus einer Tablettenschachtel ein, die offenbar den Tagesbedarf enthielt. Die meisten kannte Tom schon von anderen Muko-Patienten. Dann gab es noch ein kleines Fach, das Pillen aller möglichen Farben enthielt.

"Was sind das für schöne bunte Dinger. Die habe ich bei Anja noch nie gesehen?" fragte Tom neugierig.

"Die haben nicht mit Muko zu tun. Sind nur ein paar Muntermacher. Die nehm' ich gelegentlich, wenn ich schlecht drauf bin. Willst du mal eine probieren?"

"Nein, danke. Im Moment bin ich ganz zufrieden."

Warum meinte jeder, der ihm begegnete, er müsste ihn mit Drogen aufmuntern.

"Und woher kriegst du die Dinger?"

"Im Fitnessstudio, in dem ich trainiere, kriegst du alles, was das Herz begehrt. Ich habe alles mal ausprobiert. Von Anabolika bis zum Crack. Da ist so ein Typ. Der besorgt dir für das nötige Kleingeld alles. Eine Zeit lang habe ich sogar Wachstumshormon gespritzt, weil ich größer werden wollte. Trotzdem habe ich keinen Zentimeter zugelegt, nur meine Muskeln haben davon profitiert. Aber im Moment bin ich frisch verliebt. Da brauch ich keine Hilfsmittel. Spart mir echt viel Geld."

Tom konzentrierte sich auf seine mit Käse überbackene Gemüseplatte.

"Musst du nicht auch Enzyme dazu nehmen?" erinnerte ihn Ronni vorsichtig.

"Nee, zum Glück ist meine Bauchspeicheldrüse intakt."

"Ach, deshalb nennt dich Anja immer 'Simulant'."

"Ja, im Vergleich zu euch geht's mir prima. Auch meine Lunge ist ganz in Ordnung. Ich mach' viel Sport, das ersetzt die Physiotherapie. Die ist mir zu öd."

Ronni freute sich darüber, dass er in Tom einen Gesinnungsgenossen hatte.

"Geht mir auch so: Zur KG kann ich mich auch nicht aufraffen. In der Klinik reden sie mir immer ins Gewissen. Aber lieber gehe ich ins Fitnessstudio. Die bieten nicht nur Muskeltraining an. Sie lassen sich auch immer was Neues einfallen. Vor Kurzem gab es eine Vorführungsveranstaltung von Slackline. Seitdem habe ich selbst damit begonnen. Ist nicht ganz einfach, aber macht total Spaß."

Tom hakte nach: "Anja hat mir erzählt, du machst auch Sambo?"

Ronni schüttete sich vor Lachen als er sich daran erinnerte: "Oh Mann, ja, ich weiß noch: Sie dachte an Samba-Tanzen, als ich ihr davon erzählte. Die hat nicht schlecht gestaunt, als sie plötzlich auf der Nase lag."

"Und wo kann man Sambo lernen?"

"Hier in Marburg. Demnächst richten wir sogar die Deutschen Meisterschaften aus."

"Donnerwetter. Ich dachte nicht, dass das in Deutschland schon so weit Fuß gefasst hat. Kann ich mal beim Training zuschauen?"

Auf diese Weise würde er am besten an Ronni rankommen.

"Natürlich. Wir freuen uns über jeden, der Interesse daran hat."

*

Tom klapperte seinen Bekanntenkreis ab. Wenn Ronni studiert hätte, würde Jo ihn jederzeit im Duisberghaus unterbringen können. Aber das kam ja nicht in Frage. KK, bei dem er anfragte, hatte ein modernes Appartement in der Schwanallee an der Hand. Aber die Fläche war Ronni mit über hundert Quadratmetern sehr groß und die Miete gepfeffert.

Tom schaltete den Anwalt des Architektenbüros ein, der seine Beziehungen zu einem Makler spielen ließ. Dieser hatte ein kleine Wohnung in einem modernen Appartement-Komplex in Cappel im Angebot.

"So was ist nichts für mich", lehnte Ronni kategorisch ab. "Die Wände sind meist so dünn und hellhörig. Ich höre gern mal Rapp und Musik mit knallenden Bässen."

Schließlich hatte einer von Toms Kumpels aus der Vollyballmannschaft einen heißen Tipp: eine WG in einem Altbau in der Ockershäuser Allee, nicht weit von einer Bushaltestelle.

Tom redete Ronni zu wie einem lahmen Gaul:

"Ich weiß, du möchtest eigentlich eine eigene Wohnung. Aber sieh es dir mal an. Für den Anfang wäre eine WG vielleicht gar nicht so schlecht. Wenn man Gesellschaft braucht, ist fast immer jemand da. Genauso gut kannst du dich aber in deine vier Wände zurückziehen. Wenn's dir nicht gefällt, suchen wir weiter."

"Wenn du meinst. Ich habe mit so etwas keine Erfahrung." Das klang wenig begeistert.

Sie fuhren mit dem Bus in die Ockershäuser Allee. Die WG war in einem Gebäude gleich schräg gegenüber der Haltestelle.

Ein aufgeschlossener junger Mann, Psychologie-Student, führte sie in der Wohnung herum. Die anderen beiden Mitbewohner waren unterwegs. Das große Zimmer am Ende des Flurs war frei geworden, gerade frisch tapeziert und gestrichen. Der Boden aus leicht pflegbarem Laminat, Küche und Bad erfreulich sauber. Die Zentralheizung funktionierte. Ronni war zufrieden.

"Wann kann ich die beiden anderen kennen lernen?"

"Heute Abend, sagen wir: nach acht."

"Okay. Dann bis heute Abend."

Am nächsten Morgen rief Ronni bei Tom an.

"Ich nehme das Zimmer in der WG. Die Typen sind okay. Du hast was gut bei mir."

"Prima. Einmal Sambo-Training und wir sind quitt."

"Guter Deal."

Noch wichtiger war für Tom, dass er einen guten Draht zu Ronni bekommen hatte.

Erleichtert, dass der erste Kontakt mit Ronni so problemlos verlaufen war, rief er in der Klinik an, um Anja Bericht zu erstatten.

Aber Anja war in ihrem Zimmer nicht zu erreichen. Das war noch kein Grund zur Sorge. Vielleicht war sie auf der Toilette oder bei einer der zahlreichen Untersuchungen, die immer wieder fällig waren. Im Stationszimmer meldete sich eine Schwester Erika, die ihn nicht kannte.

"Am Telefon geben wir nur Auskünfte an nahe Verwandte", raunzte sie ihn an.

Eine böse Ahnung beschlich ihn. Entweder Anja hatte die lang ersehnte Lunge bekommen und lag nach der Transplantation auf der Intensivstation oder – er wagte gar nicht, in diese Richtung weiter zu denken.

Schweren Herzens entschloss er sich, Christian anzurufen, den er ansonsten nur ungern kontaktierte, weil er ihn nicht unnötig belasten wollte.

Seine schlimmsten Befürchtungen bewahrheiteten sich. Anja war ganz plötzlich gestorben.

Tom kämpfte mit den Tränen, als er von Christian hörte, wie es passiert war.

Der Tod hatte sie nachts im Schlaf überrascht, als sie das Gerät zur Unterstützung der Atmungsmuskulatur mal vorübergehend abgestellt hatte, wie sie das auch sonst gelegentlich tat. Ihr Gefühl hatte also nicht getrogen.

Christian, war traurig, aber gefasst, zumindest am Telefon. "Ich habe schon dauernd mit so was gerechnet, obwohl man es sich bei ihrer Vitalität eigentlich nicht vorstellen konnte. Ich weiß gar nicht, was ich ohne sie anfangen soll."

"Uns wird sie auch sehr fehlen", erwiderte Tom. "Du weißt ja, sie war der gute Geist unserer Gruppe. Sie hat uns alle mit ihrem Elan mitgerissen."

"Ja. Auch mich hat sie immer wieder auf Trab gebracht, selbst als es ihr schon schlecht ging. Sie hätte ja etwas verpassen können. Sie liebte das Leben wie kaum ein anderer. Warum musste gerade sie sterben? Gibt es denn keine Gerechtigkeit auf dieser Welt?"

"Du weißt, an Gerechtigkeit oder einen Gott, der darüber wacht, hat sie nie geglaubt. Dazu hat sie zu viele von uns elend sterben sehen. Deswegen ist sie ja schon vor Jahren aus der Kirche ausgetreten."

"Ich konnte mich damals nicht zu diesem Schritt entschließen."

"Aber sie hat dir doch sicher gesagt, was sie von Pfaffen hielt. Das waren für sie nur eine Art Märchenerzähler."

"Und was mache ich jetzt mit ihr. Ich kann sie doch nicht auf einem Friedhof von einem Geistlichen beerdigen lassen, den sie nicht ernst genommen hätte."

"Hat sie darüber gar nicht mit dir gesprochen?" fragte Tom erstaunt.

"Nein, nie. Das lag sicher an mir. Ich bin diesem Thema immer ausgewichen."

"Also, wir haben uns schon darüber Gedanken gemacht, auch wenn wir dachten, das habe noch Zeit."

"Und wie hat sie sich das vorgestellt?"

"Wir haben darüber gesprochen, dass wir uns am liebsten in einem Friedwald beerdigen lassen würden, einfach mit einem Schildchen an einem Baum. Und die Abschiedsrede sollte ein guter Freund halten oder zumindest jemand, der sich Zeit nimmt, sich mit der Vergangenheit des Verstorbenen gründlich auseinander zu setzen. Ich habe einmal miterlebt, wie ein Pfarrer über den Toten das Blaue vom Himmel herunter gelogen hat. Die Wut, die ich auf ihn hatte, hatte aber auch etwas Gutes: Meine Trauer war wie weggewischt."

"Würdest du die Rede übernehmen?"

"Nee, das brächte ich nicht über's Herz. Aber ich kenne jemanden, der das prima machen würde."

"Das wäre super. Kenne ich den auch?"

"Nein. Ist ein Freund von mir, ein Philosophiestudent. Der hat eine Zeit lang Theologie studiert. Dann hat er aber noch die Kurve gekriegt. Ist ein super Typ. Wenn du einverstanden bist, rufe ich ihn gleich an."

Kurz darauf meldete er sich wieder bei Christian.

"Er macht's! Allerdings möchte er genau wissen, was für ein Mensch Anja war, damit er seiner Aufgabe gerecht werden kann. Traust du dir zu, mit ihm darüber zu sprechen?"

"Kein Problem. Ich bin dir sehr dankbar."

"Ich könnte mir vorstellen, dass dir die Unterhaltung mit ihm auch gut tun wird. Ich kenne keinen einfühlsameren Menschen."

"Kannst du ihm die wichtigsten Informationen aus Sicht der Muko-Patienten zukommen lassen. Dafür bin ich nicht der Richtige."

"Klar, mach ich."

Erst nach den Telefonaten mit Christian erlaubte sich Tom, dem Schmerz über den Verlust seiner Freundin nachzugeben: Er ließ seinen Tränen freien Lauf.

*

In seiner Rede schilderte Jo die Verstorbene und ihr Temperament so einprägsam, dass sich alle Trauergäste ein Bild von ihrer Lebensfreude und ihrer Energie machen konnten. Er vergaß nicht, darauf hinzuweisen, dass ihr enormes Engagement für ihre Muko-Gruppe zu Lasten der nächsten Angehörigen, vor allem ihres Mannes, gegangen sei. Er habe ihr jedoch immer den Rücken gestärkt, auch wenn er sich manchmal zurückgesetzt fühlte.

Am Schluss kam er auf ihre kleinen Fehler und Schwächen zu sprechen. "Anjas Geld ging für Perücken und Make-up drauf, weil sie Wert darauf legte, immer frisch wie der Frühling auszusehen, auch wenn ihr hundeelend zumute war."

Ein kleines Laster von ihr hatte es ihm besonders angetan.

"Sie wusste, dass sie bei ihrer angeschlagenen Leber auf Alkohol hätte verzichten sollen. Und meist hielt sie sich auch daran. Aber alle, die Anja näher kannten, wussten, dass sie bei einem geeigneten Anlass gern mal einen Eierlikör zwitscherte, am liebsten selbst gemachten. Wenn sie ein paar davon intus hatte, war sie nicht mehr zu bremsen – in ihrer Freude oder auch in ihrem Spott und Zorn, wenn es etwas zu beanstanden gab. Wie ich hörte, hat der eine oder andere von Ihnen das zu spüren bekommen. Aber seien Sie sicher. Sie hat das nie böse gemeint. Sie haben ihr sehr am Herzen gelegen."

Am Schluss kamen alle, die sich um die Urne am Baum versammelt hatten, und bedankten sich bei Johannes. Vor allem die Muko-Patienten waren so begeistert, dass sie behaupteten, sie würden jetzt schon ihre Angehörigen bearbeiten, dass sie ihn engagieren sollten, wenn es auch sie treffen sollte.

Später meinte Jo zu Tom: "So enormen Zuspruch habe ja noch nie erlebt. Der Chef des Bestattungsunternehmens hat mich gleich angesprochen und auf seine Liste gesetzt. Offenbar gibt es immer mehr Menschen, die nichts mehr mit Kirche und Religion am Hut haben. Er meint, wenn das so weiter gehe, könne ich gut davon leben. – Vor allem: Es ist so ein tolles Gefühl, von anderen gebraucht zu werden. Da weiß man doch endlich, wofür man studiert hat."

Tom lachte trotz des traurigen Anlasses: "Manchmal braucht es Zeit, bis man seinen Traumberuf findet. Jedenfalls hätte sich Anja über deine Grabrede sehr gefreut, besonders über die Würdigung ihrer kleinen Schwäche. Und ich denke schon mal über meine Laster nach, auf die du zu gegebener Zeit eingehen kannst."

Am Tag darauf war er eigentlich mit Ronni zum Sambo-Training verabredet. Der hatte noch gar nichts davon mitbekommen, dass Anja gestorben war.

"Ich hätte nie geglaubt, dass ihr das passieren kann. Sie war doch immer so voller Kraft", sagte er hilflos. "Für mich war sie wie eine große Schwester, die versucht hat, mich in die richtige Spur zu bringen. Aber ich konnte nicht aus meiner Haut heraus."

"Mach' dir keine Gedanken. Das hat sie verstanden. Du weißt, die Sorgenkinder liebt man am meisten."

Dann kam eine Weile nichts mehr von ihm. Ronni hing seinen Gedanken nach.

"Hast du was dagegen, wenn wir das Training verschieben? Ich melde mich bei dir."

Das war am Montag gewesen. Auch in den nächsten Tagen war Funkstille. Anjas Tod hatte Ronni offenbar aus dem Gleichgewicht gebracht. Als sich Ronni am Donnertag immer noch nicht gemeldet hatte, machte Tom sich schon ernsthaft Sorgen, Ronni werde den Kontakt zu ihm abbrechen. Schade! Aber man konnte niemanden zu seinem Glück zwingen.

Am Freitagnachmittag erhielt Tom eine SMS von Ronni: "Kommst du morgen mit zu Anja?"

Tom fühlte eine riesengroße Erleichterung. Die Erinnerung an Anja wäre immer davon getrübt gewesen, dass er ihr ihren letzten Wunsch nicht hätte erfüllen konnte.

Am späten Samstagvormittag holte er Ronni in der Ockershäuser Allee ab. Sie fuhren auf ihren Mountainbikes nach

Cappel zu Anjas Baum, beide in Jeans, Turnschuhen und Kapuzenjacken, einen Rucksack auf der Schulter. Man hätte sie für Brüder halten können.

Ronni holte eine rote Rose aus seinem Rucksack und legte sie zu Füßen des Baums ab, an dem Anjas Namensschild angebracht war.

"Hi, Anja! Schön hast du es hier!" sagte er einfach und schaute Tom bittend an.

"Erzählst du mir, wie es war?"

Er hörte aufmerksam zu, als Tom ihm von der besonderen Trauerrede, die Jo gehalten hatte, erzählte, auch von ihrer Liebe zum Eierlikör.

"Ich wusste gar nicht, dass sie so gern Eierlikör mochte. Den hätte ich ihr auch gern mal gemacht. Von meiner Großmutter habe ich ein echt gutes Rezept. Überhaupt hat sie mir nicht viel von sich erzählt. Und mich hat sie ständig gelöchert, was ich so den ganzen Tag treibe."

"Mach' dir keine Gedanken. Sie hat dich gern gehabt. Nur darauf kommt's an. Und ich habe auch nichts dagegen, wenn du mal einen Eierlikör ansetzt. Wir stoßen dann auf Anja an."

Anschließend zog Ronni einen langen knallroten Gurt aus dem Rucksack und spannte ihn zwischen zwei benachbarten Bäumen aus:

"Beim letzten Mal, als wir uns trafen, habe ich dir ja von Slackline erzählt", meinte er mit Blick zu Anjas Schildchen. Das hättest du doch so gern noch gelernt. Du hast dich kaputt gelacht, als ich dir erzählt habe, wie oft ich am Anfang runtergefallen bin."

Er schaute zweifelnd zu Tom hinüber, der still zuhörte, und ihm aufmunternd zulächelte. Das war Ronnis Trauerfeier, und er wusste, auch die hätte Anja gefallen.

"Und hier habe ich extra für dich noch eine grüne Halteleine mitgebracht. Damit du nicht so oft runterpurzelst wie ich. Ich zeig's dir."

Er lief erst mit, dann ohne Halteleine recht flott über den Gurt. Er hatte inzwischen fleißig geübt.

"Siehst du, ganz einfach. Und jetzt du." Eigentlich sprach er mit Anja, aber nun schaute er auffordernd hinüber zu Tom, sodass der einen Versuch wagte.

Mit Halteleine ging es tatsächlich ganz manierlich. Nachdem Tom sich an das schmale schwankende Band gewöhnt hatte, wurde er übermütig. Er ließ die Halteleine los, wagte ein paar Schritte ohne Hilfsmittel – und fand sich gleich darauf auf dem Boden wieder.

Sie brachen beide in Lachen aus und wussten: Daran hätte Anja ihren Spaß gehabt. Nicht alles, was man anpackte, musste gleich gelingen. Der Weg war das Ziel. Tom startete einen neuen Versuch.

Kapitel 29

Alle Bemühungen der Kriminalpolizei, über den rätselhaften 'Casco' mehr zu erfahren, verliefen im Sande. Die Angst, für den Verrat zur Rechenschaft gezogen zu werden, war allen anzumerken, die aus der Szene vernommen wurden.

Daneben recherchierte Tom in seinem Bekanntenkreis auf eigene Faust. Der coole Kai hatte sich bei seinem 'Lieferanten' erkundigt. Aber auch der wusste nichts Genaueres oder rückte zumindest nicht mit der Sprache raus.

Etwas ergiebiger waren Ronnis Erkundigungen. Er galt in seinem Fitness-Studio als loyaler Gelegenheitskonsument. Sein Bekannter, der ihn versorgte, bestätigte Ronni den Decknamen. Der große Boss, der hinter allem steckte, schien aber bei direkten Kontakten sein Gesicht immer hinter einer eigenartigen Maske aus Draht zu verstecken. Im Übrigen begegneten sie auch hier einer Mauer des Schweigens. Pit Brauners Tod war Warnung genug.

*

Inzwischen waren mehrere Wochen ins Land gegangen.

Die Vorbereitungen zum Marburger Hafenfest waren in vollem Gange. Tausende von Gästen aus den benachbarten Orten wurden erwartet.

Von jedem Verein, der auf sich hielt, wurde erwartet, dass er sich in irgendeiner Form an oder auf der Lahn beteiligte.

Jens Rückert hatte sich im Polizeipräsidium bei den Teilnehmern des Zirkeltrainings dafür stark gemacht, dass man unter Leitung von Jochen Haller, der als früherer Ruderer dafür prädestiniert war, eine Crew für den Drachenboot-Wettbewerb zusammenstellte. Für den Fall eines Sieges hatte er vorgeschlagen, die Prämie Marie Döbus zur Verfügung zu stellen, damit sie sich Ersatz für die gestohlenen Bienenvölker beschaffen konnte. Da sich nicht genügend Leute gefunden hatten, hatte er auch Tom angesprochen. Der traute sich zwar wegen seines Arms noch nicht zu, selbst mitzumachen, hatte aber Ronni und seinen Freund Jo aktiviert.

"Ich hätte nie gedacht, dass ich mal mit 'Bullen' in einem Boot sitzen würde", sagte Ronni keck nach der ersten Trainingsstunde, "aber jetzt finde ich das ganz cool."

Marie Döbus hatte sich von Jens überreden lassen, die Rolle als Einpeitscherin an der Trommel zu übernehmen. Jens Rückert und Jochen Haller saßen ihr gleich gegenüber, während Olli Berner hinten ans Steuer beordert worden war. Sie alle hatten in den letzten vier Wochen großen Ehrgeiz an den Tag gelegt, damit aus dem zusammengewürfelten Haufen ein Team wurde, das der Konkurrenz Paroli bieten konnte.

Dazu hatte die Pressereferentin im Vorfeld einen Pressebericht über den Bienendiebstahl bei Marie Döbus in der 'Oberhessischen Presse' untergebracht, um möglichst viel Publikum zu aktivieren. Auch die feierliche Taufe des Bootes auf den Namen 'Maja' war darin ausführlich gewürdigt. Endlich war der große Tag gekommen.

Als sie aufgefordert wurden, zum ersten Rennen ihre Positionen im Boot einzunehmen, erwartete Jochen Haller eine große Überraschung. Gleich hinter ihm war Steffi platziert, seine Steffi, die ihn vor mehr als fünf Jahren verlassen hatte.

"Wie kommst du denn hierher?", fragte er, während er bestürzt registrierte, dass es ihm nach so langer Trennung immer noch einen Stich ins Herz gab, wenn er sie sah. Das Gefühl der Zuneigung und der Vertrautheit war mit einem Mal wieder da, als wäre es nie weg gewesen.

"Jens hat bei mir angefragt, ob ich Lust hätte einzuspringen. Irgendjemand aus eurer Mannschaft ist plötzlich ausgefallen."

Oder Jens hatte das von vorn herein so eingeplant. Das traute er dem Schlitzohr durchaus zu.

"Er hat mir gar nichts davon erzählt, dass ihr immer noch Kontakt hattet", wunderte sich Jochen.

"Das lag an mir. Ich habe ihm das Versprechen abgenommen, dass er dir nichts davon erzählt. Aber er hat mich natürlich immer über dich auf dem Laufenden gehalten."

"Und was macht dein Beruf?" Jochen musste die neue Situation erst einmal verdauen und rettete sich in 'Small Talk'. "Bist du noch auf der chirurgischen Intensivstation?"

"Ja, schon. Aber es macht immer weniger Spaß. Die erfahrenen Ärzte sind seit der Privatisierung alle weg, und die jungen lassen sich nichts sagen, obwohl sie von nichts wirklich Ahnung haben."

"Und spielst du immer noch Badminton."

"Klar, irgendwie muss man sich ja fit halten."

Dann gingen die Rennen los, und sie hatten keine Zeit, noch länger zu reden, obwohl Jochen noch einige brennende Fragen auf dem Herzen hatte.

Im ersten Rennen setzten sie sich mit hauchdünnem Vorsprung durch, aber vom Viertelfinale an machte sich ihr intensives Training bemerkbar, während die Konkurrenten nichts mehr zuzusetzen hatte. Im Finale überquerten sie mit einer Länge Vorsprung unangefochten die Ziellinie.

Marie Döbus erhielt vom Oberbürgermeister unter dem Jubel ihrer Crew den Siegespokal und einen Scheck über 1000 Euro sowie die Versicherung, dass sie über ein Spendenkonto mit einer weiteren finanziellen Zuwendung rechnen könne, damit sie die gestohlenen Bienenstöcke ersetzen könne.

Anschließend schauten sie fasziniert den Wasserschlachten zu. Dabei fuhren die Boote – jeweils von zwei kräftigen Ruderern vorangetrieben – aufeinander zu, während sich die Lanzenträger bemühten, auf der kleinen Plattform, die ihnen zur Verfügung stand, einen möglichst sicheren Stand zu behalten. Für den Kampf mit dem Gegner waren sie mit langen Stangen ausgerüstet, die in einem ballonähnlichen Ende mündeten.

Jens Rückert, der Karate-Experte, beobachtete die Kämpfer sehr genau. Er hatte – von einigen Bierchen leicht angeheitert – Spaß daran, jedes Duell wie ein erfahrener Kommentator zu erläutern, während die anderen amüsiert zusahen. Die Stimmung war großartig. Immer wenn ein Lanzenträger in der Lahn landete, erhob sich lautes Gejohle.

Als es in die Endausscheidung ging, kristallisierte sich Klaus Brand, Hallers Sekretär, als überlegener Lanzenträger heraus. Ihm machte offenbar das Schwanken des Bugs wenig aus. Vor allem hatte er, wie Rückert fachmännisch anmerkte, eine exzellente Körperbeherrschung. Meist überließ er seinem Gegner den ersten Stoß, dem er durch eine elegante seitliche Bewegung auswich. Den aus dem Gleichgewicht gebrachten Kontrahenten traf er dann zielsicher mit seiner Lanze und bugsierte ihn so ins Wasser.

Sein Gegner im Endkampf hatte sich auf diese Taktik eingestellt und versuchte ihn seinerseits mit einer Finte zu irritieren, bevor er den Hauptangriff auf die Körpermitte einleitete. Einigen Zuschauern entrang sich ein Jubelschrei. Sie hatten sich auf die Seite des Außenseiters geschlagen und sahen den Favoriten schon im Wasser landen.

Aber Brands parierte diese Attacke mit einer gekonnten Drehung des Oberkörpers, die Lanze rutschte an der glatten Oberfläche seines kurzen Neoprenanzugs ab. Dann folgte mit einer bewundernswerten fließenden Bewegung sein gezielter Konter mit der Lanze gegen die Brust des Gegners, der in den Fluten der Lahn versank.

Jens Rückert war begeistert. Gleichzeitig hatte er das Gefühl, ein Déjà-vu-Erlebnis zu haben. Und er wusste auch gleich, in welche Richtung seine Assoziationen gingen. Mit dieser Präzision hätte er ebenso gut die Kehle seines Gegners anvisieren und treffen können. Er fühlte sich unwillkürlich an den toten Pit Brauner am Dammelsberg erinnert.

Er schaute zu Jochen hinüber.

"Das war perfekt. Woher kann dein Sekretär so etwas?"

"Ich glaube, er ist mal ein ganz guter Fechter gewesen."

Ronni, der zusammen mit Tom bei ihnen stand, meinte dagegen: "Ich habe mich überall bei den Kampfsportarten umgesehen, ehe ich bei Sambo gelandet bin. Das hat mich eben ein bisschen an die Kendo-Kämpfer erinnert."

"Donnerwetter ja", meinte Rückert. "Hätte mir auch einfallen können. Ach, da kommt er ja. Da können wir ihn gleich selbst fragen."

Zu ihrer aller Überraschung kam Klaus Brand mit seinem Team nach der Siegerehrung auf Marie Döbus zu, stellte ihr seine Ruderer vor, seinen Bruder mit einem Freund, und überreichte ihr den Scheck über die Siegerprämie, die immerhin auch 500 Euro betrug.

"Wir haben von Ihrem Missgeschick gehört und haben uns spontan entschlossen, Ihnen unsere Siegesprämie zukommen zu lassen. Der Vorschlag kam vor allem von meinem Bruder, hier neben mir, der taubstumm ist." Brands Bruder, ein junger kräftiger Mann mit markantem Gesicht nickte ihr freundlich zu.

Marie Döbus war ganz gerührt, wollte sich das aber nicht anmerken lassen. Irgendwo war ihr der Bruder schon einmal begegnet.

"Das es so was noch gibt! Das gibt mir den Glauben an die Menschen zurück."

Sie übertrieb natürlich ein bisschen. Aber sie musste sich eingestehen, dass der Fund des Toten am Dammelsberg, der Überfall auf sie und der Diebstahl der Bienenstöcke sie empfindlicher getroffen hatten, als sie zugeben wollte. Sie wurde anscheinend doch älter und sensibler.

Bei dem Gedanke an den Toten fiel ihr plötzlich ein, wo sie Brands Bruder schon einmal gesehen hatte. Richtig: diese kräftige Kinnpartie und die Tatsache, dass der Jogger gar nicht auf ihr Rufen reagiert hatte. Das passte zusammen. Der konnte ja gar nichts gehört haben. Das musste sie gleich Jens Rückert erzählen.

Vorerst ließ sie sich jedoch nichts anmerken.

"Wenn das kein Grund zum Feiern ist. An diesem Wochenende muss ich mich erst mal ausruhen, aber für nächsten Samstagabend lade ich alle zu einem Umtrunk in die Dammühle ein", rief sie laut und heimste dafür großen Beifall ein.

Jochen Haller beobachtete Klaus Brand erstaunt, als dieser Marie Döbus den Scheck überreichte. Das war für einen Sekretär eine ganze Menge Geld. Seine soziale Ader hatte er zwar in der engagierten Betreuung seines hörgeschädigten Bruder bewiesen. Aber so viel Mitgefühl für eine alte Dame, mit der er nichts zu tun hatte, hätte er nicht von ihm erwartet. Ihm kam das ein bisschen demonstrativ vor.

"Treiben Sie eigentlich einen Kampfsport?" fragte Jens Rückert, als er Brand zu seinem Erfolg beglückwünschte.

"Nein, nicht wirklich, aber ich war mal als Jugendlicher ganz gut im Fechten, und ab und zu trainiere ich mit meinem Bruder noch ein bisschen Kendo, um sein Selbstbewusstsein zu stärken. Er ist ja taubstumm", versuchte er seine Erfahrung herunterzuspielen.

"Ich habe davon gehört. Deshalb diese geschickten Ausweichmanöver und der präzise Stoß", sagte Jens Rückert leichthin.

Als Klaus Brand sich abschiedet hatte, kam Marie Döbus und berichtete von ihrem Verdacht, dass Brands Bruder sie wahrscheinlich am Dammelsberg beobachtet hatte.

"Und du bist sicher, dass du ihm vertrauen kannst?", wandte sich Jens Rückert an Jochen.

Jochen Haller blickte Klaus nachdenklich nach.

"Wenn du mich so fragst. Garantieren kann ich für nichts. Man kann ja in den anderen nicht hineinschauen."

"Hältst du es für möglich, dass der Kopf der Doping-Bande in deinem eigenen Institut sitzt?"

"Mach' mir keine Angst. Wir haben uns früher vom Duisberghaus her gekannt. Ich habe ihn dann erst wieder gesehen, als er sich um die Stelle als Sekretär beworben hat."

"Wenn alles stimmt, was ich denke, ist er der Boss des Netzes, der von allen so gefürchtet wird. Er hat mindestens den Pit Brauner auf dem Gewissen und könnte auch für den Überfall auf dich verantwortlich sein."

"Da war er doch schon zu Hause."

"Aber es war für ihn leicht, dem Ben Ehlert alias Nick Wenzel, der sich im Institut auskannte, genaue Instruktionen zu geben."

"Stimmt. Er wusste ja auch, dass ich den Antrag zur Patentierung meines neuen EPO-Tests fertig machen wollte. Im Institut ist er an alle Informationen rangekommen und hatte überall Zugang. Für ihn war es auch ganz einfach, sich meinen Stick anzueignen und Maurer zu erpressen. Dass er an dem Tag, als ich nach Göttingen zum Vorsingen musste, krank gemeldet hat, war ein geschickter Schachzug. Ich hatte ihn gar nicht auf meiner Rechnung."

Jetzt fügten sich die Puzzle-Teile zusammen. Alle Informationen über Doping landeten bei Klaus Brand. Er formatierte am Schluss alle Manuskripte seines Chefs vor einer Publikation.

"Kaum zu glauben. Dann wäre er uns allen ja die ganze Zeit auf der Nase herumgetanzt. Und bei der Scheckübergabe eben hat er sich bestimmt ins Fäustchen gelacht. Ein gekonntes Ablenkungsmanöver."

Jochen Haller war fassungslos. Dass er sich so in einem Menschen täuschen konnte.

"Immer mit der Ruhe. Bisher ist noch nichts bewiesen. Wir haben noch nichts gegen ihn in der Hand. Die Frage ist, wie können wir ihn überführen?", mahnte Rückert. "Am einfachsten wäre es, wenn wir ihn bei einer seiner Aktionen direkt überraschen könnten. Hast du nicht was Brandneues auf Lager. Irgendetwas, dem dein Sekretär nicht widerstehen kann."

Jochen Haller überlegte eine Weile und sagte dann zögernd.

"Na ja, so richtig spruchreif ist das noch nicht. Und über ungelegte Eier spreche ich nicht gern. Ich bastle gerade zusammen mit den Gynäkologen der Uni am Kuschelhormon Oxytocin herum, dem Gegenspieler des Testosterons, das Frauen so friedlich und anschmiegsam macht. Das Hormon wird aber auch von den Männern produziert. Zurzeit sind wir gerade einem Oxytocin-Blocker auf der Spur. Der könnte dann wirken wie Testosteron, ohne dass der Testosteron-Spiegel erhöht ist. Das wäre eine echte Sensation."

"Vielleicht könntest du einen frisierten Bericht auf Band diktieren und deinem Sekretär zum Schreiben hinlegen. Wir werden ja sehen, wie er darauf reagiert. Dann bräuchten wir nur noch ein Überwachungssystem. Muss natürlich ganz diskret sein."

"Da kann uns Tom bestimmt weiter helfen." Sie gingen zu Tom, der zusammen mit Marie Döbus und Kati das bunte Treiben an der Lahn genoss.

"Tom kommst du mal?", bat Jens Rückert." Wir brauchen dich heute Abend noch dringend."

"Wenn's sein muss."

Tom hatte sich schon auf den Abend mit Kati gefreut. Aber als er hörte, worum es ging, erklärte er sich schweren Herzens bereit zu helfen.

Er schlug vor, jeweils eine winzige Videokamera – in einem Kuli verborgen – auf den Schreibtischen von Jochen Haller und Klaus Brand zu installieren.

"Aber ein paar Stunden brauche ich dafür. Die Nacht ist dann futsch." Er schaute Kati um Verständnis bittend an.

"Ich brauche mindestens genauso viel Zeit, um meinen Bericht zusammenzuschustern. Diese Nacht müssen wir noch mal opfern. Aber dann haben wir – wenn alles gut geht, Ruhe, und ihr habt noch viele schöne Abende vor euch", tröstete Jochen die beiden.

"Dein Wort in Gottes Ohr."

Während Tom alles Erforderliche in die Wege leitete, um die Überwachungsanlage zu installieren, arbeitete Jochen Haller fieberhaft an einer 'vorläufigen Mitteilung' über den Oxytocin-Hemmer.

Als Tom mit seinen Vorbereitungen fertig war, hatte er die Einführung in die Problematik, die Methodik, fingierte erste Untersuchungsergebnisse und die Zusammenfassung geschafft. Mehr war in der Kürze der Zeit nicht möglich. War nur zu hoffen, dass Klaus Brand nicht durchschaute, dass die Ergebnisse manipuliert waren.

Das besprochene Band deponierte Haller auf dem Schreibtisch seines Sekretärs mit einem Klebezettel, der den Vermerk 'Eilt' trug. Die Dringlichkeit hatte Jochen Haller dadurch unterstrichen, dass er eine eigenhändig geschriebene englische Zusammenfassung beigefügt hatte. Das machte er sonst nur bei Manuskripten, bei denen die Veröffentlichung unmittelbar bevorstand.

Am Montagmorgen verließ Jochen Haller unter dem Vorwand, dass in der Gynäkologie des Uniklinikums überraschend eine wichtige Besprechung anberaumt sei, das Institut und kehrte erst zwei Stunden später zurück.

Als Klaus Brand in die Mittagspause ging, stoppte Tom, der im andrologischen Labor gewartet hatte, die kleinen Überwachungsgeräte und spielte die Aufzeichnungen auf seinem Laptop ab, während Jens Rückert – wie besprochen – eine von Klaus Brand benutzte Kaffeetasse sicher stellte und zur Bestimmung der DNS und der Fingerabdrücke an die Spusi weiterleitete.

Alles hatte geklappt wie geplant. Brand hatte keinen Verdacht geschöpft. Man sah in dem Video, das die Kamera an seinem Schreibtisch aufgenommen hatte, seine Finger über die Tastatur fliegen, als er die deutsche Zusammenfassung schrieb und – ungläubig – noch einmal durchlas. Es war ihm offenbar klar geworden, welche Brisanz in diesen Informationen steckte.

Man sah ihn kurz darauf mit einigen beschriebenen Seiten in der Hand aus dem Bild verschwinden und hörte, wie er den Kopierer betätigte. Danach kehrte er wieder zum Schreibtisch zurück, wo er einige Blätter in einen DIN A4-Umschlag steckte. Man konnte erkennen, dass er den Umschlag mit einem Filzstift beschrieb. Wenig später hielt seine linke Hand eine CD, die er in den Schlitz des Laufwerks am PC schob und kurze Zeit später ebenfalls in den Umschlag steckte, den er dann in einer Schublade verschwinden ließ. Für sich selbst sicherte er eine Kopie auf einem Stick, den er in der Seitentasche seiner Cargohose verschwinden ließ.

Am frühen Nachmittag traf die erlösende Nachricht von Philipp Körner ein, dass die DNS aus den Speichelspuren mit der auf dem Holzstück übereinstimmte, das die Spusi am Dammelsberg sicher gestellt hatte.

Jens Rückert entschloss sich, zu handeln. Sie hatten alles Wesentliche beisammen.

Gerade als sich Klaus Brand in den Feierabend verabschieden wollte, klickten bei ihm die Handschellen.

Zusammen mit dem Umschlag in der Schublade, der an einen Biochemiker in Göttingen gerichtet war, waren die Beweise so erdrückend, dass Klaus Brand Leugnen sinnlos erschien. Er blickte Jochen Haller verächtlich an, als dieser– maßlos enttäuscht – nur ein Wort heraus brachte:

"Warum?"

"Bist du so naiv, oder tust du nur so? Du hast ja alles erreicht, was du wolltest. Mich hat der Tod meiner Eltern aus der Bahn geworfen. Meine Karriere, von der ich geträumt hatte war mit einem Schlag zu Ende. Mein Bruder hat alle meine Kräfte in Anspruch genommen. Denkst du, ich habe davon geträumt, für andere Leute Doktorarbeiten und Habilitationsschriften zu schreiben, während mir selbst eine wissenschaftliche Laufbahn verbaut war? Also wollte ich auf anderem Wege ein Stück vom Kuchen abhaben. Wenn schon nicht berufliche Anerkennung, dann wenigstens Macht und Geld. Am Anfang habe ich meine sportlichen Kontakte genutzt und bin so in die Dopingszene eingestiegen. Das war gar nicht so schwer, weil ich sehr darauf geachtet habe, im Hintergrund zu bleiben. Die anderen haben mich kaum zur Kenntnis genommen. Dann kam mir eine Fähigkeit meines Bruders zugute, die ich mir auch langsam aneignete. Er konnte gut von den Lippen ablesen, wenn die Artikulation halbwegs präzise war und nicht gerade 'Hessisch' oder ein anderer Dialekt gesprochen wurde. Er wurde wegen seiner Behinderung nicht für voll genommen. So gelangte ich an eine Menge Informationen, die mich schnell in der Hierarchie nach oben brachten. Ein paar gezielte Indiskretionen und meine härtesten Konkurrenten waren aus dem Wege geräumt. Und dann ging es nur noch darum, mir nachhaltig Respekt zu verschaffen."

"Durch Aktionen wie bei Pit Brauner!" hakte Jens Rückert nach.

"Ja, der hatte sich zu viel herausgenommen. Da musste ich ein Exempel statuieren, um meine Position zu festigen."

Später, beim Verhör im Polizeipräsidium ging es noch um einige Details, die Jens Rückert interessierten. Es stellte sich heraus, dass Brand auch für die Entwendung von Jochens USB-Stick verantwortlich war. Eigentlich wollte er den Vortrag seines Chefs in Göttingen sabotieren. Als das misslang, nutzte er den Stick, um seine Geschäftspartner in der Dopingszene zu informieren. Für Rückert war im Hinblick auf künftige Gewaltverbrechen noch wichtiger herauszubekommen, über welche Kanäle Brand seinen Mann fürs Grobe, Ben Ehlert, in die Marburger Szene eingeschleust hatte.

"Das war ganz einfach", sagte Brand mit unverkennbarem Stolz. "Ihm hat imponiert, dass ich ihn bei einem Schaukampf in einem Frankfurter Fitness-Studio trotz seiner Größe und Stärke im Kendo schlagen konnte. Er brauchte damals dringend Geld und eine geeignete Wohnung, um unterzutauchen."

"Dann haben Sie ihn nach Marburg geholt und im Affenfelsen untergebracht?"

"Ja, für Ehlert war das die ideale Unterkunft. Da kümmert sich keiner um den anderen. Außerdem liegt der Affenfelsen sehr günstig zwischen Blutbank und Sportwissenschaftlichem Institut. Ideal für unser lukratives Geschäft mit dem Blutdoping. Die Sekretariatsstelle im Institut war natürlich ein Glücksfall. Ich bekam die neusten Entwicklungen in der Antidoping-Szene und die neusten Messmethoden mit. Meine Geschäftspartner waren begeistert und haben das gut honoriert. Wenn Ehlert nicht den Fehler gemacht hätte, sich mit der Doktorandin einzulassen, hättet ihr mich nie gekriegt."

"Daran sind Sie vor allem selbst schuld. Ehlert hat bis jetzt dicht gehalten. Aber Sie und Ihr Bruder mussten sich ja unbedingt bei der Wasserschlacht produzieren. Wir wären sonst nicht so leicht auf Sie gekommen. Frau Döbus hat Ihren Bruder als Jogger erkannt, dem Sie am Dammelsberg begegnet war, als Sie den Toten gefunden hatte, und mich hat die Überlegenheit, mit der Sie Ihre Gegner in die Lahn befördert haben, auf Sie aufmerksam gemacht", belehrte ihn Jens Rückert. "Aber Ihr größter Fehler war es, als sie die Holzstücke ihrer selbst geschnitzten Mordwaffe wegwarfen."

Rückert hob das knapp 40 Zentimeter lange Stück Buchenholz in die Höhe, das er sich zurecht gelegt hatte.

"Eins der Stücke, in die Sie den Holzstab zersägt hatten, hat sich zum Glück so günstig in einem Busch verfangen, dass noch Hautschuppen von Pit Brauner und Ihnen nachweisbar waren, die uns eine DNS-Analyse ermöglicht haben. Mit Hilfe des Speichels an Ihrer Kaffeetasse konnten wir den letzten Beweis erbringen. Wir haben bei unserer Spusi sehr gründliche Leute. Und in Ihrer Wohnung haben unsere Beamten auch Ihre Kendo-Maske gefunden. Mehr brauchen wir nicht. Das wird Ihnen das Genick brechen."

Klaus Brand sah ihn nur hasserfüllt an und schwieg.

Kapitel 30

Der Umtrunk am Wochenende in der 'Dammühle', einem beliebten Ausflugslokal vor den Toren von Marburg, zu dem Marie Döbus eingeladen hatte, wurde zu einer rauschenden Siegesfeier. Das ganze Drachenboot-Team war gekommen. Jens Rückert gab den Maître de Plaisir. Er hatte einen besonderen Grund zum Feiern. Immerhin konnte er einen Fall erfolgreich abschließen, der ihn lange in Atem gehalten hatte. Da konnte man sich mal wieder einen lustigen Abend gönnen.

Auf dem Höhepunkt der Stimmung ließ sich Marie Döbus nach einigen Gläschen Kirschwein, die sie sich heute ausnahmsweise gönnte, von Jens Rückert dazu überreden, zu den Klängen ihrer Ukulele, das 'Polenmädchen' zum Besten zu geben. Von den jungen Leuten kannte das zwar niemand mehr. Aber die einfache Melodie war leicht zu lernen und der Refrain ließ sich so wunderbar grölen:

In einem Polenstädtchen, da wohnte einst ein Mädchen.
Sie war so schön!
Sie war das allerschönste Kind, das man in Polen findt,
aber nein, aber nein, sprach sie, ich küsse nie!

Ich führte sie zum Tanze, da fiel aus ihrem Kranze ein Röslein rot.
Ich hob es auf von ihrem Fuß, bat sie um einen Kuss,
aber nein, aber nein, sprach sie, ich küsse nie!

Und als der Tanz zu Ende, da reicht sie mir die Hände zum Abschiedsgruß.
Nimm hin, du stolzer Grenadier, den ersten Kuss von mir,
vergiss Maruschka nicht, das Polenkind!

"Olli, du Sänger vom finsteren Walde, du hast doch bestimmt noch einen Vers in petto?" provozierte Jens Rückert seinen Kollegen, und der ließ sich nicht lange bitten.

"Auf deine Verantwortung:

In einem tiefen Teiche, da fand man ihre Leiche. Sie war so nass.

Sie war das allerschönste Kind, das man in Polen findt, aber nein, aber nein, sprach sie, ich küsse nie!"

"Auch eine Moritat, wusste ich ja noch gar nicht", rief Marie und klatschte begeistert Beifall, während die anderen pfiffen und johlten. "Ich sehe, ich bin in der richtigen Gesellschaft gelandet. Habt ihr nicht noch einen Job bei der Polizei für mich."

"Vielleicht hat der Polizeipräsident Interesse an dir", schmunzelte Jens Rückert. "Unsere Pressereferentin hat gerade ihren Schwangerschaftsurlaub angetreten."

Jochen Haller hatte es einrichten können, dass er Steffi gegenüber saß. So war es unvermeidlich, dass sich ihre Augen immer mal wieder begegneten. Er glaubte, ein neu aufkeimendes Interesse darin zu erkennen. Das machte ihn glücklich wie schon lange nicht mehr. Er fühlte sich wieder in die Studentenzeit zurück versetzt, und als Jens Rückert, der längst nicht mehr ganz nüchtern war, seine berüchtigten Wirtinnenverse anstimmte, war er gleich mit von der Partie.

Später hatte er das dringende Bedürfnis, mal Luft zu schnappen. Um den Massen vor der Eingangstür zu entgehen, ging er nach hinten auf den Hof, der inzwischen für besondere Festivitäten sehr ansprechend umgestaltet war.

Da war schon jemand, der auf die gleiche Idee gekommen war wie er. Er erkannte im gedämpften Licht der Laternen zu seiner Freude Steffi, die ein bisschen zu frösteln schien. In einer spontanen Regung legte er einen Arm um sie, ganz wie früher.

Es machte ihm Hoffnung, dass sie sich nicht dagegen wehrte.

"Ich habe gerade an dich gedacht", gestand sie ihm.

"Deshalb hat es mich sicher so hierher gezogen. Du bist eine Hexe. Solche Leute hat man früher auf dem Scheiterhaufen verbrannt."

"Und was geschieht jetzt mit mir?"

"Ich nehme dich erst einmal in Gewahrsam." Er zog sie zu sich heran, schlang seine Arme um sie und drückte sie fest an sich.

"Deine lockeren Sprüche haben mir so gefehlt", flüsterte sie.

"Du hast mich heute Abend ein paar Mal so eigenartig angesehen, als wolltest du mir etwas zu verstehen geben", erwiderte Jochen ebenso leise. "Da habe ich mir wieder Hoffnungen gemacht."

"Ja, meine Gefühle für dich waren auf einmal wieder da, als wären sie nie weg gewesen. Als ich dich heute so entspannt wie früher erlebt habe, habe ich gedacht, warum konnte das nicht so bleiben. – Irgendwann ist mit uns etwas schief gelaufen. Du wurdest immer ernster und verbissener. Ich habe dich gar nicht mehr richtig erreicht", erinnerte sie ihn.

"Ich war ein Idiot. Ich hatte mich so in die Arbeit vergraben, dass ich gar nicht mitgekriegt habe, wie wir uns immer mehr voneinander entfernt haben."

"Alles, was dich einmal liebenswert gemacht hat, vor allem die Leichtigkeit und Fröhlichkeit, die ich heute wieder an dir erlebt habe, war verschwunden. Du warst so verbiestert. – Ich habe dann noch ein paar Warnsignale ausgesendet. Aber du hast sie gar nicht zur Kenntnis genommen. Ich wusste damals keinen anderen Ausweg, als zu gehen."

"Ich weiß. Heute würde man sagen: Ich war irgendwie im 'Tunnel'. Als Sportlerin kennst du das ja."

"Stimmt schon, aber der Tunnel beim Badminton dauert vielleicht ein Turnier lang. Bei dir waren das Monate bis Jahre."

"Ich hatte so eine Heidenangst, an der Uni zu versagen. Als du plötzlich weg warst, tauchte ich zwar kurz aus meinem Trancezustand auf. Aber ehe ich richtig darüber nachdenken konnte, was ich tun sollte, um dich zurückzugewinnen, kam das Angebot meines Chefs, das andrologische Labor zu übernehmen, eine einmalige Chance. Schon war ich im nächsten Tunnel: Ich wurde ein richtiger Workaholic. Eigentlich bin ich erst wieder im normalen Leben angekommen, seit ich die Ochsentour der Habilitation hinter mir habe und im Sportwissenschaftlichen Institut meine Juniorprofessur bekommen habe."

"Ich habe gehofft, dass du irgendwann wieder zur dir kommst. Ich habe dich so vermisst. Und ausgerechnet jetzt gehst du nach Göttingen, hat mir Jens erzählt."

"Auf jeden Fall bleibe ich vorerst in Marburg wohnen und betreue die Labors hier weiterhin. Professor Lorenz scheidet ja demnächst aus. Ich werde mich auf seine Stelle bewerben und rechne mir gute Chancen aus. Übrigens: Ich könnte eine Expertin im Antidoping-Management gebrauchen? Eine, die den anderen auf die Finger schaut und auf die ich mich hundertprozentig verlassen kann. Und vom Sport hast du ja Ahnung. Hättest du Lust? Wir beiden bekämen dann wieder eine echte Chance."

"Meinst du das ernst?"

"Natürlich. Meine engsten Mitarbeiter haben mich hintergangen, und ich muss jetzt ein ganz neues Team zusammenstellen."

"Hättest du keine Angst, dass es mit uns beiden wieder schief laufen könnte?"

"Wenn ich wieder mal in einen Tunnel gerate, bist du diesmal mit dabei. – Und ich könnte dir Sachen erzählen, was man alles in einem Tunnel anstellen kann, ...", setzte er mit dem Anflug eines frivolen Grinsens hinzu, wurde dann aber schnell ernst. "Dass es keine Garantien gibt, wissen wir beide. Ich hab's beim ersten Mal vermasselt. Ich trage dann die Konsequenzen."

"Ich habe ja auch meine Lektionen gelernt. Zwischendurch habe ich nur Hallodris kennen gelernt, die nichts taugten", sagte sie leise. "Lass es uns vorsichtig angehen."

"Aber für einen Kuss reicht es schon?"

Statt einer Antwort blickte sie zu ihm auf und zeigte ihm ihr strahlendes Lächeln, das er schon immer so an ihr geliebt hatte.

ENDE

Der erste Marburg-Krimi
von Jan Tilden

256 Seiten
broschiert Euro 8,90
ISBN 978-3-87185-399-9

Bestellen Sie jetzt im
Buchhandel oder direkt
beim Verlag:
Tel. 089/613861-0
Fax 089/6135412
info@dustri.de
www.dustri.de

Dustri-Verlag
Dr. Karl Feistle
München – Orlando

Der Tod des Pathologen

Der Medizinstudent Jochen Haller, ein ambitionierter Ruderer, kentert bei einem Zusammenstoß mit einem Drachenboot auf der Lahn und entdeckt dabei im Schlamm des Flussbetts einen neuwertigen Motorroller mit Nummernschild. Die Besitzerin trifft er einen Tag später in der Pathologie wieder – als Leiche, die auf rätselhafte Weise kurz darauf verschwindet.

Die Jagd nach dem Mörder und Suche nach der Leiche beginnt. Jochen wird wegen seiner einschlägigen Kenntnisse des Marburger Klinikums in die Ermittlungen der Kripobeamten einbezogen und trägt entscheidend zur Lösung bei. Vielleicht hat der Täter auch mehr auf dem Kerbholz.

Denn kurz bevor er überführt wird, wird der Chef der Pathologie ermordet.

"Jochen Haller ist der Held wider Willen im Krimi-Debüt, und natürlich würde der Leser allzu gern wissen, welche autobiografischen Züge des Autors in diesem Medizinstudenten stecken, der ins kalte Wasser geworden wird – anfangs buchstäblich, als der Sportruderer auf der Lahn beim Zusammenstoß mit einem Drachenboot schwimmen muß, später im übertragenen Sinn, als er in Mordermittlungen verwickelt wird: Haller entdeckt bei seinem unfreiwilligen Bad im Lahnschlamm einen Motorroller und einen Tag später in der Pathologie die Leiche der Zweiradfahrerin. Diese Tote verschwindet wenig später auf rätselhafte Weise, dafür gibt es ein weiteres Opfer: Der Chef der Pathologie wird ermordet. Tilden hat seine spannende Story mit viel Lokalkolorit versehen" *(Oberhessische Presse)*

"Jan Tilden kennt sich aus im medizinischen Milieu und in Marburg. Klinikgänge sind ihm ebenso vertraut wie Dienstpläne und Arbeitsabläufe"
(Dr. Ulrike Röper ÄP DermatologieAllergologie)

Mukoviszidose – Zystische Fibrose (CF)

Die Mukoviszidose (lateinisch: mucus = Schleim, viscidus = zäh) ist die häufigste angeborene Stoffwechselerkrankung mit schlechter Prognose. Infolge eines Gendefektes wird in vielen Organen des Körpers ein zähflüssiger Schleim gebildet, der bereits im Kindesalter schwere Krankheitserscheinungen verursachen kann.

Die lebensbedrohende Gefährdung der Patienten geht vor allem von den Schleimdrüsen der Bronchien aus, die einen abnormen zähen Schleim produzieren. Dieser führt zu einer Verstopfung der Atemwege, zu ständig wiederkehrenden Lungenentzündungen und zu fortschreitendem Verlust von Lungengewebe. Die Folgen sind Atemnot, Sauerstoffmangel und Herzmuskelschaden.

Die Verstopfung der Bauchspeicheldrüse und der Gallenwege verhindert die Verdauung von Fett- und Eiweißbestandteilen der Nahrung und führt zu einer Störung der Vitaminversorgung.

5% unserer Bevölkerung (ca. 3 Millionen) sind Merkmalsträger. Gehen zwei Erbträger eine Verbindung ein, so ist theoretisch damit zu rechnen, daß jedes 4. Kind an Mukoviszidose erkrankt; 50% der Kinder sind – wie die Eltern – Merkmalsträger, aber gesund. In Deutschland gibt es ca. 8.000 Patienten.

Wichtige Krankheitszeichen sind: quälender Husten, Verdauungsstörungen, Atemnot, Wachstumsstörungen, Untergewicht, starker Salzgehalt des Schweißes.

Die Therapie der Mukoviszidose besteht aus einer lebenslangen medikamentösen Behandlung mit Ersatz fehlender Verdauungssäfte und Vitamine, regelmäßiger Inhalationsbehandlung, spezieller krankengymnastischer Behandlung zur Schleimentfernung, bei Bedarf Sauerstoffzufuhr, notfalls Lungentransplantation.

Weitere Informationen finden Sie im Internet unter
www.kinder-atmung.de
www.muko.info

Lungentransplantation

Eine Lungentransplantation ist oft die letzte Möglichkeit, Mukoviszidose-Patienten mit fortgeschrittener Lungenerkrankung zu helfen. Dies setzt ein ausreichendes Angebot an Spenderlungen voraus. Leider sind in Deutschland noch zu wenige Menschen zur Organspende bereit. Viele Patienten sterben daher auf einer Warteliste. Ihre Bereitschaft zur Organspende signalisieren Sie mit Hilfe eines Organspendeausweises, den Sie immer bei sich tragen sollten!

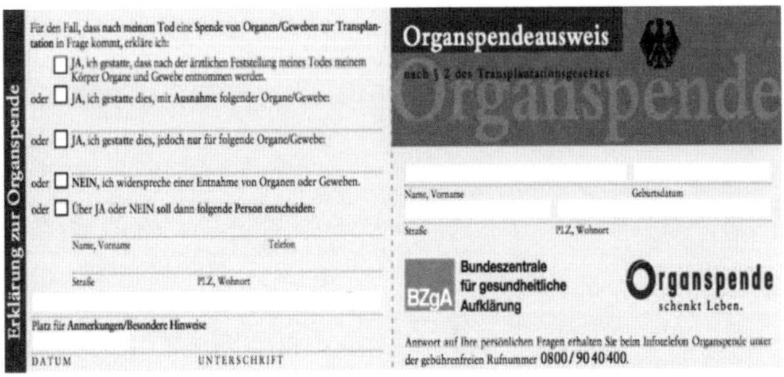
Erklärung zur Organspende

Für den Fall, dass nach meinem Tod eine Spende von Organen/Geweben zur Transplantation in Frage kommt, erkläre ich:

☐ JA, ich gestatte, dass nach der ärztlichen Feststellung meines Todes meinem Körper Organe und Gewebe entnommen werden.

oder ☐ JA, ich gestatte dies, mit Ausnahme folgender Organe/Gewebe:

oder ☐ JA, ich gestatte dies, jedoch nur für folgende Organe/Gewebe:

oder ☐ NEIN, ich widerspreche einer Entnahme von Organen oder Geweben.

oder ☐ Über JA oder NEIN soll dann folgende Person entscheiden:

Name, Vorname Telefon

Straße PLZ, Wohnort

Platz für Anmerkungen/Besondere Hinweise

DATUM UNTERSCHRIFT

Organspendeausweis

nach § 2 des Transplantationsgesetzes

Organspende

Name, Vorname Geburtsdatum

Straße PLZ, Wohnort

BZgA Bundeszentrale für gesundheitliche Aufklärung

Organspende schenkt Leben.

Antwort auf Ihre persönlichen Fragen erhalten Sie beim Infotelefon Organspende unter der gebührenfreien Rufnummer 0800/90 40 400.

Diesen Organspendeausweis sowie weitere Informationen finden Sie im Internet unter www.organspende-info.de